Un assassin au-dessus de tout soupçon

YVAN

STEFANOVITCH

Un assassin au-dessus de tout soupçon

J'AI LU

Avec la collaboration
de Martine Laroche

À Margaret, ma femme
À Maurice, mon ami

Police, gendarmerie :
les protagonistes

POLICE

Siège du SRPJ[1] de Lille :
Commissaire Gréco, *chef du SRPJ*.

Siège de la PJ de Creil :
Commissaire Jacob, *chef de l'antenne de la PJ de Creil.*
Inspecteur Neveu, *adjoint au chef de l'antenne. Dit « Maigret ».*
Inspecteur Pelfort, *chargé de l'enquête.*
Commissaire Jean-Jacques Thiéfine, *chef du commissariat de Creil.*

1. Service régional de la police judiciaire.

GENDARMERIE

Beauvais :
Colonel Soulé, *commandant du groupement de gendarmerie de l'Oise.*
Commandant Mathiot, *adjoint de Soulé.*

Senlis :
Commandant Colson, *commandant de la compagnie.*
Adjudant Citerne, *chef de la brigade des recherches.*

Chantilly :
Adjudant Cavalier, *chef du PSIG*[1].
Adjudant Lelièvre, *adjoint au commandant de brigade.*
Adjudant Duval, *chef de la brigade.*

Clermont :
Capitaine Pineau, *commandant de la compagnie. Dit « Colombo ».*

1. Peloton de surveillance et d'intervention de la gendarmerie.

Avertissement

Tous les éléments de ce livre, qui ne sont pas le fruit de ma propre enquête, ont été tirés de documents officiels, de procès-verbaux ou bien proviennent d'entretiens avec les personnes directement concernées. Ces entretiens se sont déroulés sur une période de quatre ans. Cet ouvrage n'aurait jamais pu voir le jour sans la participation de ces quelque 200 « collaborateurs », sans leur coopération régulière, patiente et souvent risquée en raison de leurs fonctions au sein de l'appareil judiciaire ou policier. Ils sont en quelque sorte à l'origine de cet ouvrage, car ils m'ont encouragé à l'entreprendre, puis à le poursuivre, et enfin à le terminer. Je ne pourrai jamais assez les remercier.

Y. S.

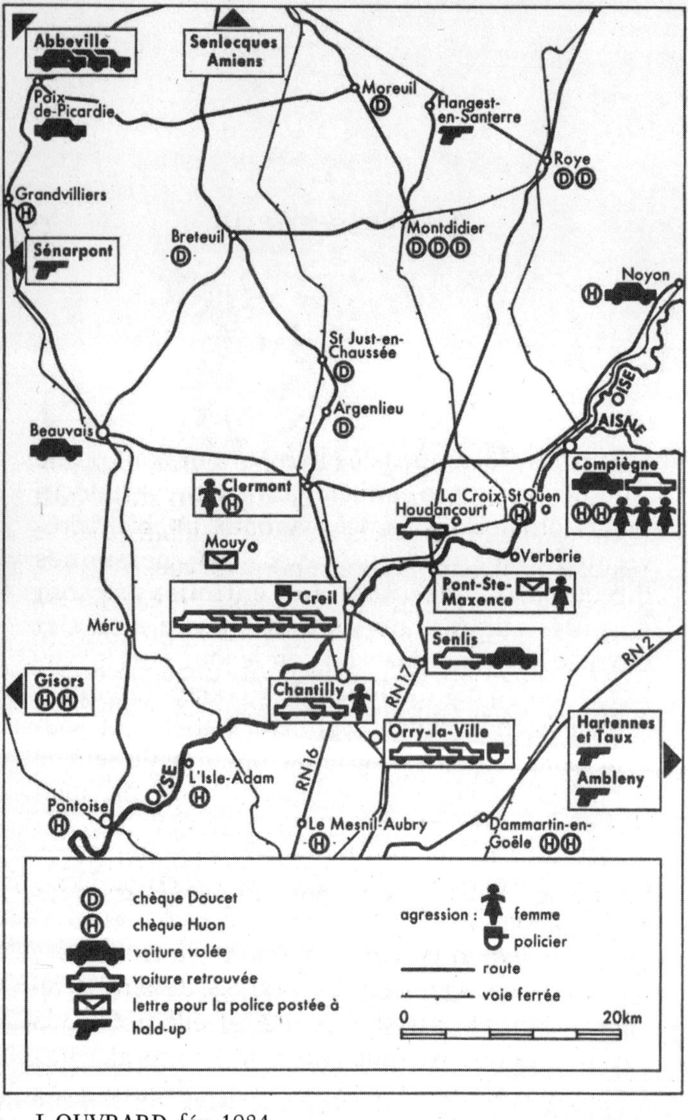

J. OUVRARD, fév. 1984.

Prologue

Samedi 13 mai, 10 heures du matin, Poix-de-Picardie, à 45 kilomètres environ au sud-ouest d'Amiens au milieu de la riche terre à blé qu'est le plateau picard, monotone à perte de vue.

Comme chaque matin, l'épouse du gendarme Prigent, de la brigade du chef-lieu de canton, arrête sa 504 break devant la librairie-papeterie Verdure, place de la République et, comme à l'accoutumée, elle laisse la clé de contact sur le tableau de bord, le temps d'acheter *Le Courrier picard*. Cette négligence n'échappe pas au passant vêtu d'un anorak, un sac de sport à la main qui, descendu du train quelques instants plus tôt, a gagné à pied le centre ville de ce gros bourg rural de 2 000 habitants. C'est, en réalité, la cinquième fois qu'il vient ici observer le manège de la propriétaire du break. Aussi, à peine a-t-elle poussé la porte de la librairie que l'homme à l'anorak s'installe au volant et démarre en direction de Boulogne-sur-Mer.

Des cheveux châtains coupés très court et ramenés en avant sur le front large et bombé, des yeux bruns, un regard dur et inquisiteur, les joues émaciées, des mains d'une blancheur cadavérique, presque translucide, Alain Lamare est gendarme au PSIG de Chantilly.

PREMIÈRE PARTIE

Le fils de Marcel Barbeault

1

Laurent Duval, cinquante-quatre ans, commandant de brigade de la gendarmerie de Chantilly, raccroche le téléphone. Il se roule une cigarette, pas mécontent de ce qu'il vient d'apprendre au terme d'une longue communication : Jean Ferry, commandant du groupement de gendarmerie de l'Oise, a essayé pour la seconde fois de le faire muter, profitant de ce que son subordonné se trouvait en congé de maladie. Sans succès. Les relations cantiliennes de Duval ont joué...

Une réalité ubuesque se cache derrière la façade classique de cette gendarmerie, l'une des plus importantes de France. Attenant à un petit arc de triomphe au-delà duquel on aperçoit le château, ce bâtiment, construit au XIXe siècle, ne se distingue en rien des maisons à deux étages de la ville sinon par sa couleur grisâtre. L'aile droite abrite les locaux de la brigade, l'aile gauche ceux du PSIG. Deux unités de dix-huit hommes chacune, totalement indépendantes l'une de l'autre.

Environ 10 000 procès-verbaux de plaintes pour cambriolages, vol à la roulotte ou à la tire, abus de confiance, pratique de prix illicites, racket à la sortie de la gare de Chantilly, proxénétisme lié à la prostitution et au milieu des courses sont tout simplement abandonnés au fond des tiroirs ou « placards à oubli » – dénominations inventées par les gendarmes de la brigade eux-mêmes – ou bien brûlés sans avoir provoqué dans les deux cas le moindre début d'enquête. Il y a belle lurette que ces gendarmes n'usent plus leurs semelles à battre la campagne, qu'ils ne s'occupent plus de vol de poule ou autre petit délit de ce type. Aujourd'hui, on pare au plus pressé, on privilégie les méthodes expéditives. Police-secours a fait main basse sur Chantilly.

Spectateur impuissant du relâchement de son unité, Duval a perdu en réalité, au fil des années – treize ans au même poste, c'est trop –, une grande partie de sa liberté d'initiative. Il s'y résigne mal et consacre désormais son temps à des tâches administratives qui font de sa brigade la bonne à tout faire de l'administration locale.

Pour maintenir coûte que coûte un contact avec la population, Duval a néanmoins trouvé un succédané, grâce auquel la brigade a la réputation d'être accueillante, voire même un peu trop… Un bar gigantesque a été installé, juste à côté des locaux du PSIG, dans l'aile gauche du bâtiment militaire. Situé à une centaine de mètres du champ de courses et des pistes d'entraînement, à 300 mètres du château, au carrefour des routes de Chantilly-Senlis et Chantilly-Paris, il occupe une position stratégique que lui envient bien des débits de boissons.

Cordiale atmosphère au sein de laquelle procès-verbaux pour stationnement illicite et excès de vitesse sautent systématiquement. Plus grave encore, des affaires sérieuses, souvent liées elles aussi à l'activité hippique, n'arrivent jamais entre les mains des magistrats grâce à ces agapes amicales où Ricard et canettes de bière demeurent les munitions de base.

Au volant de la 504, Alain ressasse ses amertumes. Ses lectures et l'exercice de son métier lui ont appris que la loi n'est pas la même pour tous : selon que l'on est fils de famille ou loubard, le vol d'une voiture est considéré sous un jour différent. C'est une question de vocabulaire : il suffit de remplacer le mot « vol » par celui d'« emprunt ».

Cette loi, lui et ses collègues l'ignorent au cours de leurs patrouilles : ainsi, par exemple, la fouille systématique des coffres de voiture mise en vigueur le 24 janvier 1978 à l'occasion de l'enlèvement du baron Empain est devenue pratique courante. Pratique parfaitement illégale si elle n'est pas supervisée sur place par un OPJ[1], si elle n'intervient pas dans le cadre d'une commission rogatoire. Les gendarmes n'en ont cure, enfreignant ainsi le décret du 20 novembre 1903 rapporté dans le *Mémento du gendarme* qui ne quitte jamais la table de chevet d'Alain.

1. Officier de police judiciaire.

Illégaux encore certains contrôles d'identité qui font souvent appel à une technique pour le moins musclée : une queue de poisson, un violent coup de frein : quatre gendarmes, armes à la main, ouvrent les portières, fouillent l'intéressé et ses passagers si besoin est, avant même de demander la carte d'identité qu'ils passent par radio au fichier des personnes recherchées. Or, si l'automobiliste n'a pas commis d'infraction au code de la route, le permis de conduire suffit. De plus, le gendarme est tenu de consulter ces papiers en présence de l'intéressé et non pas à quelques mètres de là dans un véhicule de police. Lamare reconnaît volontiers à la décharge des gendarmes que ceux-ci bien souvent ont affaire à des automobilistes ivres, des chauffards, des malfaiteurs qui n'hésitent pas à foncer sur eux plutôt que de se faire arrêter à un barrage. Il s'ensuit un climat de tension où le muscle l'emporte sur le règlement.

Ainsi conforté par le cours de ses réflexions, Alain a le sentiment qu'il outrepasse davantage la loi lorsqu'il se trouve au volant de la 504 break de patrouille que dans celle de son collègue Prigent, de couleur identique, à un ton de bleu près.

Tout en poursuivant sa route vers Senlecques, où habitent ses parents, chez qui il va passer quelques jours de permission, il récapitule ses achats de la veille ; chaque fois qu'Alain doit s'absenter, il prend bien soin de remplir son réfrigérateur en prévision du retour. Au souvenir de la longue marche qu'il a dû effectuer pour se rendre dans son hypermarché habituel, la colère le reprend. Qu'avait-il besoin de vendre au beau-frère de son chef de patrouille, et pour un prix dérisoire, la

R 5 TS achetée quelques mois auparavant ? À vouloir ainsi se valoriser aux yeux de son chef, voilà quatre mois qu'il se trouve sans voiture et sans avoir réussi, pour autant, à résoudre ses soucis d'argent dont il est, au demeurant, largement responsable. Alain Lamare avait tout simplement oublié de déclarer ses revenus depuis son entrée dans la gendarmerie en mars 1975 et le fisc lui réclamait un important arriéré.

Il n'empêche. Cette situation humiliante doit cesser. Il ne fera plus huit kilomètres à pied pour se ravitailler.

Quatre fois par jour passe paisiblement devant la gendarmerie la 204 de service d'un gradé conduite par son chauffeur Émile. Celle de Jean Colson, le « patron », commandant de la compagnie de Senlis dont dépend la brigade de Chantilly. Et, quatre fois par jour, Duval, son subordonné direct, tremble. Qu'elle s'arrête et c'est la tuile, la découverte par Colson des fâcheuses habitudes contractées par la brigade. Duval s'inquiète à tort. A-t-il oublié que le commandant s'est mis une fois pour toutes, voiture et chauffeur compris, à la disposition de sa fille Jocelyne, pour adoucir les quatre parcours quotidiens entre le lycée et la maison ? Mais Colson a un principe : jamais de visite d'inspection d'une brigade à l'improviste, contrairement à la coutume. Une seule par an, celle prévue par le règlement interne qui lui impose de l'annoncer à l'avance aux intéressés.

« Véritable naïf égaré parmi les méchants », selon le rapport que vient de faire l'un de ses supérieurs qui exige sans succès sa mutation, Colson passe le plus clair de son temps à revoir les procès-verbaux, des centaines par semaine, de ses subordonnés, ayant à cœur d'en corriger les fautes d'orthographe et de syntaxe. À la police judiciaire qu'il abandonne volontiers aux sous-officiers, il préfère les relations publiques avec les notabilités, l'administration et la presse régionales.

L'apparence digne d'un clergyman, toujours sanglé dans son uniforme, cet homme au visage sans expression ne rate pas une cérémonie, un cocktail, une inauguration. Il aspire à retrouver son pays natal, le Nord, au terme d'une carrière sans histoires, ne manque pas une occasion de confier, plein d'optimisme, à ses interlocuteurs : « Je suis tranquille. Je n'ai plus rien à craindre. Avec la perspective de la retraite dans trois ans, c'est du gâteau. »

Cette aspiration au calme, on la retrouve chez le procureur de la République de Senlis, Léon Gourraud. Au contraire de Duval, c'est l'homme dont on ne parle jamais. Barricadé dans son bureau, vissé à son téléphone, ce quinquagénaire discret se contente de veiller à la stricte application des lois, circulaires et décrets. Tâche inoffensive au regard de sa responsabilité dans le domaine de la justice puisque, chef de la police judiciaire, il est chargé, à ce titre, de poursuivre les infractions à la loi pénale, et seul habilité à juger de l'opportunité de ces poursuites. Terrible pouvoir puisque celui qui en hérite peut ainsi décider de n'en rien faire. Léon Gourraud dispose, pour rechercher les auteurs de ces crimes et délits, des officiers de police judiciaire placés directement sous ses ordres selon le règlement du code de procédure pénale. Gourraud fait donc confiance à ses OPJ. Plutôt que de se rendre sur le terrain pour effectuer un contrôle de garde à vue dans un commissariat, le chef du parquet de Senlis préfère s'atteler à sa pile de dossiers toujours urgents.

Deux femmes payent le prix de cette démission : les deux juges d'instruction au tribunal de grande instance de Senlis. Arrivées sur place l'une en 1974, l'autre depuis quelques mois seulement, elles disposent, selon la loi, d'un pouvoir absolu, n'ont à répondre de leurs actes que devant leur seule conscience. En cas d'ouverture d'une information judiciaire, c'est à elles d'inculper, de mettre en prison, ou de faire au contraire relâcher quiconque a été arrêté, cependant que le procureur, lui, n'exerce qu'un contrôle *a posteriori* de ces affaires. Tout au moins, c'est ce qu'on leur a enseigné à l'École nationale de la magistrature à Bordeaux.

Face à l'abondance de crimes et délits, les deux magistrats instructeurs, à l'exemple de leurs collègues en France, se voient dans l'obligation de déléguer leur pouvoir d'enquêteur à des OPJ – ceux-là mêmes à qui le procureur a donné carte blanche, soucieux avant tout de plaire à leurs chefs en vue de leur avancement – lesquels ne leur communiquent que les renseignements qu'ils veulent bien lâcher... Carence du parquet, déplorables habitudes des OPJ : le phénomène existe à des degrés divers dans toute la France. À Senlis, il a pris des proportions tout simplement catastrophiques. Mme Marie Brossy-Patin, juge d'instruction au tribunal de Senlis, n'oublie pas le prix élevé qu'elle a dû payer pour arrêter en 1976 le « tueur de l'Oise ». Elle ne peut pas se douter de l'influence décisive que cette affaire aura sur le comportement d'Alain Lamare.

De 1969 à 1976, sept femmes et un homme ont été assassinés par le « tueur de Nogent » sur le territoire du district urbain de Creil, entre le béton et le terrain vague, dans cette banlieue ouvrière, cette cité de cheminots à la retraite que fend la voie ferrée comme une longue cicatrice. Le tueur opère dans un rectangle de quatre kilomètres sur deux. Jamais le dimanche. Il vise des femmes, des cibles à horaires fixes qu'il liquide, selon un scénario immuable, presque rituel, en six phases : guet-apens à la frontière de ce qui reste de campagne en contact avec l'urbanisation. Neutralisation. Transport à l'abri des regards. Jeu sexuel. Exécution à la carabine 22 LR. Vol du sac à main. Le tueur les choisit brunes. Celles qui le sont dans la région creilloise, prises de terreur, se teignent les cheveux, achètent un pistolet 22 LR ou déménagent.

L'homme ? Marcel Barbeault, trente-cinq ans, 1,82 mètre, plutôt beau garçon, ancien para, ex-boxeur, marié, père de deux enfants, est arrêté le 14 décembre par l'antenne de Creil du SRPJ de Lille. Avaient été parallèlement saisis de l'affaire le commissariat de Creil, la PJ de Lille et la gendarmerie de Clermont. Sept longues années d'enquête pour huit meurtres. Sept années durant lesquelles policiers et gendarmes étaient essentiellement préoccupés d'empêcher par tous les moyens le « service d'en face » d'arrêter le tueur. Féroce guerre des polices qui laisse encore bien des plaies ouvertes en ce début de mai 1978.

Les gendarmes de Chantilly en sortent indemnes : le « tueur de l'Oise » les a, en fait, très peu touchés. Aussi lorsque Lamare est affecté rue du Connétable, c'est à peine si ses collègues lui en disent un mot. Pourquoi ressortir cette très vieille histoire d'un pauvre minable, d'un malade sexuel, montée en épingle par une publicité absurde, démesurée ?

2

25 mai 1978. Rentrant de sa permission, Alain Lamare va dîner, comme il le fait chaque jour à 18 h 15, au restaurant La Grillade de Chantilly, étonnant une fois de plus par sa ponctualité le patron et son personnel. Ils lui servent, comme des automates, un menu qu'ils connaissent par cœur et qui est toujours le même : œufs au plat suivis d'un boudin blanc et d'une glace à la framboise, le tout accompagné d'un quart de vin blanc avant de terminer par un café. Singulier client que cet homme jeune et taciturne qui a fini par leur révéler, sans doute agacé par leurs regards, qu'il est gendarme à Chantilly. Une seule fois, il a abandonné quelques instants la lecture des revues scientifiques et historiques dont il ne se sépare jamais pour répondre aux questions du patron :

— Le métier de gendarme, c'est sérieux : une paye assurée à la fin du mois, une vie sans histoire comme celle de tous les fonctionnaires. Le seul inconvénient, c'est qu'on vous mute souvent d'un bout à l'autre de la France…

— Contrairement à ce que vous pensez, la vie de gendarme n'est pas une planque douillette, rétorque du tac au tac son interlocuteur avec une agressivité à peine dissimulée. Il ne faut pas nous confondre avec les flics en uniforme qui font semblant de régler la circulation aux carrefours. Nous, les gendarmes, sommes là pour faire régner l'ordre et nous sommes les seuls capables de le faire, car nous restons avant tout des militaires.

Et avant que le patron ait eu le temps de se ressaisir, le jeune homme ajoute :

— Je ne vous trouve pas prudent ici. J'ai payé mes repas par chèque à une dizaine de reprises, et pourtant vous ne m'avez jamais réclamé une pièce d'identité.

Complètement désarçonné par l'aplomb de son client, Stéphane Tiberhien réussit à bafouiller :

— On n'a jamais tellement osé... Vous aviez l'air réglo. La preuve, vous êtes gendarme.

L'ombre d'un sourire se dessine pour la première fois sur les lèvres du gendarme en question qui offre alors ses services :

— Si vous avez des chèques impayés, faites-moi signe. Je m'en occuperai.

Puis, visiblement très content de lui, « Monsieur Six-Heures-et-Quart », comme le surnomment les serveurs, règle sa note, serre la main du patron et s'en va.

Sympathique le patron de La Grillade, mais au demeurant inconscient d'accepter un chèque sans exiger du client sa carte d'identité, se dit Alain Lamare en regagnant l'appartement 176, un F 3 qu'il occupe au troisième étage de l'immeuble

HLM de la cité Leféburé, situé juste en bordure du restaurant Le Coq Chantant.

Il est 20 h 30. Alain allume la télévision. Une histoire depuis le 18 mai passionne le jeune homme : l'expédition des 600 paras du 2e REP au Shaba. Voilà dix jours déjà que les soldats au béret vert s'emploient à sauver 3 000 otages blancs menacés d'extermination par les rebelles tandis que lui, le gendarme Lamare, est assis dans le fauteuil Conforama du salon de son F 3, devant son poste récepteur noir et blanc, en attendant la patrouille de 1 h 45 et la sempiternelle recherche des voitures volées.

Comparée à la mission humanitaire des paras du Shaba, l'inutilité profonde du travail qu'il accomplit quotidiennement depuis un peu moins d'un an lui paraît plus évidente encore. Exaspéré, il sort et, au volant de la 504 de Prigent, il fonce sur Creil. À l'affiche du cinéma Rex : *Il était une fois la Légion*. Ce film, il l'a vu et revu, bien sûr, mais il s'en moque, il veut ce soir des sensations fortes, oublier sa condition dérisoire de gendarme confiné dans le département de l'Oise et rêver, deux heures durant, qu'il baroude au cœur de l'Afrique. À son retour vers minuit, il se gare sur le parc de stationnement de la résidence du Coq-Chantant, située de l'autre côté de la RN 16, à 200 mètres de la cité Lefébure. Vient alors le moment de satisfaire ses besoins naturels, cérémonie quotidienne qui ne peut s'accomplir qu'à son domicile, qui intervient toujours en fin de soirée et s'accompagne de la lecture des *Dossiers noirs de la justice française* de Denis Langlois, en présence de quelques jeunes femmes dont il a découpé les visages dans des mensuels qu'il dissimule au fond d'une malle. Cérémonie couronnée par le plaisir ultime d'utiliser le papier hygiénique qu'il vole régulièrement, lui, le représentant de la loi, dans les toilettes du PSIG de Chantilly !

Trente minutes plus tard, tandis qu'il se lave soigneusement les mains, il sourit à l'image que lui renvoie la glace de la salle de bains, l'image très ordinaire d'un adolescent attardé, d'un jeune homme timide de vingt-deux ans qui n'ose jamais vous regarder en face, avec un air d'âne besogneux qu'accentuent des oreilles décollées. Alain cultive à dessein ce personnage afin de donner le change à ceux qui l'entourent. Il y réussit. Chacun voit en lui un garçon humble et réservé, qui se rembrunit devant les filles et qui s'accomplit dans le travail. Lorsqu'il remet en place sur l'étagère de la bibliothèque *Les Dossiers noirs de la justice française*, Alain effleure amoureusement du doigt les quelque cent cinquante livres sur lesquels il a noté, méticuleux à l'extrême, à l'aide d'un tampon encreur, son nom et son prénom, la date de l'achat ainsi que celle de la fin de sa lecture.

Bibliothèque d'autodidacte qui révèle une énorme soif de connaissance, l'ethnologie, l'histoire de l'art et des civilisations, l'*Encyclopædia Universalis* en huit volumes, *Les Grandes Énigmes du monde animal* en dix-huit volumes ; Jack London et Émile Zola marquent sa passion exacerbée de justice sociale, les *Mémoires* de François Vidocq et les *Aventures de Rocambole* témoignent de son vif intérêt pour les affaires judiciaires, d'autres ouvrages plus spécialisés de son goût prononcé pour les armes à feu et les munitions de tout calibre.

Mais son auteur favori, son maître à penser, c'est Lobsang Rampa. Il n'en conçoit la lecture que dans sa tanière secrète située entre le salon et la chambre à coucher, dont l'entrée est interdite à quiconque, suivant en cela les instructions du lama qui exhorte ses disciples à « se choisir une pièce, de préférence à l'écart » pour y méditer ses leçons. Le jour n'y pénètre pas, l'unique fenêtre étant dissimulée par une couverture, et le ménage n'y est jamais fait. Ce désordre poussiéreux, volontairement entretenu par Alain, contraste singulièrement avec l'ordre rigoureux qui règne dans le reste de l'appartement. Sur le parquet traînent des armes à feu de tout calibre, quantité de munitions, ainsi qu'un océan de boîtes de conserve vides destinées aux exercices de tir. Dans ce capharnaüm, cet homme à principes éprouve un malin plaisir à se livrer au laisser-aller le plus total. Comme le lama, il croit à la réincarnation de l'âme. Il est, comme lui, convaincu qu'un grand nombre d'individus ont vécu ou vont vivre dans d'autres corps.

Après avoir verrouillé la porte de son antre, Alain s'efforce, étendu dans l'obscurité, de mettre en application les préceptes exposés par son gourou bien-aimé dans *Le Troisième Œil*. Il vide son esprit avec la volonté farouche d'absorber de nouvelles connaissances, puis une demi-heure après, s'assoit dans la position du lotus, prêt à entrer en contact avec les lamas télépathes doués de la faculté de distinguer l'aura qui entoure chaque individu.

Habituellement, à l'issue de cette longue méditation, il rejoint pour la nuit sa chambre à coucher.

Ce soir, il endosse son uniforme, son chef de patrouille venant le chercher vers 1 h 45 pour leur service qui commence à 2 heures. Son collègue n'a pas beaucoup de chemin à faire puisque tous les gendarmes du PSIG sont logés dans la même HLM.

26 mai. Patrouille décevante comme d'habitude. Alain, aussitôt après, reprend la 504, va chercher Corinne Vaillant, blanchisseuse à l'hôpital psychiatrique de Clermont. Quand un fou prend la clé des champs, ici comme ailleurs, on appelle les gendarmes. Plus d'une fois, Alain a ramené entre quatre murs celui qui cherchait la liberté. C'est là qu'il a rencontré Corinne. Jamais, en aucune circonstance, il ne viendrait à l'idée d'Alain d'adresser la parole à une femme. Question de principe, mais aussi de timidité. Cette jeune fille, c'est différent : il l'a connue dans le cadre de son métier, a pris parfois le temps, en passant en patrouille, de boire un verre chez ses parents.

Douce et réservée, Corinne c'est un peu son amie, c'est aussi sa femme de ménage. Ils ont leurs habitudes, étranges peut-être, mais qui leur conviennent. Cet après-midi-là, comme à l'accoutumée, la jeune fille a préparé un repas à base de boîtes de conserve, qu'ils partagent sans échanger un mot. Ensuite seulement, Corinne s'affaire à la tâche et traque la poussière tandis qu'Alain se prélasse, plongé dans la lecture de *Tintin* ou d'*Astérix*. Il n'a même pas besoin de se lever pour changer les cassettes sur le magnéto à piles. C'est Corinne qui s'en charge. Ensemble, ils écoutent Ferrat, Brel,

Alan Stivell. Une manière comme une autre après tout de s'entendre. Image banale d'un couple très ordinaire. Corinne, cet après-midi-là, remarque innocemment :

— Elle est jolie ta nouvelle voiture, mais pourquoi est-elle immatriculée dans la Somme ?

La question ne prend pas Alain au dépourvu. Ses parents la lui ont posée pendant les quelques jours qu'il vient de passer chez eux à Senlecques. De Corinne pourtant, elle l'étonne : depuis deux ans qu'ils se connaissent, la jeune fille a toujours fait preuve de la plus parfaite discrétion.

— C'est une voiture de location, répondit-il le plus naturellement du monde. Tu sais, j'en avais assez de faire du stop depuis que j'ai vendu la R 5. Et puis, pour aller te chercher c'est tout de même plus facile.

C'est aussi l'avis de la jeune fille, apparemment satisfaite de la réponse. Dans la soirée, le repassage une fois terminé, Alain raccompagne Corinne chez elle après l'avoir invitée à dîner à l'Hôtel de Flandres à Compiègne. Il aime bien revenir dans cette ville où il a habité avec sa famille de 1956 à 1961.

Samedi 27 mai. Le jour abandonne lentement la cité Lefébure tandis que sous les fenêtres d'Alain des gamins se disputent un ballon de foot. Demain c'est la fête des Mères, songe Alain mélancolique qui rêve au fond d'un fauteuil à ce déjeuner de dimanche où, pour la circonstance, ils vont tous se retrouver autour de la table familiale du pavillon de Senlecques : sa sœur Nicole, trente-deux ans, son plus jeune frère Bertrand, âgé de seize ans, et l'aîné François-Xavier, de quatre ans plus âgé qu'Alain, avec sa femme Francine et leurs deux garçons. Tous, sauf lui.

Tout, dans cet appartement trop grand pour lui, rappelle son frère préféré, son frère modèle François-Xavier qui a quitté Senlis il y a quinze jours pour exercer à Mulhouse son métier de technicien dans une société pétrolière. Six jours après ce départ, Alain a commis son premier délit : le vol de la 504 de Prigent.

Cet après-midi, à la Maison de la presse, place Omer-Vallon, en même temps que la carte postale pour sa mère, Alain a acheté un poster de David Hamilton. Un visage de jeune fille aux couleurs tendres qu'il a immédiatement fixé sur le mur du couloir juste en face de la porte d'entrée. Le regard grave, un peu énigmatique, est celui de quelqu'un qui sait écouter. Lorsque, au retour d'une patrouille, il ouvrira la porte, il y aura là, tout de suite, le sourire d'une jeune fille à qui l'on pourrait parler parce qu'elle comprendrait. Une manière comme une autre pour Alain de narguer sa solitude en s'inventant un semblant de présence féminine.

Dimanche 28. Lundi 29. Train-train habituel : patrouille de nuit, repos de jour. Une sieste suffit à Alain pour effacer toute fatigue. Il a appris à se contenter de quelques heures de sommeil, s'impose cette discipline, s'en porte à merveille. Il passe le plus clair de son temps libre à considérer la situation : voilà seize jours qu'il roule en toute impunité à bord de la 504 break. Ce n'est pas demain la veille que la voiture du gendarme

Prigent sera retrouvée par les services de police. Pourquoi en serait-il autrement que pour les centaines de voitures volées qui disparaissent quotidiennement et ne sont le plus souvent découvertes qu'au bout de plusieurs mois ? Dans le cas d'Alain, la découverte sera rendue plus malaisée encore et ceci pour deux raisons : d'abord parce que grâce à sa carte de police barrée de tricolore, il peut franchir tous les contrôles sans risquer la moindre vérification. Ensuite, à cause du lieu du parking : Alain a choisi de garer la 504 à quelques mètres seulement de la HLM où est logée son unité. C'est bien le dernier endroit où ses collègues iront chercher une voiture disparue... Un dernier détail qui a son importance : la liste des véhicules volés dont ils disposent concerne uniquement le département de l'Oise... Une conclusion s'impose au terme de ces seize jours de réflexion : la nécessité pour Alain de transgresser la loi de manière plus significative.

Mardi 30 mai. Lamare s'enfonce en forêt de Hez-Froidmont. Il connaît bien les lieux. Il vient souvent oublier ici le tapage imbécile des hommes et la petitesse de sa condition. Il peut, dans cet espace enfin à la mesure de ses aspirations, préparer les jours où il accomplira de grandes choses. Il lui arrive de passer des heures, allongé sur la mousse, à épier le loriot et le geai, le pivert, la bécasse et la chouette hulotte : il reconnaît chacun d'entre eux à leur plumage et à leur chant, grâce à quelques livres mais surtout à une longue patience.

Cet après midi-là, il est embusqué à l'affût derrière un bouquet de fougères dans l'espoir de voir surgir un sanglier lorsqu'une portière claque, un chien jappe. Alain, furieux, saute sur ses pieds, laisse au gêneur le temps de s'éloigner avant de s'approcher du véhicule. Pas de clés sur le tableau de bord mais sur le siège arrière un porte-documents bourré de papiers au nombre desquels Alain a vite fait de repérer la carte d'identité de la conductrice : Mme Bidault, domiciliée à Brenouille, tout près de Clermont. Il y a parfois de ces rencontres singulières, songe Alain dont la colère tombe d'un coup. Deux minutes lui ont suffi pour se souvenir. Le sourire aux lèvres, Alain regagne la 504 et prend immédiatement la direction de Chantilly, emportant avec lui le porte-documents plus un mouchoir abandonné également sur la banquette arrière. Déjà dans sa tête s'ébauche le scénario.

La 504 break volée à un gendarme de la Somme sera retrouvée, à une centaine de kilomètres plus au sud, avec des documents dérobés à une militante gaulliste bien connue de sa brigade : à l'époque des élections municipales de 1977, en effet, Alain avait, en compagnie de ses collègues, contrôlé l'identité des occupants d'une fourgonnette de colleurs d'affiches du RPR parmi lesquels une fervente militante, Mme Bidault. Au gendarme Lamare maintenant d'élaborer une mise en scène qui, à partir de ces éléments de base, doit répondre à des objectifs bien précis : redorer le blason du PSIG de Chantilly – c'est eux, bien sûr, qui vont découvrir l'affaire –, accréditer l'idée d'un règlement de comptes avec mort d'homme et toile de fond politique correspondant à l'étiquette du député de la circonscription. Enfin, dernier objectif, mais non le moindre pour le jeune homme : marcher sur les traces du héros de *Rocambole*. Passer du rêve à la réalité. Alain sera le policier chargé d'une enquête à la suite de délits et crimes dont il n'est autre que l'auteur. Sa patrouille prend son service dans quelques heures à peine. Il n'y a pas de temps à perdre s'il veut que ce soit elle qui découvre le pot aux roses...

Une fois chez lui, Alain esquisse au stylo à bille, sur une feuille de papier blanc quadrillé, le plan d'un hold-up à la poste de Pierrefonds avec itinéraire d'arrivée et de repli au milieu des villes voisines : Compiègne, Attichy, Villers-Cotterêts. Prudent, il se sert de sa « deuxième écriture naturelle », au script scolaire et soigné, celle qu'il n'a utilisée qu'une seule fois jusqu'ici pour solliciter sa demande d'entrée dans la gendarmerie en 1975 et qui ne ressemble en rien à sa « première écriture naturelle » irrégulière et plutôt féminine, celle qu'il réserve à ses activités professionnelles. Dans les poches de sa parka kaki, il glisse ensuite le plan ainsi qu'une seringue contenant du Diazepam, un puissant tranquillisant, une dizaine de balles de calibre 7,65 et 9 mm, ramassées parmi celles qui sont éparpillées sur le sol, et une cordelette longue d'un mètre cinquante.

Satisfait, il attrape alors son sac de sport, y jette pêle-mêle une carabine Winchester 30/30 avec ses munitions, un pistolet Beretta 9 mm court, ainsi que son pistolet de gendarme, un Mac 50 de 9 mm, tous deux munis d'un chargeur plein, plus trois douilles de calibre 9 mm, ramassées celles-ci au stand de tir de l'armée près d'Ermenonville. Il ne rencontre pas âme qui vive dans l'escalier et franchit la RN 16. Il lance d'un geste négligent le sac dans la 504, toujours garée devant les immeubles du Coq-Chantant. À 18 h 15 tapant, il fait son entrée à La Grillade, accepte sans se faire prier le kir offert par le patron. Ne change pas pour autant ses habitudes et se plonge deux heures durant dans la lecture de ses revues. À 20 h 30, il démarre au volant du break.

Il a déjà sa petite idée quant à l'endroit le plus propice pour abandonner le véhicule du gendarme Prigent. Situé à moins de 500 mètres de la HLM des gendarmes du PSIG, le carrefour des Ripailles est le lieu de rendez-vous quotidien des brigades de Chantilly, de Saint-Leu-d'Esserent et de Creil, celui des motards de la brigade motorisée de Creil et du PSIG de Chantilly, sans compter la brigade des recherches de Senlis. En un mot, c'est, de tout le département de l'Oise, le lieu le plus fréquenté par les gendarmes.

21 h 30. Dans trente minutes prend fin la pause casse-croûte de la patrouille du PSIG. Avec la nuit qui est tombée, la circulation a considérablement ralenti. Perpendiculaire au carrefour et séparé de celui-ci par une sorte de douve d'une trentaine de centimètres de profondeur, un sentier s'enfonce dans la forêt qui, de toute part, cerne les Ripailles. Alain l'a repéré plus d'une fois au cours de ses patrouilles. Tous feux éteints, il franchit en trombe le fossé et fonce à l'aveuglette dans l'obscurité presque totale sous la voûte feuillue qui lui cache les dernières lueurs du jour. La 504 s'immobilise cent mètres plus loin, bloquée par les branches les plus basses d'épais tilleuls. Il lui reste un peu plus de quinze minutes pour mettre en place les éléments de sa mise en scène.

Il jette sur la banquette arrière sa réserve de balles – une dizaine environ – ainsi que le porte-documents de Mme Bidault. Sur le siège du conducteur, il abandonne le mouchoir de celle-ci après l'avoir taché d'un peu de son sang, puis il entoure le siège du passager avant avec la cordelette. Vite démonté, il fourre dans son sac le poste auto-radio, une paire de bottines et un plaid, puis il sort de la 504 en laissant la portière du conducteur ouverte et va se poster à quelques mètres de là. Armé du Beretta 9 mm, il tire alors à deux reprises sur le pare-brise au niveau de la tête du conducteur, ouvre le feu sur le coffre arrière avec son Mac 50, fait feu enfin avec la carabine Winchester à hauteur de la calandre.

Armé d'une lampe électrique, il récupère les deux douilles de 9 mm court, puis il ramasse une douille (sur trois coups tirés) du pistolet Mac 50, dont il a limé l'empreinte de percussion de façon à empêcher toute identification, la dépose sous le pare-chocs avant du break avec une seconde douille de Mac 50, également limée, ramassée celle-ci au stand de tir, ceci pour achever de brouiller les pistes. Enfin, il rallume les feux de position de la 504, abandonne la seringue et le plan du hold-up de la poste de Pierrefonds à une cinquantaine de mètres de la voiture, en direction de la route de Beauvais, avant de regagner à pied son domicile, sans presser le pas, empruntant le sentier qui rejoint sur la gauche d'abord la voie ferrée, puis la cité Lefébure. Dans l'escalier qu'éclairent à peine de sinistres appliques, il croise deux de ses camarades qui vont reprendre la patrouille de 22 heures. L'expression d'Alain, ce qu'ils peuvent tout au moins en distinguer dans l'obscurité, est fidèle à elle-même : neutre, distante. Opération de commando jusque-là réussie, conclut Alain en refermant la porte de son appartement. Cela vaut bien un café.

Mercredi 31 mai, 1 h 30 du matin. Alain enfile son uniforme d'été : chemise bleu clair, pantalon bleu plus foncé, veste et cravate noires. Il vient de dormir presque deux heures en prévision d'un double service. Les trois armes à feu soigneusement nettoyées ont réintégré leur place habituelle dans la pièce secrète. À 1 h 45, le gendarme Lamare a rejoint au pied de l'immeuble son chef Daniel Hourdé. Ensemble, ils se rendent dans les locaux du PSIG de Chantilly où se déroule le rituel habituel : prendre les instructions pour la nuit, accueillir la patrouille précédente, la raccompagner à la cité Lefébure en passant par les Ripailles, puis retourner au PSIG pour y cueillir deux gendarmes auxiliaires. Commence alors la ronde fastidieuse.

La voiture roule lentement, toutes glaces ouvertes. RAS, sinon la litanie familière des voitures volées jusqu'au moment où, à la hauteur des Ripailles, Alain décide que la pantomime peut commencer. Un geste en direction du sentier forestier, quelques mots prononcés sans trahir l'impatience. Ne voient-ils pas, là, dans les fourrés, les feux de position d'une voiture à l'arrêt ? Il suffit de tirer sur les ficelles, les marionnettes s'exécutent. La suite des opérations se déroule exactement comme l'avait prévu Alain. Tandis que ses collègues passent au crible la voiture, découvrant le mouchoir et la cordelette, les balles et les deux impacts sur le pare-brise, Alain manipule une nouvelle fois les acteurs de ce sketch : s'étant éloigné de quelques mètres sous prétexte de fouiller les abords immédiats, il crie : « Il y a une voiture qui démarre, sur la route de Beauvais ! » et se met à courir dans cette direction, pistolet au poing, aussitôt suivi par ses collègues. Rien à redire : excellents ce soir les exécutants ! C'est en revenant sur ses pas qu'Hourdé découvre, comme prévu, la seringue de Diazepam et le plan du hold-up…

— On était en train de flinguer le conducteur de la 504. Il a réussi à se débiner, mais il a laissé des traces comme le Petit Poucet ! résume-t-il. Restez là. Je préviens Cavalier. C'est une grosse affaire.

Sur place, quelques instants plus tard, le chef du PSIG découvre les deux axes de tir en retrouvant des douilles à l'avant et à l'arrière de la 504. Vers 3 heures du matin, le propriétaire de la voiture est identifié et Cavalier fait réveiller par radio le commandant Colson, l'adjudant Citerne, chef de la brigade des recherches, ainsi que le policier de permanence pour l'antenne de Creil du SRPJ de Lille. Devenu l'éminence grise de Colson, Citerne fait la pluie et le beau temps dans le domaine judiciaire, se contentant bien souvent de rafler aux commandants de brigade les plus belles affaires une fois qu'elles sont résolues. Du moins est-ce l'impression de Lamare qui le tient pour responsable d'un énorme ratage au profit de la PJ de Lille dans l'affaire du « tueur de l'Oise ». Impression confirmée ce soir par la désinvolture de ce sous-officier qui, en compagnie de Colson, se permet d'arriver sur les lieux après l'inspecteur Sézille, de l'antenne de Creil.

Retard qui scandalise le gendarme Lamare, mais ne l'empêche tout de même pas de jouir des félicitations reçues et partagées avec Hourdé et plus encore de celles adressées à l'adjudant Cavalier qui bombe le torse à cette heure matinale. Quant à Colson, c'est bien la première fois qu'il daigne se déplacer en pleine nuit, note Alain qu'enchante le spectacle de cette trentaine de galonnés agglutinés autour de la 504 de leur collègue Prigent. Jamais jusqu'à cette nuit il n'en avait vu autant à la fois. Jamais mieux que ce soir le carrefour des Ripailles n'a mérité son nom de Royaume des Képis. Cela augure bien de la suite, pense notre homme qui ne peut toutefois s'empêcher d'observer d'un œil critique les contorsions désordonnées de cette troupe de pantins.

3

Oui, l'adjudant Cavalier jubile à l'aube de ce 31 mai 1978. Il se prend à espérer : peut-être cette affaire des Ripailles va-t-elle enfin justifier la création en août 1977 à Chantilly de l'un des sept premiers PSIG de la gendarmerie française et, dans le même temps, redorer le blason d'une unité qui ne brille pas par son dynamisme en matière judiciaire ?

La création des PSIG est révélatrice d'un malaise profond : la mort lente de la gendarmerie classique fondée depuis huit siècles sur une division géographique du territoire national à partir de brigades territoriales, une par canton, et qui exercent leur surveillance au sein de la population avec laquelle elles entretiennent les meilleurs rapports. Ce mode de fonctionnement n'est plus de mise car il est devenu impossible de circonscrire la recherche des auteurs d'un délit dans la sphère étroite d'une unité trop polyvalente. Du moins est-ce le sentiment de la direction de la gendarmerie française qui crée ainsi en 1977 ces « gendarmes d'ailleurs ».

Un PSIG se compose de 18 hommes : 9 gendarmes, plus 9 gendarmes auxiliaires, simples soldats du contingent. Un seul mot d'ordre pour leur mission à caractère essentiellement dissuasif : montrer aux populations que des gendarmes spécialisés patrouillent jour et nuit à bord de voitures rapides, traquant le malfaiteur jusque dans les villages les plus isolés. En bref : « Vivez en paix, le PSIG roule pour vous. »

Mais c'est le GIGN[1] qui attire le jeune gendarme en quête de promotion : le PSIG ne fait pas le poids comparé à cette unité d'élite créée en octobre 1973 pour concurrencer les brigades antigang de la police judiciaire. Aussi les jeunes gendarmes, rebutés par leurs fonctions de gratte-papier, rêvent-ils de jouer les shérifs comme les 32 superpandores du GIGN qui accaparent régulièrement la première page des journaux à l'occasion de prises d'otages, de détournements d'avions, de révoltes de détenus. Une seule ombre au tableau : draconiennes sont les conditions pour être admis au sein de cette unité et par conséquent très restreint est son effectif. Alors, faute de GIGN, peut-être les jeunes gendarmes vont-ils s'intéresser au PSIG, maillon intermédiaire entre ce commando de choc et la brigade classique.

Il faut reconnaître que nul ne fait preuve d'un zèle opiniâtre pour faire partie de ce type d'unité. À sa création en 1977, le PSIG de Chantilly n'a suscité que 8 candidatures recevables, la neuvième,

1. Groupe d'intervention de la Gendarmerie nationale.

celle du gendarme Lamare, ayant été rejetée par Jean Ferry, commandant du groupement de gendarmerie de l'Oise, en vertu du règlement interne qui stipule que tout jeune gendarme doit servir au minimum trois ans dans sa première affectation avant de pouvoir prétendre à une éventuelle mutation. Or, Lamare était à Clermont depuis quatorze mois seulement. Pourtant, quelques semaines plus tard, faute de postulants, Ferry, sur les instances de ses supérieurs, acceptera la candidature de ce gendarme « irrégulier » à plus d'un point de vue, trop jeune pour faire partie d'un PSIG, seul célibataire de son unité, seul à habiter hors de la caserne, échappant ainsi totalement à la classique et bénéfique surveillance réciproque qu'exercent les gendarmes les uns sur les autres par le biais de la vie communautaire. Aussi, Ferry, un an plus tard, en ce matin du 31 mai, a-t-il tout lieu de se féliciter de l'efficace prestation du gendarme Lamare aux Ripailles.

Beaucoup moins enthousiastes, en revanche, se montrent les collègues d'Alain. Cette affaire ne les passionne pas, mais alors pas du tout ! Installés dans un train-train quotidien, ils ont vite oublié qu'on attendait d'eux qu'ils soient les antigangs de la compagnie de Senlis. Belle indifférence qui s'explique peut-être par le fait qu'aucun de ces hommes n'a réellement souhaité son affectation au PSIG. À commencer par son chef lui-même, l'adjudant Cavalier, quarante-deux ans, obligé d'accepter ce commandement pour gagner du galon.

Avec ces dix-huit hommes, plus alléchés par la perspective d'une permission que par celle d'une affaire judiciaire, Cavalier travaille en copain. Il leur a fait confiance, a banni le vouvoiement et a refusé de les surveiller, se contentant d'organiser leur travail. C'est ainsi qu'il a mis sur pied une dizaine d'itinéraires types qui quadrillent en tous sens les 130 km^2 de l'arrondissement de Senlis à travers de petites routes de campagne et des chemins forestiers, de manière à passer dans les hameaux les plus reculés. Chaque patrouille – deux gendarmes ou sous-officiers accompagnés de deux gendarmes auxiliaires – parcourt à tour de rôle l'un de ces itinéraires à bord de l'une des deux 504 Peugeot break de l'unité. Une fois par mois, ces hommes s'exercent au tir, au stand de l'armée à Senlis ou en forêt d'Ermenonville. Tous les lundis matin, sous le regard envieux des gendarmes de la brigade accrochés à leurs « pianos[1] », les dix-huit hommes du PSIG enfilent leurs survêtements et partent pour une séance de cross en forêt de Chantilly afin d'entretenir leur forme physique.

Le commandant Colson applique à la lettre les instructions de la direction de la gendarmerie vis-à-vis des hommes de cette unité. Un exemple des conséquences qu'entraîne la rigidité de ces règles : aucun d'entre eux n'a le droit de faire la moindre procédure, d'entendre un suspect ou toute personne interpellée. Tous sont tenus, en cas de découverte d'une affaire judiciaire, de confier immédiatement l'enquête à la brigade territoriale compétente. L'adjudant Cavalier a bien essayé de passer outre à cette réglementation : il ne s'en est

1. Piano : terme d'argot désignant une machine à écrire.

pas félicité. Aussi, à 4 heures du matin, le 31 mai, l'affaire des Ripailles est-elle confiée à la brigade de Saint-Leu-d'Esserent, épaulée par la brigade des recherches de Senlis.

Cavalier a eu la désagréable impression, au vu de certains sourires et sous-entendus de bon nombre de ses collègues, que le PSIG reste considéré comme une unité de cow-boys, spécialisée dans les bavures en tout genre. Même « son meilleur » Lamare n'est pas un petit saint : à la sortie des bals le samedi soir, ce jeune homme a la fâcheuse habitude de « travailler » avec une menotte attachée à son poignet gauche. Infaillible manière d'immobiliser son antagoniste avant de lui infliger une sévère correction. Bienheureuses bavures qui viennent rompre la monotonie quotidienne du travail de cette unité exemplaire cantonnée dans la recherche des voitures volées.

N'empêche que Cavalier peut compter sur Lamare. Il le sait. La preuve en est que le jeune homme vient de lui apporter la plus belle enquête depuis la création du PSIG.

— Je vous l'avais bien dit, ne cesse de répéter cette nuit-là l'adjudant aux gradés qui l'entourent. Lamare, c'est mon meilleur.

Et il a félicité le jeune gendarme en lui donnant une grande tape dans le dos.

— Je suis content. Tu m'as fait réveiller en pleine nuit. Il y a longtemps que ça ne m'était pas arrivé ! C'est bien, petit, continue ! Et puis, gardons ensemble un œil sur cette affaire car, après tout, c'est quand même toi qui l'as découverte !

Et le petit a souri modestement.

4

S'il l'avait osé, Alain, cette nuit, aurait embrassé l'adjudant Cavalier. Les compliments reçus lui donnent le vertige. Ils ont été prononcés par un homme d'élite, à la vie exemplaire. Alain le sait pour avoir compulsé plus d'une fois le dossier de son chef dans les locaux du PSIG, passant au crible ses moindres faits et gestes. Plutôt beau garçon, ce qui ne gâte rien. Alain n'est pas insensible aux yeux bleus très vifs, au menton volontaire, aux cheveux blonds taillés en brosse. Un homme, un vrai, de type aryen qui ressemble à s'y méprendre aux héros guerriers dont les photos illustrent ses livres. C'est peu dire qu'il l'admire, il le vénère. Vénération d'un type particulier cependant qui pousse Alain à voler à son chef les deux citations à l'ordre de l'armée qui ont été décernées à ce parachutiste pendant la guerre d'Algérie. Comme si, par le truchement de ces morceaux de papier, il s'appropriait une part de son prestige. Démarche d'adolescent attardé qui, tout en rêvant de réussite, collectionne les petits chevaux de porcelaine, pour faire comme son frère aîné.

Mercredi 31 mai. Lamare, sa patrouille terminée vers 8 heures du matin, gagne aussitôt la gendarmerie de Betz, sans rechigner, puisque c'est à la demande de Cavalier qui compte sur lui et ses camarades pour donner un coup de main à la PJ de Lille. Pour l'heure, le jeune homme n'en sait pas plus, mais il a l'eau à la bouche. Il n'est pas déçu en entrant dans la grande salle de la brigade : 35 policiers les attendent lui et son unité, 35 policiers pour 10 gendarmes. Alain est époustouflé : il n'avait encore jamais vu autant d'enquêteurs de la PJ à la fois. Les commissaires Bosselet, Mathieu et Jacob se présentent. Puis ce dernier entame aussitôt son *briefing*, désignant, une baguette de bois à la main, sur une carte d'état-major fixée au mur, les principaux endroits de la planque. Il s'agit d'arrêter en flagrant délit « le gang des petites cylindrées ». À l'actif de cette bande, 60 agressions à main armée depuis trois ans, contre des agences du Crédit Agricole situées au nord de la Loire. Attaquée par cette bande en 1977, l'agence d'Acy-en-Multien doit l'être à nouveau ce jeudi 31 mai ou samedi prochain 3 juin, selon l'auteur d'un coup de fil anonyme à la préfecture de police.

Vient ensuite la description du dispositif policier : une fourgonnette Peugeot J 7 de couleur blanche avec vitre arrière sans tain sera stationnée sur une route, point de passage obligatoire pour quiconque veut accéder à la succursale du Crédit Agricole. À l'intérieur, trois policiers munis d'une caméra et de jumelles. Une moto de grosse cylindrée avec deux personnes, équipée d'une liaison radio, patrouillera sans relâche sur toutes les routes menant à Acy-en-Multien. La plupart des policiers seront déguisés en cyclistes, fermiers, promeneurs et joueurs de boules, tandis que les 9 gendarmes du PSIG de Chantilly attendront dans une ferme à moins d'un kilomètre de l'agence bancaire.

Alain, tout en prenant des notes, observe médusé ces policiers. Il ne connaît jusqu'ici la PJ qu'à travers ses lectures, n'en a jamais entendu parler par ses supérieurs successifs. Experts dans l'art de piquer aux gendarmes leurs plus belles affaires, voilà leur seule réputation. Or, aujourd'hui, c'est eux qui viennent chercher Lamare et ses collègues pour une affaire qui, en cas de réussite, sera la plus belle qu'Alain ait jamais connue. Jeunes dans l'ensemble, le poil mal rasé, la chemise sortant du pantalon sous un blouson avachi, ils affichent une allure souple et débraillée en contradiction totale avec le portrait type du flic en civil tel qu'Alain se l'imagine d'après ses lectures. Mais la surprise du jeune homme est à son comble lorsque les commissaires prennent la peine, pour éviter tout risque de bavure, de leur présenter un par un ces 35 policiers.

La présentation terminée, Lamare se précipite au sous-sol. Là, en deux temps trois mouvements, il place un tabouret sous le soupirail des toilettes, grimpe dessus, embrasse du regard toute la cour de la brigade. Avec son Instamatic dont il ne se sépare jamais, il mitraille toutes les voitures du

SRPJ de Lille, remonte quatre à quatre les marches tout en récitant à voix basse une curieuse prière : une R 16 TS bleue, une R 16 TX blanche, une R 12 gris métallisé, etc., exerçant ainsi sa mémoire pour pouvoir comparer plus tard avec les photos. Il pressent qu'un jour son chemin pourrait bien croiser celui de ces policiers.

Vingt minutes plus tard, couché dans son grenier où il fait le guet, Lamare s'absorbe dans la contemplation des champs de céréales qui s'étendent à perte de vue. Il suit à la jumelle les allées et venues de la moto, s'efforce d'enregistrer le visage de quelques-uns de ces policiers – pas facile du haut de son perchoir – tandis que la fourgonnette Peugeot J 7, elle, demeure immobile sept heures durant sous un soleil de plomb. Le gendarme Lamare est enthousiasmé par sa journée de travail, estomaqué par la qualité des inspecteurs et l'organisation remarquable de ce jeu de cache-cache entre gendarmes et voleurs, même si pour l'heure le résultat est mince. La juxtaposition dans le temps de l'affaire des Ripailles avec celle du Crédit Agricole devrait servir ses intérêts. Seuls des policiers de cette trempe sauront s'occuper de lui comme il faut... Des adversaires dignes de lui, en somme.

1er juin. Le lendemain, Alain, allongé sur le lit de sa chambre mansardée au premier étage du pavillon familial de Senlecques, rêvasse, les nerfs encore à vif. Ah ! l'humiliant voyage de ce matin. Parti à 6 heures de Chantilly, il est arrivé à midi seulement chez ses parents. À la chaleur lourde de la veille a succédé une forte pluie d'orage et la plupart des automobilistes fuyaient sans un regard pour le pitoyable gendarme auto-stoppeur qui, vêtu seulement d'une chemisette et d'un jean, a dû parcourir à pied plus de la moitié des 30 kilomètres qui séparent Boulogne-sur-Mer de Senlecques. Il s'est présenté trempé comme un chien devant sa mère qui a poussé, bien sûr, des cris d'orfraie avant de l'entraîner d'autorité dans la salle de bains, de s'emparer sur-le-champ du linge sale dans la valise, de lui préparer des vêtements secs.

Elle a souri tout de même lorsque Alain lui a offert son cadeau de fête des Mères, une lueur de contentement s'est allumée un fugitif instant dans le regard d'Arsène Lamare lorsque son fils a posé sur la table les deux bouteilles de brouilly. Pendant le déjeuner, pourtant et comme à l'accoutumée, les deux hommes n'ont pas échangé une seule parole et l'absence des autres enfants rendait plus pesant encore le silence paternel. Bercé maintenant par le crépitement régulier de la pluie sur le toit et le battement sourd de la machine à laver qui, d'en bas, lui parvient étouffé, le jeune homme peu à peu se détend. Ici, comme chaque fois, ses rêveries le ramènent vers une enfance dont il n'arrive pas à se dépêtrer. Enfance bringuebalée d'ici et de là, à cause de la profession du père. D'abord simple palefrenier, puis brigadier des haras, chargé d'assurer la reproduction des chevaux de trait et plus tard, avec l'apparition des tracteurs, celle des chevaux de selle, Arsène Lamare court les routes entre Desvres et Fruges, poussant parfois même jusqu'à Annecy, dans l'Ain, entraînant avec lui femme et enfants en même temps que ses étalons. Autant de déplacements, autant de changements d'école pour Alain qui vit le reste de l'année confiné dans la terrible promiscuité de la caserne de Compiègne, siège des haras du Nord. Une seule pièce par famille, où l'on essaie de se supporter la nuit comme le jour, à quelques mètres de la cour où piaffent les chevaux.

À cinq ans, Alain, de la fenêtre du logement de la caserne de Desvres, assistait à la saillie des juments. Au milieu de la cour sale aux murs de brique rouge, les pouliches s'affolaient contre la clôture barre[1] tandis que le « souffleur » inspectait leur arrière-train, elles piaffaient avec des hennissements fous lorsqu'elles étaient ensuite garrottées avant d'être montées par les étalons de son père.

Mais plus terrifiante encore pour le petit garçon était la colère du père lorsqu'il découvrait les bouteilles cachées dans les écuries, qu'il les lançait en vociférant contre le mur où elles explosaient dans un fracas de verre brisé, une odeur aigre de vinasse. Cette haine viscérale des ivrognes, ce culte du travail bien fait, accompli au sein d'une équipe, Alain les a hérités de son père. Héritage dont il est incapable de se défaire. De même qu'il ne sait pas vivre hors des murs d'une caserne. Qu'a-t-il fait jusqu'ici sinon de passer de l'une à l'autre ? De celle des haras à celle de l'armée, puis de la gendarmerie. C'est à la caserne de Verdun qu'Alain, sergent responsable de l'armurerie au

1. Barre : terme d'argot des palefreniers servant à désigner la barre d'acier devant laquelle la jument est maintenue.

54e régiment d'artillerie, s'est fait un ami. Le seul. Un séminariste qui a bien failli le convaincre d'entrer dans les ordres. D'août 1974 à juillet 1975, Alain, plus d'une fois, a entraîné son ami au musée de la Guerre, s'attardant muet d'admiration dans la contemplation d'un pistolet ou d'une carabine, tandis que Jean attendait avec une patience indulgente. Au retour, le soir, dans la chambrée, Alain avait droit en contrepartie à une séance de théologie au cours de laquelle Jean s'efforçait de le convertir au catholicisme. Alors, Alain renchérissait, s'obstinant à le persuader de la justesse des vues de Lobsang Rampa. Match nul, amitié gagnée, entretenue vaille que vaille au fil d'une correspondance fidèle entre le lama en uniforme et le futur curé.

Alain d'un bond saute sur ses pieds, secoue le passé. Le dîner succulent est à l'image du déjeuner : il comble la gourmandise d'Alain. Mais comment trouver sa place entre ce père toujours retranché dans une distance hautaine, cette mère aux nerfs fragiles, plutôt dépressive, marquée par le suicide récent, coup sur coup, de deux de ses proches ? À l'heure des informations, le spectacle des paras sous le ciel de Kolwezi perturbe le cours de sa digestion. Excédé de vivre à l'ombre de ces héros dont on lui jette les exploits à la figure, sur le papier comme sur les écrans, il gagne sa chambre et s'y enferme. Ce fils exemplaire, ce modèle de respect filial a caché sous le toit de sa modeste chambre de jeune homme bien tranquille les outils de sa guerre. Il suffit de déplacer sans faire de bruit deux lattes, juste au-dessus du lit : armes, munitions et cartes géographiques sont en bonne place. Alain caresse de la paume de la main la crosse d'un Luger avant de s'endormir.

Comme Chantilly, à chaque retour, lui paraît monotone.

Ce même vendredi, dîner à La Grillade, puis patrouille, suivie dans la journée du samedi 3 juin d'une nouvelle planque à Acy-en-Multien sans autre résultat que le signalement d'une voiture suspecte. Dimanche 4 juin, à la demande de la Société d'encouragement, Alain, avec ses collègues du PSIG, est chargé d'assurer la protection du Jockey Club sur l'hippodrome de Chantilly. Protection qui se poursuit autour du champ de courses durant toute la semaine et s'achève le dimanche 11 juin à l'occasion du Prix de Diane pour le plus grand soulagement d'Alain qui a honte, dans le fond, d'être utilisé à des fins si futiles. Quel besoin a-t-on de faire appel à son unité alors que 200 gendarmes mobiles sont chaque fois présents, que rien ne laisse présager le moindre incident !

Le soir même, Alain écrit sur trois pages une longue lettre à sa mère. Il consacre quelques lignes à sa performance sur l'hippodrome des Condés, raconte en revanche dans les moindres détails, chiffres à l'appui, l'organisation remarquable, par la PJ, de la planque à Acy-en-Multien, s'étonne le premier, au moment de cacheter la lettre, de ce débordement de confidences. C'est vrai qu'il a écrit à sa mère une ou deux fois par semaine, mais c'est souvent pour lui parler de la pluie et du beau temps, un peu parfois de ses activités personnelles, *jamais* de son métier. L'affaire d'Acy, c'est différent. Il n'est pas près d'oublier cette journée. Il s'endort avec le secret espoir tout de même que sa mère l'ait aperçu, à l'occasion de la retransmission des courses, vêtu de son bel uniforme, aux côtés de l'adjudant Cavalier dont il lui a si souvent parlé.

5

Lundi soir 12 juin. L'affaire des Ripailles est bel et bien jetée aux oubliettes. Pas un mot dans les journaux locaux, pas la moindre allusion chez ses collègues. Alain remâche son échec en rangeant dans le réfrigérateur la pile de provisions qu'il vient d'acheter au libre-service. Il a de quoi se nourrir pendant quarante-huit heures au bout desquelles se répétera encore une fois l'humiliante corvée des courses à pied. Autre motif de mécontentement pour ce jeune homme en colère bien obligé d'admettre que la partie engagée est au point mort. La balle est donc dans son camp : il faut frapper plus fort, porter un nouveau coup, sérieux cette fois.

On ne livre pas une bataille sans en repérer auparavant le terrain. Au programme d'Alain, ce soir, l'étude approfondie des cartes IGN de la Picardie et de ses massifs forestiers. À quatre pattes sur le sol de sa chambre secrète, il entreprend d'entourer en rouge le nom des localités disposant d'une brigade de gendarmerie, matérialise juste à côté avec une croix de même couleur les points de contrôle mis en place à l'échelle du département en cas de hold-up, par exemple, coche enfin en bleu, systématiquement, tous les ponts routiers ou ferroviaires permettant de franchir l'Oise et son affluent l'Aisne. À son grand étonnement, les croix rouges et bleues désignent rarement les mêmes lieux. Ce qui signifie que la surveillance des routes nationales est prioritaire par rapport aux ponts. Première constatation non négligeable... Il s'emploie alors, avec une concentration minutieuse, à flécher des itinéraires qui, évitant les croix et ronds rouges, passent à l'inverse par les croix bleues, itinéraires types empruntant uniquement des petites routes départementales étroites, des chemins d'exploitation forestière, voire des allées cavalières...

À l'aide d'un marqueur jaune, il trace une trentaine de cercles sur les cartes des massifs forestiers, faisant soudain surgir grottes, cavernes et souterrains, très nombreux dans l'Oise, en particulier autour des forêts. Il la tient, la petite touche finale qui parachève son jeu de piste, éclairant d'un seul coup une scène ancienne qu'il revit maintenant, les yeux fermés, dans la position du lotus.

7 février 1977, un jour blême d'hiver où tombent par intermittence sur le cimetière de Laigneville de brusques giboulées. Marie Brossy-Patin, le visage tiré de froid sous le foulard de soie, se tient immobile, flanquée à sa droite d'un colosse brun, menottes aux poignets, Marcel Barbeault, le présumé « tueur de l'Oise », à sa gauche de l'inspecteur Daniel Neveu, un homme à l'air sec et dur.

Sur l'ordre de la jeune et jolie juge d'instruction, les inspecteurs de la PJ de Lille, armés de pelles, retournent la terre du cimetière sur un demi-mètre de profondeur, avec l'aide d'une compagnie de CRS. Recherches entreprises à la suite des déclarations de Barbeault selon lesquelles il aurait trouvé la carabine 22 LR de type Gecado, utilisée pour les deux derniers meurtres, derrière la tombe d'une tante qu'il visitait régulièrement. Chargé ce jour-là avec son unité d'assurer la sécurité des lieux, Alain observe la scène, fasciné. Ce soir, il se souvient, revoit Barbeault incapable de retrouver cette tombe, ces hommes, une centaine au total qui, des heures durant sous la pluie persistante, passent au peigne fin la colline juste au-dessus du cimetière, fouillant grottes et cavernes. Toutes sauf une, située derrière la cabane du fossoyeur : parce qu'elle grouille de rats à l'intérieur et qu'un inspecteur s'est fait mordre, alors bien sûr, ils y ont aussitôt renoncé.

Au terme de cette journée de dupes, Alain, scandalisé, tire des conclusions définitives : c'est Barbeault qui mène le bal et c'est dans le trou à rats que se cache la carabine ; les hommes de la PJ sont des charlots qui ne savent probablement même pas ce qu'ils cherchent, la juge et l'inspecteur sont pleins de bonnes intentions mais complètement impuissants, et cette colline mal prospectée représente la cache idéale pour un assassin ou bien même un simple voleur de voitures.

Un peu avant minuit, Alain, éreinté, son travail de repérage achevé, passe à l'opération suivante : la préparation de son sac de sport : il y range les cartes IGN, y fourre une dizaine de boîtes de conserve vides, une lampe de poche, une paire de jumelles, une carabine et des pistolets avec les munitions nécessaires, enfin de quoi se nourrir : chocolat et lait. Vient alors l'heure des ablutions qu'il prolonge aussi longtemps qu'il le peut avant d'enfiler sa tenue de gendarme et de rejoindre la brigade de Chantilly.

Mardi 13 juin, 14 heures. Fin de patrouille suivie d'un nouveau séjour prolongé dans la salle de bains. Entre le moment où il quitte son uniforme et celui où il revêt ses vêtements civils, Alain, chaque fois, éprouve le besoin d'effacer le gendarme Lamare. Il a devant lui deux jours de permission, un programme chargé. À 16 h 08, il monte dans l'express Paris-Maubeuge, le Beretta court glissé dans sa ceinture, une petite clé de cadenas dans la poche droite de son pantalon, son sac de sport à la main. À 17 h 23, il descend à Noyon, ville épiscopale et militaire à 20 kilomètres au nord de Compiègne. Juste en face de la gare, il y a un jardin public, un peu de terre et de verdure au milieu du macadam mais surtout des massifs de roses de toutes les teintes, des roses thé et des roses pourpres, des blanches et des jaune pâle. Alain sans hésiter cède à la tentation de s'y arrêter. Le promeneur solitaire ferme les yeux sous la chaleur du soleil, il rêve, emporté par le parfum de ses fleurs préférées.

Quelques minutes plus tard, il emprunte la rue Saint-Éloi, observe l'intérieur des voitures stationnées le long du trottoir devant l'hôtel-restaurant Le Grillon. Pas l'ombre d'un propriétaire négligent. Alain poursuit son chemin jusqu'à la cathédrale dont il fait le tour, inspectant une à une les voitures du parking avant de s'engager dans la rue Albert-Lebrun, de passer devant la gendarmerie qui ne lui semble pas particulièrement zélée s'il s'en tient au fait qu'il n'a jusque-là pas croisé le moindre uniforme. Vingt mètres plus loin, à l'angle de la rue Albert-Lebrun et de la rue de Paris, il s'immobilise, à l'affût : un homme en bleu de travail vient de garer son break R 12 bordeaux devant un magasin de chaussures. Il s'y précipite, une paire d'escarpins à la main. Alain aussitôt s'approche : un coup d'œil pour vérifier que la clé de contact est bien restée sur le tableau de bord, un autre en direction du propriétaire qui gesticule derrière la vitre. Alain ouvre la porte du break, jette son sac de sport sur le siège du passager avant, démarre en trombe en direction de Compiègne. Sa montre marque 19 h 50. Dans la rue de Paris la circulation est fluide. La jauge d'essence indique que le réservoir est plein. Tenant d'une main le volant, il attrape de l'autre, dans son sac, les cartes IGN, quitte la RN 32 à deux kilomètres de Noyon pour suivre tout bêtement l'itinéraire fléché en bleu et noir. Il ralentit dans les villages pour éviter de se faire repérer, appliquant scrupuleusement ce qu'on lui a appris dans son métier. Quelques kilomètres plus loin vers le sud, dans la forêt dite Le Fond de Bougris, il emprunte un chemin cahoteux comme un sentier de mulet, avant de déboucher dans une clairière perdue, à l'abri des regards.

Martial Doucet, domicilié à Camelin-et-le-Fresne dans l'Aisne – renseignements pris sur la carte grise – est un propriétaire peu soigneux.

Alain, en même temps que l'inventaire, entreprend de faire le ménage de la voiture comme si, en effaçant toute trace du propriétaire, il se l'appropriait en quelque sorte, temporairement tout au moins, puisqu'il s'agit bien d'emprunt et non de vol dans l'esprit du jeune homme. Un sac de plastique plein de détritus sous le bras, il prend le chemin de la carrière Guinaut, sorte de grotte ceinturée de barbelés, accessible uniquement par des trous d'homme situés dans sa partie supérieure, au milieu d'un sous-bois, et qui servait de dépôt de munitions aux Allemands pendant la dernière guerre. À l'intérieur de ce gigantesque labyrinthe qui serpente autour de piliers de pierre règne un silence aussi profond que l'abîme, et l'eau qui suinte le long des parois tombe goutte à goutte, formant des flaques sur le sol où traînent des caisses de munitions de tous calibres, des bandes de mitrailleuses, quelques grenades rongées d'humidité. C'est en se baladant à vélo lorsque enfant il habitait Compiègne qu'Alain a découvert ce repaire, qu'il s'est attaché à son silence, y revenant depuis, s'y réfugiant des jours comme aujourd'hui où la nécessité de s'accorder un répit se fait insistante. Il cligne des yeux en sortant de la grotte, se met à courir à foulées rapides et régulières pour libérer avant la nuit la tension accumulée au cours des dernières heures. Ce soir, il dormira dans la voiture sur le siège avant, toutes portes fermées à clé. Repos bien mérité puisqu'il a jusqu'ici respecté son plan.

Mercredi 14 juin, 9 heures. Quelques exercices d'assouplissement pour une journée sportive en perspective avant de prendre le volant. Premier objectif d'Alain ce matin : tester sa logistique en opérant un vaste mouvement tournant à travers les massifs forestiers de la région de Clermont, au nord de l'Oise, éviter le maximum de villes et de villages, emprunter, s'il le faut, les allées cavalières fermées par des barrières blanches munies de cadenas. Une seule et même clé suffit à les ouvrir. Son unité en possède un exemplaire... Alain en a fait faire un double qui se trouve dans la poche droite de son pantalon.

À côté de lui, sur le siège du passager, au beau milieu des cartes dépliées, le carnet de chèques de Martial Doucet. Il y revient sans cesse, l'œil hypnotisé, la mémoire écorchée se souvenant des coups de gueule de son père lorsqu'il reprochait à sa mère d'être trop dépensière. Jamais il n'a levé le petit doigt, lui, Alain, tandis que François-Xavier, chaque fois, se faisait gifler parce qu'il prenait bravement la défense de sa mère, accusant le père d'être seul responsable. Cette image de sa mère injustement accusée, celle de son père si consciencieux dans le travail, et le souvenir de sa propre lâcheté sont insupportables à Alain. Ce chéquier jaune du Crédit Agricole, c'est l'occasion de réparer, de compenser, de venger.

La R 12 freine brutalement. Alain troque sa tenue d'homme des bois contre son costume de scène – pantalon noir, pull à col roulé bleu, veste à carreaux –, se recoiffe avec soin dans le rétroviseur. Le premier achat sera, bien sûr, pour sa mère. Empruntant alors la D 55, il traverse des petits villages tassés au milieu des champs de blé et de betteraves avant d'entrer dans la ville de

Saint-Just-en-Chaussée. *Premier chèque Doucet, 119 F :* un peigne soufflant électrique Moulinex. La vendeuse, se fiant probablement à sa bonne présentation, ne lui a pas demandé sa carte d'identité. Eh bien ! puisque les commerçants ne prennent pas la peine d'appliquer les consignes élémentaires que recommande la gendarmerie, ils n'ont que ce qu'ils méritent !

Tout de même, charité bien ordonnée commence par soi-même. Aussi Alain s'offre-t-il, à Breteuil, à une vingtaine de kilomètres plus au nord, un déjeuner au Globe, l'un des meilleurs restaurants de la région, très fréquenté par les gendarmes de l'Oise. *Deuxième chèque Doucet : 63 F.* Là, non seulement on ne lui réclame pas la moindre pièce d'identité, mais on le remercie de sa visite. Alain, emporté par le succès, décide de poursuivre plus à l'est, empruntant une longue route droite, monotone, qui mène à Montdidier dans la Somme. L'après-midi se passe tout entier à faire des achats. Dimanche c'est la fête des Pères. Arsène Lamare, s'il méprise le gros rouge, immanquablement pour lui lié au souvenir des palefreniers soûls, n'aime rien tant que de déguster parfois un verre de vin fin. *Le troisième chèque Doucet, 206 F,* est pour lui : quelques très bonnes bouteilles de saint-émilion, de brouilly, de beaujolais. *Le quatrième chèque Doucet, 359 F* pour Alain : une mini-machine à laver Calor. Fini le temps où il rapportait ses chemises sales à sa mère. L'heure a sonné de s'assumer. Autre boutique, autre rêve assouvi, un jean. *Cinquième chèque Doucet : 137 F.* Chaque fois, l'escroc appliqué s'offre un frisson en prime en demandant que l'on porte ses paquets jusqu'à la voiture.

Nouveau saut de puce : le break quitte Montdidier en direction de Roye. Alain fait le plein d'essence – *Sixième chèque Doucet : 90 F* – avant de garer la voiture à proximité de l'Hôtel Central. Un lit c'est tout de même plus confortable qu'un siège de voiture ! Ce point de chute n'a pas été choisi au hasard : Roye est située dans la Somme, à quatre kilomètres seulement au nord du département de l'Oise. Alain sait pertinemment que lorsqu'une voiture a été volée, les barrages mis en place le sont dans le département où s'est produit le vol, rarement dans les départements voisins…

Le lendemain matin, 15 juin, 8 heures. Septième chèque Doucet qui règle la note d'hôtel. Alain reprend la route vers le nord en suivant la riante vallée de l'Avre. Fait son plein de provisions à Moreuil, à l'enseigne de La Ruche picarde. *Huitième chèque Doucet. 180 F.* Il rebrousse alors chemin vers Roye avec un arrêt à la poste d'Hangest-en-Santerre. L'achat d'un carnet de timbres pour affranchir les lettres destinées à sa mère n'est qu'un prétexte à repérer les lieux dans l'éventualité où il déciderait de commettre un hold-up. Il note : *primo,* une seule employée derrière le guichet. *Secundo,* la brigade de gendarmerie la plus proche se trouve à 10 kilomètres de là. Alain reprend l'itinéraire déjà suivi par lui deux jours auparavant à travers les massifs forestiers. Il manque à son équipement, en prévision de nuits à la belle étoile, une tente canadienne à deux places. Il se l'offre à Verneuil-en-Halatte. *Neuvième chèque*

Doucet : 285 F. À midi pile, le break R 12 se trouve garé bien en évidence au milieu du parking SNCF de la gare d'Orry-la-Ville, au sud de Chantilly.

Son sac de sport sur l'épaule, Alain prend le train pour Chantilly et de là gagne à pied la cité Lefébure. À 14 heures, il prend son service au terme d'une permission laborieuse.

Jeudi 15 juin, 14 heures, au mercredi 21 juin, même heure : patrouilles quotidiennes au cours desquelles la 504 break du PSIG de Chantilly tourne à plusieurs reprises sur les terrains vagues proches de la gare d'Orry-la-Ville, royaumes des voitures volées, royaumes fidèles à leur réputation puisque l'unité d'Alain en repère un grand nombre. Et comme d'habitude, leurs numéros minéralogiques sont passés par radio au fichier national des voitures volées, grâce au terminal d'ordinateur de Beauvais. À aucun moment, la R 12 break garée durant toute cette période au centre du parking officiel ne fait l'objet du moindre contrôle. Seuls les deux parkings sauvages intéressent les collègues d'Alain. Cette bande d'incapables lui inspire décidément un profond mépris et c'est avec soulagement qu'Alain les quitte le mercredi 21 juin pour une nouvelle permission.

Sur la route de Senlecques cet après-midi-là, Alain roule à plus de 120 km à l'heure. Revanche sur ses collègues qui lui refusent le volant de la 504 du PSIG, jugeant sa conduite trop lente. Le jeune homme suit toujours le même itinéraire forestier avant de faire le plein à la station-restaurant Total du hameau d'Argenlieu sur la RN 16, c'est-à-dire sur l'axe Paris-Amiens. D'avril 1976 à août 1977, Lamare, alors affecté à Clermont, a eu plus d'une fois l'occasion de rencontrer le propriétaire au cours de ses patrouilles. Aussi, lorsque Alain tend *le dixième chèque Doucet : 102 F* au patron, on peut penser que ce jeune homme doué d'une maîtrise de soi peu commune enregistre une infime accélération de son rythme cardiaque. Pourtant, à peine le patron a-t-il encaissé le chèque que le voilà déjà occupé à servir le client suivant cependant qu'Alain démarre, une nouvelle victoire à son actif.

Son déguisement ici testé pour la première fois – perruque de cheveux bruns, longs, et lunettes de type Ray-Ban – vient de faire la preuve de son efficacité. Continuant sur sa lancée, le jeune homme parachève à Hesdin son équipement : achat d'un treillis militaire de couleur kaki pour le confort de ses expéditions futures dans la carrière Guinaut, plus une pelle-pioche en prévision des jours de pluie au cas où la voiture s'embourberait. *Onzième chèque Doucet : 319 F.*

Dans le pavillon de Senlecques ce soir-là, quand le fils prodigue dépose ses offrandes sur la table familiale, on ne s'étonne pas, pas plus qu'on ne pose de questions. On ne s'étonne d'ailleurs jamais de rien : un peigne électrique, quelques bonnes bouteilles, pourquoi pas ? Et si l'on est heureux tout de même au fond de soi, on le tait. Julienne, à petits pas, s'en est allée aussitôt ranger l'objet précieux dans le placard à linge. Arsène, sans mot dire, s'est dirigé vers la cave, son carton de vin sous le bras. Le repas ne sera pas différent de celui des autres jours.

Du vendredi 23 juin au samedi 1er juillet, Alain reprend son service et ses patrouilles. Une permission de quarante-huit heures est l'occasion pour lui de tester un autre itinéraire fléché qui évite le centre de la Picardie en longeant la côte. Nouveau plein d'essence, nouveau *chèque Doucet, le douzième : 132 F*. Pourquoi ce détour ? Un peu, bien sûr, pour assouvir son goût de la vitesse sur de longues lignes droites, surtout pour lancer sur une fausse piste les futurs enquêteurs qui seront chargés de son affaire. Nouvel achat du fils, *treizième chèque Doucet : 178 F*. Le jeune homme pousse une pointe jusqu'à Senlecques et range lui-même les bouteilles dans la cave pour en réserver la surprise un jour à son père.

Au retour, sur la RN 16, à Doullens, à l'extrémité nord du plateau picard, il prend de l'essence avant d'emprunter de nouveau ses itinéraires fléchés ; *quatorzième chèque Doucet : 132 F*. À midi, le break est garé au centre du parking SNCF d'Orry-la-Ville. Un peu plus tard, malgré sa marche à pied et le poids de son sac de sport bourré à craquer, Alain a, pour la première fois depuis le 14 juin, le sourire aux lèvres. À Doullens, il est enfin tombé sur un pompiste consciencieux qui a inscrit au dos du chèque le numéro minéralogique de la voiture. C'était à désespérer.

Lundi 3 juillet. Trois semaines bientôt que la R 12 de Martial Doucet est stationnée, presque toujours au même endroit, en bonne place, devant la gare d'Orry sans que ses collègues, décidément frappés de cécité, l'aient le moins du monde repérée. Juillet se passe, semblable à juin, entre un service affligeant de monotonie et de trop courtes permissions. Alors pour tromper l'ennui, Alain emprunte parfois le break de M. Doucet pour se rendre dans la forêt de Retz, proche de Chantilly, mais située dans le département de l'Aisne, où les gendarmes ne le connaissent pas.

Mais l'écologiste ne perd pas la main pour autant : *quinzième chèque Doucet de 219 F* au Coop d'Étampes-sur-Marne, le mercredi 5 juillet. *Seizième chèque Doucet* ce même jour où il achète pour son jeune frère Bertrand une encyclopédie Larousse. Sur la porte de la librairie est affiché un écriteau « Fermé le jeudi ». C'est l'occasion rêvée de lancer un joli pied de nez aux futurs enquêteurs. Alain ne s'en refuse pas le plaisir et postdate son chèque du lendemain jeudi 6 juillet. Mercredi et jeudi également, la postière du petit village d'Hartennes-et-Taux reçoit la visite de l'homme à la veste à carreaux. Visites répétées dont elle n'a pas lieu de se plaindre puisque l'individu est tout à fait courtois, sa mise soignée, et que c'est bien son droit après tout de collectionner les carnets de timbres comme d'autres les porte-clés.

Le matin du 14 juillet, Alain prend le train pour Paris. Jamais il ne s'est permis de manquer un défilé. Ce jour-là, Alain, s'il se mêle à la foule qui applaudit le retour victorieux des 600 paras du 2e REP, garde néanmoins la tête froide. Il va lui falloir faire ses preuves autrement qu'avec des chèques volés.

Le jeune homme ronge son frein en attendant le 22 juillet, 2 heures du matin : deux journées de permission dont il pressent qu'elles seront rudes.

6

Samedi 22 juillet, 3 heures du matin. Son barda sur le dos, une lampe torche à la main, Alain rejoint la voie ferrée qui passe à 200 mètres en contrebas de son immeuble et, suivant le ballast, se dirige vers Paris. Vêtu d'un treillis kaki, rangers aux pieds, il a l'air d'un soldat en manœuvre. L'oreille attentive, il guette la plainte répétée de quelque oiseau de nuit, le grondement d'un train de marchandises. De temps en temps, une boîte de conserve échouée sur le ballast roule sous ses pieds.

Cinq kilomètres parcourus d'un pas régulier et le voici à la gare d'Orry-la-Ville. Dans l'aube blafarde, la R 12 break quitte, tous feux éteints, le parking, roule cent mètres à peine sur la route et disparaît dans la forêt. L'itinéraire fléché la conduit jusqu'à la carrière Guinaut où elle stoppe une heure plus tard. Tente montée, sac de sport à portée de la main, Alain se glisse dans le duvet, anxieux de faire le vide dans son esprit pour favoriser un sommeil indispensable avant d'affronter l'heure des résolutions.

Mais ce matin, les recettes de maître Lobsang se révèlent nulles, les souvenirs sont les plus forts. Pourquoi faut-il que, depuis son adolescence, ses réalisations n'aient jamais été à la hauteur de ses capacités et de ses ambitions ? Un jour, un de ses professeurs de 3e au CEG de Desvres lui avait demandé s'il pensait à ce qu'il ferait plus tard. À l'époque, Alain avait quinze ans et demi et des idées d'avenir plein la tête. Dans l'ordre, il voulait être : écrivain, commissaire de police, patron de restaurant, boulanger-pâtissier, dresseur d'animaux, steward, soldat, etc.

Bernard Le Mor, loin de rire, s'était au contraire étonné qu'un élève aussi intelligent ait redoublé sa sixième et fût depuis en classe de rattrapage. Intelligent ou pas, Alain, peu encouragé par sa famille qui tirait le diable par la queue, abandonnant cette année-là ses manuels, avait tenté sa chance du côté des casseroles et de la toque, tâté un an de la chaudronnerie selon le vœu de sa mère, avant de se retrouver sans trop savoir comment, en novembre 1975, à l'école de gendarmerie de Le Blanc dans l'Indre, puis un an plus tard, en 1976, à Clermont. Commissaire de police, il aurait bien voulu, mais le coût des études était trop élevé.

Il s'était peu à peu résigné aux charmes discrets de la vie de gendarme, avait vite cessé de rêver sous les brimades quotidiennes de l'adjudant-chef Cressonnier, triste caricature du sous-off de l'armée française, dit Popeye à cause de la ressemblance frappante qu'il offrait, au physique comme au moral, avec le célèbre héros de bande dessinée. Popeye, donc, par pure méchanceté, interdit à Alain de rentrer sa Suzuki 125 dans le couloir qui menait à sa chambre. Résultat : le jeune homme préféra vendre sa moto plutôt que de la laisser rouiller dans la cour. Mais surtout, Popeye ne cessait de fustiger les talents de dessinateur, pourtant unanimement reconnus, d'Alain qui, en dehors de ses heures de service, se chargeait volontiers d'exécuter tous les croquis d'accidents de la circulation, le faisant autant par amour du métier et pour rendre service à ses collègues que pour le plaisir de dessiner à l'encre de Chine. « Vous perdez votre temps ! C'est trop bien fait. Laissez tomber », répétait chaque fois l'adjudant sarcastique.

Dures années d'apprentissage au cours desquelles le jeune Lamare accepte, par peur du ridicule, pour faire comme les autres, de déchirer des procès-verbaux sous la pression des notables, de participer à des vols en se fournissant dans les caisses saisies lors des perquisitions. Des années qui lui ont aussi permis de vaincre sa timidité en faisant le coup de poing dans les bals du samedi soir : belle occasion de défendre les faibles en flanquant une raclée aux forts.

Alain d'un bond s'assied sur les talons, ouvre les pans de sa tente, le front moite de sueur. Il fait maintenant plein jour. Au-dessus de sa tête un pivert martèle laborieusement le tronc d'un chêne avec un bruit de mitrailleuse, et parfois au loin le mugissement lugubre d'une sirène déchire l'air, celle d'une péniche qui descend l'Oise en direction de Compiègne. D'un geste rageur, le jeune homme éparpille sur l'herbe le contenu de son sac : s'y trouvent pêle-mêle, au milieu des armes chargées et des munitions, des tablettes de chocolat et des tubes de lait concentré, ses archives personnelles : plusieurs cahiers d'écolier, des coupures de journaux soigneusement agrafées par sujet, des liasses de lettres.

Une citation en gros caractères barre la première page d'un cahier : « Qui gardera les gardiens ? Qui fera la police de la police ? » signé Lobsang Rampa. Dans un autre cahier, celui de ses confessions hebdomadaires, Alain lit, à la date du 5 mai 1976 : « Je ne veux plus vivre en communauté avec les immondes crétins que je côtoie tous les jours. » Et plus loin : « Quelque chose en moi va exploser. Je n'en peux plus et je vais tuer des hommes. » Phrases écrites quelques semaines après son affectation à Clermont, qui reviennent comme un leitmotiv dans tous ses écrits, qu'il répète à haute voix ce matin.

À l'intérieur d'un cahier, une liasse de lettres, le double de celles qu'il a envoyées à Christine Vaillant, la sœur de Corinne, sa femme de ménage. Écrites à la main, de son écriture désordonnée, elles lui brûlent les doigts. Pas besoin de les relire pour se rappeler comme il a aimé cette fille superbe et comme elle l'a proprement envoyé sur les roses, lui, l'amoureux transi, devant témoins, avec des mots justes, insupportables à entendre. Et puis le double d'une autre lettre, tapée à la machine celle-là, également datée de mai 1976. À cette époque, il vient de relire les 186 procès-verbaux du double meurtre du cimetière de Laigneville attribué au tueur de l'Oise, appelé aussi le tueur de l'ombre. Couché sur le côté, la missive posée à plat sur son sac, Alain la relit à haute voix :

« *C'est ce genre de titre qui paraîtra prochainement dans la presse. En effet, une fois de plus le sang aura coulé dans le département de l'Oise. Cependant ma tactique a changé : je ne m'en prendrai dorénavant plus à des femmes mûres, mais à des jeunes filles, de très jeunes filles même. Depuis que le temps chaud est revenu, des filles légèrement vêtues, en minijupe et soutien-gorge provocant se promènent en toute inconscience (certaines toutes seules) dans le bois des Hauts de Laigneville (où j'ai liquidé une salope du nom de Mauricette Hyste). Vous vous doutez de ce qui va se passer. Un jour, je me remettrai en embuscade au détour d'un sentier et j'attendrai l'une d'elles.*

Lorsqu'elle sera à ma hauteur, je me jetterai sur elle en la rouant de coups. Puis je la déshabillerai et la violerai en lui enfonçant d'abord le doigt dans son sexe pour l'en retirer sanguinolent puis je lui pénétrerai l'anus d'abord, le vagin ensuite. Après lui avoir mordu les seins, je les couperai et enverrai l'un à ses parents, l'autre au procureur de la République. Quant à son slip taché de son sang et de mon sperme, je l'adresserai au juge d'instruction pour qu'il le fasse examiner par un laboratoire. Tuer les femmes avec des balles de 5,5, c'est excitant. Mais égorger de toutes jeunes salopes entre quinze et vingt ans, quel orgasme ! Quelle sensation quand elles crient : "Pitié monsieur je ne dirai rien !" pour tout raconter si je les relâche. L'essentiel est qu'elles soient bien foutues ou qu'elles commencent à être formées. Je ne délaisserai pas pour autant les jeunes couples se bécotant dans les voitures et une fois de plus je me verrai contraint de tuer le partenaire : c'est le seul moyen pour moi de m'acharner en toute quiétude sur la victime ; en fait je n'ai rien contre le type lui-même.

Pourquoi tant de violence ? J'ai toujours eu la haine des femmes. Je suis laid, je sais que je ne serai jamais aimé et beaucoup de jeunes salopes me l'ont fait comprendre, certaines en des termes assez crus. Ces humiliations se paient très chèrement, car ma rage sadique ne connaîtra pas de limites. J'ajouterai pour votre information que j'occupe un emploi régulier, que mon employeur est satisfait de mon travail et que, comble du culot, je suis partisan de la peine de mort. Il y a là de quoi indigner un connard du genre Taron, qui réclame toujours la tête du meurtrier de son fils Luc. Bientôt le parquet *aura l'occasion de se transporter sur les lieux de mes exploits et l'opinion publique pourra encore une fois s'indigner : qu'on le pende, le monstre ! Mais que fait donc la* police *? Elle ne risque pas de me trouver de sitôt car je ne figure dans aucun* fichier. *Inutile de chercher dans le Milieu, j'aime travailler en solitaire. Vous pouvez organiser des battues, surveiller la voie ferrée, multiplier les rondes de nuit les soirs pluvieux : j'ai élargi mon rayon d'action, car j'opérerai de nuit comme de jour par pluie ou beau temps. Car je vais me remettre à la tâche et le sang va à nouveau couler en abondance, du sexe mutilé d'une jeune salope de treize ou quatorze ans, bien foutue et déjà formée, du genre de celle qui m'a dit un jour : "Tu es trop moche, jamais tu n'auras rien de moi."* »

Signé : Le tueur fou de l'Oise

Pouvait-il inventer un moyen plus efficace de réveiller la psychose des policiers traumatisés par les huit meurtres du tueur de l'Oise, mobilisant ainsi dix inspecteurs sur le cimetière jusqu'au milieu de l'été tout en s'offrant à lui, Lamare, une belle affaire judiciaire ? Seulement, voilà : si le succès de cette lettre dépasse toutes ses espérances, en 1976, le gendarme Lamare n'est qu'un novice : bien loin de pouvoir passer de l'écrit à l'acte, il doit auparavant faire ses classes.

Avant de trahir, Alain va vivre dans le cercle de ses collègues comme Judas au milieu des disciples. Comme lui, il va observer, écouter, apprendre jusqu'à ce jour où il tient enfin en main les armes de sa trahison : il n'ignore plus un seul des us et coutumes de sa brigade, possède à fond le maniement des armes, connaît la région comme sa poche.

D'avoir ainsi depuis l'aube gambergé, le nez dans ses archives, Alain en vient à une conclusion morose : deux vols de voiture, un vol à la roulotte, quinze escroqueries sur le dos de Martial Doucet n'ont pas secoué d'un pouce l'inertie de ses collègues, pas mérité l'ombre d'une ligne dans les journaux. Alors, que faire ? Une nouvelle lettre ? N'étant pas cette fois étayée par des faits, elle ira rejoindre immanquablement dans la corbeille à papier celles des hurluberlus en tout genre qui arrivent chaque jour par paquets à la gendarmerie.

Reste en dernière ressource : le meurtre. Allongé sur le ventre, coudes appuyés sur l'herbe, Alain en arrive à cette conclusion évidente : pour frapper l'opinion publique et être pris au sérieux par les services de police dans le département de l'Oise, il faut tuer. Tuer une femme de préférence, jeune de surcroît. Il ne sera pas le premier policier à se distinguer de la sorte : le 16 juin dernier, le tribunal de l'État de New York a condamné un ancien policier auxiliaire de la ville, David Berkowitz, vingt-quatre ans, dit « le fils de Sam », à 315 ans de prison pour avoir tué, au cours d'une année, en pleine rue, à coups de revolver de calibre 44, cinq jeunes femmes et un jeune homme, blessé grièvement sept autres personnes et cela malgré la mise en place d'une équipe spéciale de 300 policiers. Et qui plus est, cet ancien champion de tir au fusil M16 pendant la guerre du Vietnam annonçait chacun de ses meurtres dans une lettre à la police. Le dossier de ce collègue américain est là, en coupures de presse, dans les archives du gendarme Lamare.

Sa décision de tuer étant prise, il s'efforce de faire le point de ses rapports avec ses futures victimes. Ce n'est pas un foudre de guerre, Alain, loin de là, lorsqu'il tombe l'uniforme pour tenter d'aimer une femme. Incapable d'en satisfaire aucune, figé de honte, saisi d'une humiliation sans nom chaque fois que ses partenaires successives découvrent son point faible, « sa maladie », l'éjaculation précoce. Trop timide pour oser consulter un médecin, sceptique de toute manière sur le résultat qu'il peut en espérer, le jeune homme peu à peu se cantonne à des relations platoniques, se réfugiant dans la masturbation.

Toutes des gendarmettes effectuant leur service national, les femmes dont Alain a tenté en vain de capter un jour ou l'autre l'intérêt, espéré un brin de tendresse ; à l'exception de Corinne et de Christine Vaillant qui lui ont été présentées par des collègues. Il juge les « civiles » incapables de prendre en considération sa vie de gendarme, de partager son goût pour tout ce qui touche au monde militaire. C'est donc sur elles qu'il déchargera sa pulsion de meurtre. Faire passer des inconnues « civiles » de vie à trépas ne lui pose pas de problème philosophique à la réflexion, d'autant qu'une fois mortes, celles-ci se réincarneront dans un autre corps, une autre temporalité selon les préceptes de Lobsang Rampa.

Apaisé par cette certitude, mais les fesses trempées malgré son treillis, Alain rejoint en vacillant sa tente. C'est à peine s'il trouve la force de ranger en hâte son barda. La décision prise a sur lui l'effet d'un soporifique. Entré ce matin dans la forêt, excédé par son indécision, il s'y endort ce soir, habité par sa détermination, comme le soldat à la veille d'une bataille.

Dimanche 23 juillet, midi. Sur la route de Soissons où Alain roule à plus de 140 km à l'heure, le soleil est de plomb, comme dans la forêt d'Halatte où Karyne Grospiron, dix-huit ans – monteuse en jouets toute la semaine dans une usine de Pontpoint, à trois kilomètres de Pont-Sainte-Maxence où elle habite – tient boutique chaque dimanche depuis deux mois pour le compte de Jean Richard. Là, dans la Vallée des Peaux-Rouges, elle tend huit heures durant, le sourire aux lèvres, cornets et esquimaux à des gamins en sueur, rouges d'excitation, tandis qu'au milieu d'un décor de carton-pâte, des cascadeurs en mal d'emploi caracolent sur leurs chevaux, mimant des Indiens à la poursuite d'une diligence.

Alain roule tout le jour pour tromper l'attente, pour tuer le temps en attendant la nuit. Profitant de ce que les camions sont interdits de circulation pendant le week-end, il fait du gymkhana pour doubler les voitures, déclenchant parfois un concert de klaxons. Ayant troqué son treillis contre sa tenue d'escroc, le jeune homme signe à Chierry le *dix-septième chèque Doucet, le dix-huitième* à La Ferté-sous-Jouarre. Le réservoir plein d'essence, le coffre lourd de provisions, Alain choisit une hêtraie en plein cœur de la forêt de Retz pour passer les dernières heures qui le séparent de l'irréversible.

Afin de se détendre, de faire un peu d'exercice, il se met à courir à petites foulées régulières, échauffé par le contact du Beretta qui, dans la poche gauche de son treillis, tressaute contre sa cuisse. Munie d'un chargeur à sept coups, si peu encombrante, si facile à dissimuler puisqu'elle ne pèse que 750 grammes, mesure seulement 15 cm de long, c'est l'arme rêvée.

Admirateur des régimes hitlérien et mussolinien, Alain est fasciné par la date de fabrication gravée en chiffres romains sur la culasse, selon la chronologie du calendrier fasciste et qui équivaut à l'année 1941. Il est subjugué par l'histoire de cette arme dont l'acquisition est illégale comme sa détention, ce qui est loin de lui déplaire. C'est un ancien para, Daniel Hourdé, qui lui en a fait cadeau en 1976 à la brigade de Clermont, prétendant qu'il l'avait récupérée pendant la guerre d'Algérie, guerre manquée par Alain né trop tard. Le jeune homme tient Hourdé, qui est aujourd'hui son chef de patrouille du PSIG, pour un brave garçon mais un piètre imbécile qui jamais ne nourrira le moindre soupçon contre le gendarme Lamare dans la guerre que celui-ci se prépare à livrer.

23 heures. Comme un chasseur à l'ouverture de la chasse, tout entier tendu vers l'instant où il inscrira sa première cible dans sa ligne de mire, Alain, incapable de tourner en rond plus longtemps dans cette forêt maintenant noire, file au volant du break en direction de Villers-Cotterêts. La R 12 rentre dans le département de l'Oise à Crépy-en-Valois où elle entreprend de quadriller le quartier industriel. Mais les trottoirs sont obstinément déserts. Le manège se répète dans le centre de la ville où, manque de chance, ce soir toutes les filles sont accompagnées. La R 12 quitte alors la capitale du Valois, avale en dix minutes une vingtaine de kilomètres, traverse Senlis sans presque ralentir et prend la direction de Pont-Sainte-Maxence où elle arrive vers 23 h 50. Là encore, pas l'ombre d'une cible : les trottoirs sont vides et la circulation inexistante jusqu'au moment où, franchissant l'Oise, Alain aperçoit une jeune fille, pantalon foncé, chemisette blanche et chaussures à talons qui semble sur le point de quitter des amis. Il fait demi-tour.

23 h 55 : Karyne Grospiron, en compagnie de deux amis, quitte le Cinéma-bar, lieu de rendez-vous de toute la jeunesse pontoise, joliment situé au bord de l'Oise. Les jeunes gens ont longé la voie sur berge jusqu'à son croisement avec la rue Georges-Decroze, l'artère principale de Pont-Sainte-Maxence, puis ils se sont quittés, poursuivant chacun son chemin.

À peine 500 mètres à parcourir jusqu'à la rue Cavillé, parallèle à la rue Georges-Decroze, en plein centre ville. Malgré les talons aiguilles du samedi soir, Karyne marche d'un pas décidé de fille sportive, parfaitement à l'aise dans son corps. Pour oublier sa fatigue, la jeune fille compte : si chaque dimanche lui rapporte à peu près le prix d'une leçon de conduite, combien de dimanches faut-il encore additionner pour payer son permis ? Deux fois déjà des copains sont passés en voiture : « On te ramène si tu veux. Monte ! » lui ont-ils lancé par la vitre ouverte, en ralentissant. Mais la jeune fille chaque fois a refusé. Si près de la maison, voyons, cela rime à quoi ! Et puis, peut-on jamais prévoir la réaction du patriarche ! C'est qu'il n'a pas l'accueil tendre pour les amis de ses filles, Jean-Paul Grospiron !

Il est environ *minuit deux* lorsque Muriel Grospiron quitte à son tour le Cinéma-bar. Quelle mouche a piqué Karyne pour partir ainsi sans prévenir ! Comme si elle ne savait pas que leur père exige qu'elles rentrent ensemble. Moins de dix minutes en courant, cela se rattrape vite ! Muriel, comme Karyne, suit la voie sur berge mais au lieu de tourner aussitôt rue Decroze, elle continue de suivre le fleuve pour prendre cinquante mètres plus loin la rue Cavillé à son début. Elle n'a pas choisi cet itinéraire à la légère : c'est le chemin classique, le plus direct, celui que les deux sœurs empruntent chaque fois, lorsque ce n'est pas Jean-Paul Grospiron qui vient d'autorité les chercher avec sa voiture.

Au moment où Karyne traverse la rue juste après la mairie pour marcher sur le trottoir d'en face avant de tourner un peu plus loin dans la rue Cavillé, son copain Patou passe sans ralentir dans sa R 8 blanche et la salue d'un coup de klaxon auquel elle répond d'un petit signe de la main. Le long de la rue Decroze, aucune voiture en stationnement, pas le moindre piéton. Pourtant, roulant en sens inverse, deux voitures s'approchent : une DS noire, une R 12. Tenant le volant de la main droite, Lamare de la main gauche sort le Beretta de sa poche, le place entre ses cuisses, le cran de sûreté enlevé, une balle engagée dans le canon.

Minuit huit. Muriel hors d'haleine se fige interdite derrière la porte du 9, rue Cavillé. Si la télévision marche encore, cela veut dire que Karyne n'est pas rentrée. Mais alors, où a-t-elle bien pu passer ? La jeune fille, prise de panique à l'idée d'affronter son père, repart aussitôt en courant à la recherche de sa sœur.

Minuit neuf. Karyne accélère le pas, pressée d'arriver à l'heure limite autorisée par Jean-Paul Grospiron. Encore trois minutes avant de tourner rue Cavillé. Au premier étage de son pavillon, 50, rue Georges-Decroze, l'abbé Louchard dort du sommeil du juste. Une ambulance privée a quitté dix minutes plus tôt l'hôpital de Senlis et traverse lentement Pont-Sainte-Maxence, ramenant à son domicile un accidenté du travail.

Au moment d'enfiler sa canadienne vers 23 heures pour aller chercher ses filles au Cinémabar, Jean-Paul Grospiron a aperçu le générique du film projeté ce soir-là au Ciné-Club de TFI. Le titre, *Les Quatre Filles du docteur March*, l'a intrigué. Il s'est rassis, sa canadienne toujours sur les épaules, s'est senti immédiatement concerné par l'humour tendre des premières images de ce film. Pour une fois ses filles se passeront de ses services.

Minuit dix. Le break qui roule au pas le long du trottoir de droite arrive silencieusement à hauteur de la passante qui, elle, marche sur le trottoir d'en face. De la main gauche qui tremble, le conducteur lève le Beretta, vise la silhouette éclairée à cinq mètres de lui par un réverbère. Il tire trois fois. Touchée, Karyne Grospiron s'écroule sans un cri.

Tiré de son sommeil par ce qui lui a semblé être trois coups de feu, l'ecclésiastique en pyjama a ouvert précipitamment ses volets et, apercevant une jeune femme étendue par terre juste devant sa porte, a aussitôt prévenu les pompiers. L'ambulance privée passant à minuit douze précis au n° 50 de la rue Georges-Decroze a cueilli au passage la jeune fille inanimée avant de rebrousser chemin en direction de l'hôpital. Du haut de son balcon, Mme Demay, la voisine du curé, qui a reconnu Karyne, a enfilé à la hâte ses vêtements et couru rue Cavillé, suivie par Muriel qui, entendant les trois coups de feu, a fait aussitôt demi-tour.

« Karyne est vivante », annoncent aux parents hébétés les infirmières du service chirurgie. Une balle a traversé la jambe gauche et sectionné un nerf, leur expliquera le chirurgien à la sortie du bloc opératoire.

Séquestrée dans sa chambre par trois gendarmes qui en interdisent l'entrée à sa famille, la jeune fille à peine réveillée est interrogée. Allons, voyons, qu'elle parle ! Elle le connaît son agresseur ! Ça ne peut être qu'un amoureux éconduit ! Qu'elle avoue et on la laissera tranquille ! Karyne ne peut que nier, répéter qu'elle ne comprend rien à ce qui vient de lui arriver.

Lundi matin vers 10 heures, lorsque, dans les locaux de la gendarmerie de Pont-Sainte-Maxence, le commandant de brigade Louis Bodiou plonge sa main dans un cendrier plein à ras bord de mégots et de cendres pour en extraire les trois douilles de pistolet ramassées sur la chaussée juste après l'agression, Jean-Paul Grospiron n'en croit pas ses yeux. Il est encore une fois scandalisé, blessé aussi par le discours que lui tient ce sous-officier : selon lui, l'auteur des trois coups de feu ne peut être qu'un amant de Karyne, éconduit par la jeune fille et qui a cherché à se venger. Très probablement quelqu'un de la Vallée des Peaux-Rouges où 80 des 400 personnes qui y travaillent sont connues des gendarmes pour différents délits. Coupables idéals puisqu'ils tirent chaque week-end avec des armes à feu. Et Bodiou de conclure en recommandant à son interlocuteur de lui signaler tous ceux qui dans l'entourage de Karyne possèdent des voitures rouges, en particulier, bien sûr, ceux qui travaillent à la Vallée. L'ancien parachutiste prend toutes ces affirmations comme autant d'insultes à son honneur. Pourtant, il demeure impassible et communique sur-le-champ le nom de quelques amis de la famille, propriétaires de voitures rouges.

Pendant ce temps, Karyne, pétrifiée de peur malgré la présence constante de sa mère ou de l'une de ses sœurs à son chevet, ne quitte pas des yeux la porte de sa chambre, persuadée que son agresseur va surgir d'un instant à l'autre. Elle se fâche lorsque l'infirmière veut ouvrir les volets, refuse la lumière du jour. Le patriarche, peu convaincu par l'attitude de la gendarmerie, décide dès lundi d'établir une sorte de milice privée pour retrouver l'agresseur de sa fille tout en protégeant celle-ci. Il y aura quelqu'un auprès d'elle vingt-quatre heures sur vingt-quatre. Ce n'est pas tout : sur le lieu de son travail comme à son domicile, sa voiture, un chauffeur bénévole au volant, sera prête à partir en permanence à la première injonction...

7

Mercredi 26 juillet, 11 heures : pas âme qui vive ce matin dans la grande rue d'Hangest-en-Santerre lorsque Alain, vêtu d'un vieux jean et d'une chemisette blanche, affublé de la panoplie habituelle – passe-montagne, lunettes Ray-Ban et gants – pousse la porte de la recette des PTT de ce petit village de la Somme et, braquant la postière avec le Beretta 9 mm court, hurle : « Bougez pas et filez-moi le fric. » L'employée s'exécute sans broncher, à cent lieues de reconnaître en son agresseur le courtois collectionneur de timbres venu lui rendre visite quelques semaines plus tôt. Ayant fait disparaître en un tour de main billets et monnaie dans un sac en plastique, le voleur pique un sprint pour rejoindre le break stationné à quelques mètres de là, dans une rue perpendiculaire à la poste.

Garé dans un chemin, le long de l'Avre, attendant la levée de l'inévitable « couverture en surface » qui suit un hold-up, Alain fait le compte de sa rafle : 2 000 F. De quoi le renflouer un peu. En prenant possession la veille à Senlis de la R 4 verte commandée quelques jours plus tôt, le jeune homme a eu la désagréable surprise d'avoir à payer comptant unc somme complémentaire de 1 500 F. Quant aux chèques Doucet, il n'en reste plus que cinq. Pas d'autre solution pour Alain, acculé par ces soucis financiers, que d'exécuter ce matin, profitant d'une permission de trente-six heures, cette opération au demeurant depuis longtemps prévue au programme. D'autant qu'il pressent bien que l'agression ratée contre Karyne, deux voitures volées et une quinzaine d'escroqueries ne suffisent pas à lancer durablement une affaire judiciaire de quelque valeur aux yeux de la police.

Alain n'a pourtant pas lieu d'être mécontent. Couché sur le dos au bord de la rivière, gardant les yeux fermés à cause de violents maux de tête provoqués par une sinusite chronique dont il souffre depuis l'âge de seize ans et qui ce matin l'a réveillé à l'aube, il fait le point des trente-six heures écoulées : de service lundi 24 juillet, une heure et demie environ après l'agression, le gendarme Lamare a pu suivre le déroulement de l'enquête. L'affaire est prise au sérieux par la gendarmerie comme en témoignent les patrouilles du PSIG de Chantilly renforcées depuis à Pont-Sainte-Maxence, sans compter que le jeune homme a enfin les honneurs de la presse : deux articles de quinze lignes chacun dans les deux quotidiens locaux. Enfin, le choix de la ville de Pont s'est révélé plus qu'habile : chaque jour, en service ou hors service, Alain passe voir son ami le gendarme Clairgé qu'il a connu à la brigade de Clermont. Ainsi, grâce à lui, il est au courant des numéros minéralogiques de voitures rouges communiqués par les Grospiron ainsi que des investigations de la brigade de Senlis, et il réussit même à voler un double du procès-verbal d'audition de Karyne Grospiron.

Seule ombre au tableau et non la moindre : Alain est furieux d'avoir raté sa cible, lui le tireur d'élite. Pas si facile en somme de se glisser dans la peau d'un tueur. Le robot si bien programmé s'est révélé défaillant. Le bras a flanché un quart de seconde, juste assez pour faire dévier la balle bien au-dessous de la ceinture.

Sur le chemin du retour, Alain, ayant fait le plein d'essence à Bailleul-sur-Thérain, tend au pompiste d'une station Elf le *dix-neuvième chèque Doucet : 140 F.*

L'après-midi du *31 juillet* marque une étape décisive dans la stratégie du jeune homme. Tandis que Corinne s'est glissée dans la peau de la fée du foyer, encouragée par Ferrat qui chante sur le magnéto à piles « La femme est l'avenir de l'homme », Alain s'est plongé dans la lecture d'un manuel militaire qu'il a récemment dérobé à la brigade de Chantilly : comment devenir sous-officier en 1 200 pages d'un programme chargé. Le chapitre « Explosifs et Armes incendiaires » lui rappelle un épisode de sa jeunesse. Grâce à François-Xavier, Alain n'est pas tout à fait ignare en la matière : dans le grenier de leurs parents à Desvres, les deux frères s'amusaient à confectionner de petits explosifs à base de sucre glacé et de chlorate de potasse, provoquant ensuite dans les champs des déflagrations qui faisaient plus de bruit que de mal. Sauf le jour où ils avaient mis le feu à une botte de paille. Ah ! la panique qui les avait saisis et la colère noire du père ! Alain s'en souvient comme si c'était hier. Rien de bien méchant tout de même en comparaison des explosions de voitures piégées à Alger et de la vague de terreur qu'elles déclenchaient parmi la population. Avec quel luxe de détails, quel ton de nostalgie, Cavalier et Hourdé évoquent chaque fois, en présence d'Alain, les riches heures de leur guerre.

Comment n'y a-t-il pas pensé plus tôt ? Ce soir-là, à l'Hôtel de Flandres de Compiègne où, fidèle à leurs habitudes, Alain a invité Corinne à dîner, le jeune homme se montre un compagnon plus taciturne encore qu'à l'accoutumée, tout absorbé qu'il est par son nouveau projet.

Mardi 1er août, sa patrouille terminée, Alain ayant fait les achats nécessaires dans une droguerie de Sarcelles se rend, toujours au volant du break de Martial Doucet, dans les carrières de Saint-Maximim. Il mélange dans un sac en plastique du chlorate de sodium et du nitrate de potassium, relie le tout par un fil électrique à l'un des détonateurs qu'il a volés dans les baraques des chantiers. Bang ! L'écho de l'explosion réussie se répercute aux quatre coins de la carrière désaffectée qui ressemble à un amphithéâtre gallo-romain.

Satisfait par le résultat de l'expérience, l'artificier amateur dispose le même mélange dans le plafonnier du break, qu'il relie par des fils électriques à la boîte à gants. Il installe à l'intérieur de celle-ci un détonateur, place juste au-dessous un jerrycan de cinq litres d'essence. L'explosion sera provoquée soit par l'ouverture de la boîte à gants, soit par la manipulation de la manette du plafonnier. Vingt minutes plus tard, c'est-à-dire en début de soirée, le break circule dans le quartier du quai d'Amont, sur la rive droite de l'Oise, à Creil, passe à plusieurs reprises devant la gendarmerie rue Étienne Dolet, avant de stopper définitivement à hauteur du numéro 10 de l'avenue Jules-Guesde. C'est là, dans cette artère tranquille où le stationnement est réglementé qu'Alain abandonne la voiture, toutes portes verrouillées sauf l'avant droite, à 150 mètres à vol d'oiseau de la gendarmerie. Parvenu au coin de la rue suivante, Alain se retourne : une quinzaine de voitures sont garées sur la gauche, une seule, la R 12 de Martial Doucet est garée de l'autre côté. 19 heures sonnent au clocher de l'église Saint-Médard lorsque Alain s'achemine vers la gare de Creil où il va prendre le train jusqu'à Orry-la-Ville et de là, récupérant sa R 4, regagner ses pénates. Bien pratique tout de même sa nouvelle voiture pour assurer chaque fois le relais.

Jeudi 3 août. Attablé, comme la veille, dans un café du quartier d'Amont devant l'inévitable Vittel-cassis, Alain voit sa patience enfin récompensée par un concert de sirènes. Il court avec le flot des curieux en direction de l'avenue Jules-Guesde, y débouche à l'instant précis où les portes d'une ambulance se referment sur une civière portant un gardien de la paix ensanglanté. Juste à côté, la R 12 break calcinée. Cela lui suffit pour ce soir. S'écartant de la foule des badauds, Alain va reprendre sa R 4 stationnée sur l'autre rive de l'Oise, non loin du commissariat, fait son entrée à 6 heures et quart précises à La Grillade.

C'est par *Le Courrier picard* du 4 août que la brigade et le PSIG de Chantilly apprennent l'explosion de la R 12, à 10 kilomètres seulement de là. Ainsi ce sont les journalistes les premiers informés ! Le commissariat de Creil n'a même pas pris la peine de prévenir la brigade de Chantilly. Cette mauvaise coordination des services de police plonge Alain dans l'accablement. Selon l'article en première page sur deux colonnes, « le gardien Jean-Jacques Verbeck, vingt-huit ans, père d'un enfant, a été brûlé au visage et aux mains en ouvrant la boîte à gants d'une voiture piégée ». La brigade a des allures de ruche ce matin, les rumeurs vont bon train et l'émotion est à son comble. Si Verbeck n'avait pas eu la présence d'esprit de se jeter en dehors de la voiture, il grillait vif.

Seul Alain affiche un air morose qui n'étonne personne. Il a raté son policier, faute de savoir utiliser un explosif puissant comme la dynamite ou le plastic. Une fois encore, il a échoué.

Samedi 5 août, au soir. À Senlecques pour le week-end, Alain, penché sur son ancien bureau, entreprend de rédiger de sa deuxième écriture au script très appliqué une lettre à l'intention de Jean-Jacques Thiéfine, commissariat de Creil :

« *Monsieur,*

Cette lettre est écrite afin de vous fournir quelques précisions concernant la voiture Renault 12 rouge immatriculée 1303 QG 02. Vos services ont "découvert" cette voiture jeudi dernier ; et je tiens à préciser que les portières ainsi que le coffre étaient verrouillés. Je n'avais pas abandonné ce véhicule, mais simplement garé. J'ai oublié qu'au 1er août, le côté de stationnement changeait et c'est ainsi que sa présence a été remarquée par les habitants proches, puis au commissariat que vous dirigez. Si l'explosion est survenue, c'est uniquement en raison de l'imprudence de Jacques Verbeen. En effet, la bombe incendiaire que j'avais branchée sur le plafonnier était prête à fonctionner, mais l'interrupteur était sur la position neutre. Il a donc fallu que votre agent appuie sur cet interrupteur pour que le système de mise à feu soit actionné. Des spécialistes auraient très facilement désamorcé l'engin d'une faible puissance et qui contenait 500 grammes d'explosif ainsi que quelques projectiles de plomb. Dans l'habitacle de la voiture, il y avait aussi un bidon de 5 litres d'essence, qui ont sans doute fait progresser le brasier. Dommage pour vous que le feu détruise particulièrement les traces.

À la mi-juin 1978, j'avais "emprunté" cette voiture à Noyon, devant une boulangerie. Là encore, imprudence, celle du propriétaire, M. Martial Doublet, qui avait arrêté sa Renault 12 en double file, le moteur tournant. Le compteur kilométrique marquait 73 790 kilomètres. J'ai beaucoup roulé, parcourant divers départements que je connais bien. Ma spécialité est l'attaque à main armée mais d'autres méfaits me plaisent également beaucoup. J'ai déjà tué 2 fois et blessé plus ou moins grièvement, directement ou indirectement, beaucoup de personnes dont la classe sociale m'indiffère. Ma dernière victime est Karine Grospiron, qui habite à

Pont-Sainte-Maxence, sur laquelle j'ai fait feu à trois reprises dimanche 23 juillet à minuit. Une nouvelle forme d'imprudence : une fille de dix-sept ans qui déambule provoquemment la nuit est une cible que j'affectionne particulièrement. Karine me connaît mais elle ne pourra jamais faire le rapprochement. La fois prochaine je viserai le cœur et non pas les jambes. Les bombes que je confectionne vont, dans l'avenir, faire trembler la région. Je suis un tueur et en tant que tel, je vais tuer...

Vous m'avez privé d'un véhicule dont je vous rends la carte grise, mais je dispose de trois autres voitures, toutes piégées. Une dernière précision, lors de toute tentative d'interpellation, je tirerai sans aucune espèce d'hésitation.

Cette lettre n'est pas une confession, qui exigeait de nombreuses pages, c'est seulement un avertissement. Transmettez-le. »

Puis, en guise de signature, il laisse un point d'interrogation.

L'orthographe ayant été soigneusement vérifiée et les empreintes digitales toutes effacées, Alain glisse la lettre en même temps que la carte grise de la R 12 dans une enveloppe sur laquelle il inscrit le nom du destinataire : *Monsieur Jacques Thiéfine. Commissariat de Creil. 60100. Creil*. Puis il l'affranchit d'un timbre à 1,20 F avant de la glisser dans son sac de sport avec ses archives personnelles. Alors seulement il peut ôter les gants qui lui ont permis de procéder à toutes ces manipulations sans prendre le moindre risque...

C'est exprès qu'il a utilisé pour la rédaction de cette lettre le jargon du métier, espérant mettre la puce à l'oreille de quelque policier ou gendarme assez futé pour s'en apercevoir. C'est pour la même raison qu'il a transformé volontairement le nom de Martial Doucet en Martial Doublet, nom du commandant de la brigade de Chaumont-en-Vexin auquel ses collègues Monfray et Jacquet ont voulu échapper en venant au PSIG de Chantilly. Clin d'œil qui ne peut être saisi que par des gendarmes du PSIG de Chantilly ! En revanche, il s'est amusé, pour leur donner du fil à retordre, à fournir quelques fausses indications : la portière avant droite n'était pas verrouillée. Le prénom du commissaire n'est pas Jacques mais Jean-Jacques. L'orthographe de Karyne est inexacte de même que celle de Verbeek. Quant à l'affaire des Ripailles, il a préféré ne pas l'évoquer, jugeant à la réflexion qu'elle s'est déroulée trop près de son domicile. Pas plus qu'il ne parle du hold-up de Hangest-en-Santerre et des chèques Doucet. Il ne faudrait tout de même pas mâcher tout le travail de ces messieurs !

Apaisé par le sentiment du devoir accompli, Alain consacre la matinée du lendemain à ses neveux Mikael et Valéry. Avec eux, dans les bois de Senlecques, il invente toutes sortes de jeux, en arrive à oublier totalement sa guerre.

Dans l'après-midi du *dimanche 6 août*, passant avec sa patrouille à Pont-Sainte-Maxence, Lamare glisse l'enveloppe destinée au commissaire Thiéfine dans une boîte aux lettres de la rue Georges-Decroze, à quelques mètres de l'endroit où Karyne a été blessée, et ceci dans une intention bien précise : accréditer aux yeux des policiers et des gendarmes la piste de la Vallée des Peaux-Rouges, achever de les convaincre que Karyne connaît son agresseur. Le lendemain il choisit bien sûr la Maison de la presse de Pont-Sainte-Maxence pour renouveler son stock de bandes dessinées, va jusqu'à parcourir à pied la rue Cavillé, constate avec intérêt que la surveillance du domicile des Grospiron est assurée par un petit groupe de quelques personnes qui font les cent pas sur le trottoir – très probablement des membres de la famille.

De service *mardi 8 août*, Lamare, à l'occasion de la découverte, sur le parking de la gare d'Orry-la-Ville, d'une voiture apparemment volée, est une fois de plus sidéré par le comportement de ses collègues. Tous des têtes sans cervelle ! Au diable les précautions ! On ouvre la voiture, on s'assied sur le siège avant, on farfouille dans la boîte à gants... pour apprendre dix minutes plus tard qu'il s'agit effectivement d'une voiture volée. L'explosion de la R 12 le 3 août à Creil, c'est bien sûr une histoire qui n'arrive qu'aux autres ! Il faut reconnaître, à la décharge de ces étourneaux, qu'aucune consigne précise ne leur a été donnée à la suite de cette affaire. Lamare se renfrogne, choqué par la joyeuse excitation de ses petits camarades. Que de bruit pour une voiture volée !

C'est le lendemain à Compiègne, presque vide en ce début du mois d'août, qu'Alain « emprunte » sa troisième voiture : une 504 diesel de couleur verte, clés au tableau de bord. Passée au peigne fin comme d'habitude à la carrière Guinaut. Cette série d'opérations successives est devenue pour Alain simple affaire de routine. Ce soir-là un pompiste d'Estrées-Saint-Denis reçoit le *vingtième chèque Doucet : 75 F*. Un commerçant de Vic-sur-Aisne le *vingt et unième : 204 F* de bouteilles pour la cave paternelle. Restent deux chèques Doucet. À sillonner sans cesse les routes comme il le fait, Alain additionne les pleins d'essence. Parfois bien obligé de les payer de sa poche, il n'a pas d'autre alternative que de « visiter » un nouveau bureau de poste, celui d'Hartennes-et-Taux, cette fois. Mais le lendemain 10 août à 16 heures, lorsque l'employée sous la menace du pistolet s'est mise à hurler, le bras d'Alain a flanché. La ressemblance de cette femme avec sa mère le trouble brutalement. Trois secondes d'hésitation, c'est assez pour la postière qui, saisissant sa chance, s'est claquemurée en deux temps trois mouvements dans son logement contigu au bureau de ce petit village de l'Aisne. Jusqu'à 18 heures, l'escroc, réfugié au cœur de la forêt de Retz, décharge sa rage en tirant sur des boîtes de conserve avec sa Winchester 30/30, son Armi Jager et son revolver Astra.

La 504 diesel est abandonnée ce soir-là à Compiègne, place du Château, à quelques dizaines de mètres de la gendarmerie, non loin des haras où Alain a vécu son enfance. Harcelé par ses maux de tête qui ont repris de plus belle, le jeune homme renouvelle sa provision d'Aspro dans une pharmacie de la ville avant de regagner Chantilly.

Il en a fait assez. Peut-être même un peu trop. La balle est désormais dans le camp de la police. En attendant ses vacances, prévues du 28 août au 19 septembre, il peut simplement espérer que sa sinusite guérisse et que la chance tourne.

8

Mardi 8 août. Au commissariat de Creil, 12, rue Marcel-Philippe, une dizaine de policiers ont, à tour de rôle, au milieu de la matinée, pris connaissance, la tenant au bout d'une pince à épiler, d'une lettre de deux feuillets adressée à Jean-Jacques Thiéfine.

Le commissaire, en vacances depuis quelques jours mais cloîtré dans sa villa sur les hauteurs du bois de Tremblay en raison de l'accouchement imminent de sa femme, a été appelé vers 11 heures par l'un de ses adjoints lui signalant qu'une lettre à son nom était arrivée au courrier du matin. Quelques instants plus tard, Thiéfine, petit homme au regard vif, perpétuellement en mouvement, était rendu sur les lieux.

« Tiens ! On a estropié mon prénom ! » a-t-il noté avec un certain amusement en ouvrant l'enveloppe, mais son sourire s'est figé à la lecture des premières lignes de la lettre et, décrochant le téléphone, il a sur-le-champ convoqué dans son bureau ses principaux adjoints ainsi que le commissaire Jacob, un robuste Bourguignon de trente-deux ans qui dirige l'antenne de Creil du SRPJ de Lille. « Faut que tu préviennes Barbichette », a lancé celui-ci, après lecture de la lettre. Thiéfine a aussitôt appelé le procureur de la République de Senlis, Léon Gourraud, qui lui a ordonné en retour de dresser un procès-verbal de découverte de cette lettre. Il a également chargé le commissaire Jacob d'ouvrir une enquête préliminaire et de mener les investigations nécessaires, tout en lui recommandant une discrétion totale, la région étant suffisamment traumatisée par l'histoire du tueur de l'ombre. Lorsqu'ils quittent le 12 de la rue Marcel-Philippe, à l'heure du déjeuner, chacun des participants de cette réunion informelle est en possession d'un double de la lettre.

« C'est un absurde canular ! L'œuvre d'un mauvais plaisant ! » Tel est le sentiment qui domine chez les inspecteurs de l'antenne de Creil du SRPJ de Lille qui se retrouvent cet après-midi-là dans leur petit pavillon de banlieue adjacent au mur du commissariat. Un tueur, ça suffit ! Ils ont déjà donné ! Il est hors de question que leur région en accueille un second ! Et puis d'abord, statistiquement, ça leur paraît impossible. Jeunes pour la plupart, ces hommes illustrent parfaitement le défaut majeur du système policier français : interdiction de se livrer à la moindre réflexion dans le cadre de leurs enquêtes, privilège réservé à leurs chefs. Aux inspecteurs d'enquêter, aux commissaires de penser. Lorsque l'on sait que la plupart des enquêtes sont faussées dès le départ dans la mesure où chaque inspecteur ignore délibérément ce que fait son voisin, on est en droit de conclure, sans trop s'avancer, que les chefs pensent souvent dans le vide.

Ces jeunes policiers ignorent, en toute bonne foi, que chaque série de meurtres commis après-guerre par un seul « tueur », à Los Angeles, à Boston et à New York, a suscité par mimétisme dans les années suivantes et dans les mêmes villes la naissance d'un deuxième tueur. Pour eux, le « saumon de la police judiciaire », c'est encore et toujours le hold-up, certainement pas les affaires criminelles hors du commun qui exigent un travail de longue haleine, contraignant, aux résultats incertains.

Qu'un deuxième tueur puisse se manifester dans les semaines à venir, un seul policier en est convaincu : Daniel Neveu, trente-six ans, inspecteur principal, celui-là même qui a interpellé Marcel Barbeault, le tueur de Nogent, le 14 décembre 1976, à l'issue d'une enquête solitaire longue de deux ans. L'écriture de la lettre adressée à Thiéfine, Neveu l'a déjà vue quelque part. Voilà pourquoi depuis deux heures, à genoux sur le parquet de son bureau, il s'acharne à passer en revue ses archives sous le regard moqueur de ses collègues. Il ne se trompe pas, il le sait, mais comme c'est fastidieux d'avoir toujours raison ! Reconnu au sein de la PJ française comme un bûcheur acharné, un homme méthodique, jamais pressé, cet inspecteur hors du commun ne perd jamais de vue une donnée fondamentale de son métier : neuf fois sur dix le succès d'une enquête dépend de la routine, de recherches ennuyeuses, de vérifications et contre-vérifications incessantes. À cela, s'ajoutent des instants d'inspiration, des éclairs d'intuition grâce à quoi il obtient des résultats tout simplement extraordinaires qui en font un limier d'exception. Sa place n'est pas ici, à Creil, mais bien plutôt à la brigade criminelle de la PJ de Paris, l'un des plus beaux fleurons de la PJ française. Pourtant cet homme orgueilleux, conscient de sa réussite, ne veut pas en entendre parler, sachant qu'avec cette promotion il perdrait ce qui lui tient le plus à cœur : le contact avec la banalité de la vie quotidienne, qui reste à ses yeux la condition nécessaire et obligatoire du succès d'une enquête.

« Maigret », l'ont surnommé ses collègues : peu loquace, le regard dur dans un visage ascétique encadré de cheveux bruns et frisés qu'il porte longs, toujours vêtu d'un imperméable fripé au-dessus du pantalon de velours noir et du pull à col roulé, c'est un Maigret qui ne fume pas la pipe mais des Gitanes blanches, qui, au petit blanc et à la liqueur de mirabelle de son illustre homologue, préfère la bière blonde et le whisky, refuse systématiquement de porter sur lui son arme de service, un revolver Smith et Wesson de calibre 38 spécial.

Le taux de médiocrité est élevé chez ceux qui l'entourent, gendarmes, policiers et magistrats. Neveu ne rate pas une occasion de souligner leurs carences avec des commentaires acérés, mais toujours justes, en présence de témoins, bien sûr. Aussi se sait-il non seulement jalousé, mais craint, détesté même par nombre de ses collègues. Sa compétence fait peur. Un policier médiocre, on peut le manipuler. Un enquêteur intelligent, ça ne vous apporte que des ennuis.

Relations tendues qui risquent fort de s'aggraver : Maigret le pressent d'instinct lorsqu'au bout de quelques heures, il découvre ce qu'il cherche dans un procès-verbal : le plan du hold-up de la poste de Pierrefonds griffonné sur un bout de papier est de la même écriture que la lettre de menaces. Neveu soumet en fin d'après-midi les pièces à conviction à l'un de ses hommes, l'inspecteur Jacky Decool, puis l'entraîne à 500 mètres de là, à l'annexe de la PJ, le café de l'Hôtel-de-Ville où, trop connus pour pouvoir discuter au comptoir, les deux hommes s'installent comme d'habitude au fond de l'établissement, se relayant au flipper tout en observant la salle.

— Bien sûr, l'écriture est la même, répète Decool, mais je n'en tire aucune conclusion. Cette lettre ne m'inspire rien de particulier, avoue-t-il sans fausse pudeur.

— Jacky, tu vas bondir, laisse alors tomber Neveu ; mais si tu veux mon avis, je suis convaincu que l'auteur de cette lettre ne peut être qu'un policier ou un gendarme et qu'il travaille dans le département de l'Oise ou bien qu'il y est domicilié.

Et l'inspecteur de retracer dans les grandes lignes l'affaire des Ripailles et la découverte du plan du hold-up dans la 504 volée à un gendarme de la Somme, avant de faire la démonstration de son hypothèse *a priori* incroyable :

— Seul un membre des services de police peut écrire Renault 12 en toutes lettres comme il a l'obligation de le faire dans les constats d'accident, et non pas R 12 comme tout le monde. Noter le kilométrage qui figure au compteur. Écrire « habitacle » et non pas « intérieur de voiture ». Utiliser des mots tels qu'« interpellation » ou « rapprochement » comme dans cette phrase : « ma première victime Karine Grospiron me connaît mais elle ne pourra jamais faire le rapprochement avec moi. » Enfin, il n'y a que les policiers pour savoir que la plupart des véhicules volés sont repérés juste après le 1er ou le 15 du mois lorsque change le côté du stationnement, ce qui conduit les riverains à alerter le commissariat local.

Decool, tout en buvant son demi à petites gorgées, a écouté, médusé, son chef faire le rapprochement avec l'affaire des Ripailles. Il est, une fois encore, sidéré par le flair extraordinaire de Maigret :

— Nom de Dieu ! tu dois avoir raison, Daniel, s'écrie-t-il.

Oui, Daniel Neveu a raison. Il en est intimement persuadé, mais cette conviction ne l'excite pas plus que la partie de flipper qu'il vient de gagner. Peut-être est-il simplement soulagé de partager désormais ce secret avec un autre.

De retour au 10 de la rue Marcel-Philippe, Neveu fait part sur-le-champ de ses déductions au commissaire Jacob, dont il est l'adjoint. Si Jacob admet la similitude parfaite entre les deux écritures, il se montre beaucoup plus réservé sur la deuxième hypothèse de son subordonné. Éprouvé moralement autant que physiquement par la récente affaire Barbeault, le chef de l'antenne de la PJ de Creil refuse de croire à l'existence d'un deuxième tueur. Cette fois, son adjoint, ce policier hors pair en qui il a toute confiance, va un peu loin. Contacté par téléphone, le commissaire divisionnaire Georges Gréco, chef du SRPJ de Lille, se range à l'avis de Jacob et prudent, estimant pour sa part qu'il s'agit là d'une histoire qui mêle trop la politique et le milieu, conclut que dans ce cas-là moins on en parle, mieux on se porte, appliquant ainsi sa devise favorite : *wait and see*.

Aussi Gréco donne-t-il à son personnel des consignes draconiennes tant vis-à-vis de la presse que de la gendarmerie : il est hors de question que l'hypothèse de Neveu soit prise en considération, encore moins évoquée dans le service. Des investigations au sein de la police et de la gendarmerie seraient, en outre, dans les circonstances présentes, parfaitement malsaines, totalement inutiles. Donc, pas un mot sur la lettre. Elle n'existe pas.

Toutefois, *mercredi 16 août*, à la demande de Léon Gourraud, Mme Marie Brossy-Patin, doyen des juges d'instruction du tribunal de Senlis, ouvre une première information contre X pour tentative d'assassinat sur la personne du gardien de la paix Jean-Jacques Verbeeck, et une deuxième information contre X, deux jours plus tard, pour coups et blessures volontaires – *seulement* – sur la personne de Karyne Grospiron. Ayant déjà assisté à une « guerre des polices » dans l'affaire Barbeault, la jeune juge n'hésite pas : elle confie l'enquête au SRPJ de Lille et à lui seul. C'est avec ces hommes qu'elle a travaillé, dans un total climat de confiance, sur l'affaire Barbeault. C'est avec eux qu'elle a démasqué ce « tueur de l'ombre » après l'échec du commissariat de Creil, puis celui de la gendarmerie de Clermont. C'est à ce service qu'elle fait confiance plus qu'à son chef, le commissaire Gréco, nommé à sa tête depuis trois mois seulement et qu'elle vient de rencontrer pour la première fois à l'occasion de sa nomination.

Un deuxième tueur dans la région ? C'est exclu pour Marie Brossy-Patin. Est-ce un réflexe de peur ? Certainement pas. Alors pourquoi refuse-t-elle d'y croire ? Peut-être simplement parce qu'elle n'est pas disponible, encore occupée à plein temps par l'instruction du dossier de Marcel Barbeault, qui la passionne. Toutefois, elle charge le général Casso, ancien chef des sapeurs-pompiers de Paris, d'expertiser les restes de la R 12 break de Martial Doucet à seule fin de déterminer la nature de l'explosif caché dans cette voiture. Simple travail de routine.

C'est dans cette disposition d'esprit que la jeune juge reçoit la visite de Daniel Neveu. Maigret lui soumet la lettre adressée à Thiéfine et le plan du hold-up, puis lui confie sa découverte graphologique qui lui permet d'établir un lien entre cette lettre et l'affaire des Ripailles. Il n'en dit pas davantage... L'inspecteur est un homme peu loquace qui ne se livre guère. La jeune juge le sait pour l'avoir « pratiqué » depuis plusieurs années. Elle l'a jusque-là écouté religieusement. Pourquoi, dans ce cas, ne lui pose-t-elle aucune question sur cette lettre ? Pourquoi ne s'interroge-t-elle pas un seul instant sur les déductions qu'il pourrait avoir tirées de ces documents ? Tout simplement parce que Marie Brossy-Patin a une confiance aveugle, totale en Neveu, parce qu'elle est convaincue que si celui-ci avait la moindre intuition, il lui en ferait part...

Maigret, à l'inverse, n'attend qu'une chose : que la jeune juge questionne et s'étonne, qu'elle s'inquiète et le pousse dans ses retranchements. Qu'il puisse enfin vider son sac et lui déclarer tout de go que l'auteur de cette lettre ne peut être que l'un de ses collègues en uniforme ou en civil. Qu'elle lui tende seulement la perche, et il la saisira. Mais il ne s'y aventurera pas le premier. Ignorante des mœurs policières, il se peut que Marie Brossy-Patin juge son hypothèse farfelue. Trop honnête, trop entière, pas assez roublarde pour porter un tel fardeau sur les épaules, elle risque un jour de craquer sous la pression habile du commissaire Gréco ou d'autres responsables de l'enquête et de lâcher la version de Neveu, de lui en attribuer la paternité.

Maigret est loin de considérer Gréco comme un imbécile. Quant aux risques, il en a assez pris.

Chacun a attendu en vain que l'autre fasse le premier pas. C'est le malentendu, énorme, bête, banal. L'inspecteur quitte le cabinet du magistrat sans avoir été au bout de ce qu'il avait à dire. Cependant que la jeune juge, forte de son entrevue avec Neveu, ordonne immédiatement les expertises graphologiques. Le 21 août, elle enverra les scellés numéros 1 et 2, c'est-à-dire les trois douilles retrouvées par les gendarmes de Pont-Sainte-Maxence à la suite de l'agression contre Karyne Grospiron, à MM. Ceccaldi, chef de service au laboratoire national d'identité judiciaire à Paris, et Mary, technicien, afin que ces deux experts en balistique déterminent le type d'arme qui a percuté les trois douilles. Pour le reste, cette affaire ne la concerne pas. Elle s'en remet au commissaire Gréco qui lui-même en a chargé Neveu... À ses yeux, « tout baigne dans l'huile ».

La jeune femme eût pourtant été persuadée du contraire ce même lundi 21 août si elle avait pu assister à la classique réunion hebdomadaire du SRPJ au cœur du vieux Lille. En l'absence du commissaire Jacob, parti en vacances, c'est son adjoint l'inspecteur Neveu qui a été chargé de monter à Lille pour cette conférence de travail qui doit décider, entre autres, des investigations à mener dans le cadre de l'enquête ordonnée par Marie Brossy-Patin.

Rudes ont été pour Maigret les jours qui ont précédé. Obnubilé par cette lettre, il l'a montrée à quelques amis, a fini par la soumettre à sa femme Madeleine, comptable dans un hypermarché de Nogent-sur-Oise, sans lui faire part, bien sûr, de ses déductions. Il a suffi à Madeleine de la lire une fois seulement pour déclarer tout tranquillement : « C'est un gendarme qui a écrit cette lettre. »

Et à son mari, estomaqué, qui lui demande des explications, la jeune femme répond avec une assurance tranquille : « Tu sais, la prose des gendarmes, je ne connais que ça. Ils viennent me voir presque tous les jours au magasin, tu imagines, pour enregistrer mes dépositions à la suite des chèques volés ou sans provision. Ils les écrivent à la main et puis ils me font signer au bas de leurs carnets de déclarations[1]. Et chaque fois, je relis pour voir s'il n'y a pas une erreur. Eh bien ! c'est

1. Carnet de déclarations : bloc-notes où chaque gendarme enregistre les dépositions de témoins avant de les taper à la machine sur un procès-verbal.

exactement le même style ampoulé, le même respect militaire de la ponctuation, une profusion de points-virgules et très peu, très peu de fautes d'orthographe. En un mot, ça n'a rien à voir avec les copies de cancres que me présentent aussi régulièrement tes petits camarades flics... » Maigret, au cours des jours qui ont suivi, a comparé la lettre sous des prétextes divers à la prose de certains carnets appartenant à des gendarmes de la région. Il doit se rendre à l'évidence et admettre la prodigieuse intuition de son épouse. Elle a raison, incontestablement.

Neveu, en prévision de la réunion du 21 août à Lille, rédige un rapport confidentiel[1] d'une page dans lequel il demande une seule direction d'enquête pour empêcher ce nouveau tueur de passer des écrits aux actes et recommande de vérifier systématiquement l'emploi du temps de tous les policiers et gendarmes du département de l'Oise en fonction des chèques Doucet, des vols de voitures et de l'agression contre Karyne Grospiron. Mais surtout, au terme d'une analyse de texte élémentaire, il en arrive à une conclusion qui revient purement et simplement à accuser le service d'en face (la gendarmerie) de compter le deuxième tueur en puissance dans ses rangs. Conclusion si lourde de conséquences que Neveu rédige ce rapport sous la forme d'une note confidentielle destinée au commissaire Gréco et non pas d'un procès-verbal d'enquête...

---

1. Ce type de note est appelé, non sans humour, « un blanc » dans le jargon policier.

Or seul Gréco est habilité à juger si cette note est utile et à demander en conséquence à l'inspecteur Neveu de rédiger un procès-verbal, lequel arrivera obligatoirement, selon la loi, un jour ou l'autre, sur le bureau de Mme Brossy-Patin, qui exigera cette vérification de l'emploi du temps des gendarmes et policiers de l'Oise. Que le commissaire juge cette note inopportune, stupide, voire dangereuse, et dans ce cas, celle-ci ne se transformera jamais en procès-verbal, elle restera parfaitement et légalement inconnue du magistrat. Il n'y aura pas de vérification. Cette alternative, Maigret la connaît parfaitement, de même qu'il est conscient de la mauvaise qualité de ses relations avec le commissaire depuis l'arrivée de celui-ci à la tête du SRPJ de Lille. Il est également convaincu que sa direction d'enquête est la seule qui permette d'arrêter le criminel en puissance. Pourtant, il ne veut pas avoir l'air de forcer la main à son chef en précipitant le cours des recherches, il redoute les vagues d'hostilité que celles-ci déclencheront inévitablement dans les services de police et dans la magistrature.

Lorsque Neveu monte à Lille le 21 août, il a pour la première fois, dérogeant à sa règle, glissé son arme de service dans un holster fixé à sa ceinture, le deuxième tueur de l'Oise en puissance pouvant après tout se trouver parmi les policiers, voire même les commissaires présents à cette réunion…

C'est dans une cour pavée, au 101 de la rue Royale, que se dresse le siège du SRPJ, une ancienne maison bourgeoise de style Empire. Assis très droit sur son fauteuil de style Empire lui aussi, costume de couleur claire assortie à la teinte de ses cheveux, le regard vif derrière les lunettes en goutte d'eau, monsieur le commissaire divisionnaire affecte une réserve distinguée, un air de pince-sans-rire, une très grande assurance. Sûr de lui, pourquoi ne le serait-il pas, ce Corse de quarante-six ans qui, de l'avis de tous, a réussi jusque-là un parcours sans faute ? Commissaire en 1957, il a gravi successivement tous les échelons avant d'être nommé chef du SRPJ de Lille au début de l'année.

Rien qui ressemble moins, ce matin-là, à une réunion de policiers que cette petite assemblée sympathique d'une dizaine de personnes : on évoque pêle-mêle les projets de vacances et les performances sur les courts de tennis, la santé des épouses et celle des enfants avant de se résigner à passer aux choses sérieuses. Chaque commissaire fait alors le point des affaires en cours dans son domaine, cependant que Maigret attend son tour, en élève bien sage.

— Ah ! Neveu. Vous avez à Creil cette petite affaire liée à la lettre Thiéfine. Qu'est-ce que ça donne ? l'interroge enfin Gréco.

Et Maigret de reprendre, pour les exposer sommairement, les conclusions de son rapport du 17 août que le chef du SRPJ a dû recevoir par la poste. Ses déclarations provoquent un certain sentiment de gêne parmi ses collègues qui ne semblent pas au courant de ses déductions. Elles ne suscitent, en revanche, pas la moindre hostilité, aucune attaque préméditée de son supérieur. Rien que la plus totale indifférence.

— Oui, bien sûr, Neveu, conclut Gréco, mais vous avouerez qu'il peut tout aussi bien s'agir d'un journaliste, d'un magistrat ou de quelqu'un qui fréquente les services de police. Après tout, pourquoi ne pas penser à un instituteur : il y a tellement de points-virgules dans cette lettre. Dites-moi, Neveu, ajoute pour conclure Gréco tout en lissant sa moustache, vous devriez prendre des vacances, vous avez l'air fatigué...

Et le sujet étant, de l'avis de tous, visiblement épuisé, on passe à un autre. Aucune voix ne s'est élevée pour soutenir Daniel Neveu qui se retrouve une fois encore seul contre tous. Ses mérites pas plus que son travail ne sont reconnus par ses chefs. Pis, ils sont contestés. Cette réunion ne pouvait pas lui en apporter plus franche démonstration. C'est un homme écœuré qui quitte le 101 de la rue Royale, avec le sentiment amer de se retrouver exactement dans la même situation qu'à la fin de l'année 1975, avec le « tueur de Nogent ». L'affaire n'était plus considérée comme étant du ressort de la PJ de Lille ou des services de la gendarmerie. Seuls les gardiens de la paix furent chargés d'exercer une surveillance banale au cours de leurs rondes. Jusqu'au jour où le tueur frappa de nouveau lc 27 novcmbre 1975 et le 6 janvier 1976. Mme Soleil, consultée, affirmc : « Lc tucur de l'ombre a bien commis huit crimes. Mais il lui reste cinq femmes à tuer et il ne sera arrêté qu'à l'issue de son treizième crime. »

Hé bien ! attendons que la prédiction de Mme Soleil se réalise : personne dans les services de police ne tenait à récupérer cette affaire. Personne sauf Neveu qui se passionnait depuis longtemps pour cette histoire. Aussi est-ce à lui que l'on confia, au début de l'année 1976, l'enquête à laquelle il s'attela seul, dans le cadre de la police, avec le concours très actif de Marie Brossy-Patin. Le 14 décembre 1976, le meurtrier, Marcel Barbeault, est arrêté. Dénoncé par l'un de ses proches, celui-ci occupait la quatrième place sur une liste de 60 suspects établie par Neveu.

Maigret, bien sûr, aurait pu s'arrêter là. Ce serait mal le connaître. L'inspecteur entreprend de démontrer la culpabilité de Marcel Barbeault. Commencé en 1974, ce travail de bénédictin aboutit à un rapport de 300 pages, qui se retrouve entre les mains du commissaire Gréco en juin 1978. Or, en août 1978, celui-ci ne l'a toujours pas lu, pas plus d'ailleurs qu'aucun membre du SRPJ de Lille... Seules deux personnes ont soutenu Neveu, ont reconnu ses mérites et son flair : le commissaire Jacob et la juge Marie Brossy-Patin. Il est, en revanche, considéré par ses collègues, au terme de cette affaire, comme un inspecteur qui ne sait pas tenir sa place. On l'accuse de faire traîner l'enquête en longueur, de se décharger sur les autres des tâches ingrates, en un mot de jouer les vedettes.

Blessé dans son amour-propre par le piètre résultat de la réunion de Lille, Neveu en vient à adopter une attitude inverse de celle observée par lui dans le dossier de Nogent. Puisque personne ne le croit, il assistera cette fois en spectateur au déroulement de la nouvelle affaire. À quoi bon continuer à se battre contre des moulins à vent ? Aussi, le commissaire Jacob une fois rentré de vacances, Maigret lui adresse-t-il sa requête d'une manière très astucieuse en lui proposant de confier l'enquête à un nouveau chef de groupe de l'antenne de Creil du SRPJ de Lille, l'inspecteur François Pelfort. Auréolé de prestige en tant qu'ancien de la brigade criminelle de la PJ parisienne, spécialiste en matière d'explosifs, celui-ci sera beaucoup plus qualifié que lui-même, explique Maigret à son chef, pour prendre en charge l'affaire. Il ajoute toutefois que c'est également le meilleur moyen d'éviter des accrochages avec le commissaire Gréco, qui affiche la plus complète indifférence pour son rapport du 17 août. Le commissaire Jacob comprend à demi-mot, obtient immédiatement l'accord du SRPJ de Lille pour ce changement de direction d'enquête, officialise les choses le jour même en avertissant par téléphone Marie Brossy-Patin qui ne s'en émeut pas outre mesure : les policiers doivent avoir leurs raisons.

Né à Toulon comme le commissaire Gréco, Pelfort a très vite acquis la réputation d'amuseur public au 10 de la rue Marcel-Philippe. Il n'a pas son pareil pour inventer des calembours et détendre l'atmosphère souvent morose de l'antenne de Creil et des locaux proches du commissariat. Incapable, à l'inverse de Neveu, de tenir longtemps derrière son bureau, il n'est heureux que lorsqu'il part à la pêche d'une affaire, nez au vent, à travers les rues d'un village. Cette nouvelle mission l'enchante : être transformé en une sorte de commis voyageur spécialisé dans la récupération des 23 victimes des chèques Doucet lui convient à merveille. Et lorsque Neveu, persuadé que ces investigations ne mèneront pas à grand-chose, lui fait part de ses convictions, Pelfort ne l'écoute pas. Il ne reste plus à Maigret qu'à partir en vacances, condamné au silence malgré ses certitudes.

9

Le 8 août, Alain, qui faisait les cent pas rue Marcel-Philippe depuis 9 heures du matin, a vu sa patience récompensée lorsque la 305 de Jean-Jacques Thiéfine a pénétré dans la cour du commissariat de Creil et que quelques instants plus tard, le commissaire Jacob est sorti précipitamment du 10 pour entrer au 12 de la même rue. Agitation de bon augure, en conclut le jeune homme.

Le samedi 12 août, Alain faisant le guet rue Cavillé a noté avec intérêt l'arrivée, au volant d'une Simca blanche photographiée par lui le 31 mai à Acy-en-Multien, d'un petit inspecteur portant collier de barbe et moustache rousse. Il a imaginé sans mal ce qui s'est dit ce matin-là dans le salon des Grospiron. À une phrase près cependant, lourde de conséquences pour la guerre de Lamare : « Surtout pas un mot de cette affaire aux gendarmes de Pont-Sainte-Maxence », a exigé, au moment de partir, le policier. « C'est dans l'intérêt de votre fille, bien sûr… » Lorsque Karyne regagne son domicile, le 15 août, elle apprend par sa mère la réconfortante visite de l'inspecteur Decool de la PJ de Creil ainsi que l'existence de la lettre. L'histoire de l'adjudant Citerne faisant de son agresseur un amoureux éconduit ne tient plus debout, pour le plus grand soulagement de chacun. La famille est néanmoins déconcertée par l'attitude de la police : d'un côté, la gendarmerie de Pont-Sainte-Maxence exige des Grospiron qu'ils lui communiquent toute information, de l'autre, la PJ de Creil, par la bouche de l'inspecteur Decool, affirme, à juste titre, qu'elle seule est saisie de l'affaire et que la gendarmerie n'est plus habilitée à recevoir de leur part le moindre renseignement.

Choqués de voir une telle guerre des polices dont leur fille risque de faire les frais, les Grospiron ont pris le parti d'informer Creil *et* Pont-Sainte-Maxence, ce qui consiste essentiellement à leur communiquer les numéros minéralogiques de voitures suspectes. Voitures rouges uniquement, bien sûr, puisque l'inspecteur Decool n'a pas jugé utile d'informer Mireille Grospiron que la R 12 break de l'agresseur de sa fille avait explosé le 3 août à Creil. Choqués, ils le seront bien davantage encore au fil des jours par le silence de la gendarmerie et de la PJ : à dater du 12 août, et ce jusqu'au 31 août, pas la moindre nouvelle ne leur sera transmise concernant le déroulement de l'enquête.

Lorsque Lamare apprend de la bouche de Clairgé que c'est la PJ de Creil qui est chargée de l'enquête, il est fou de rage. Comment, dans ces conditions, redorer le blason de son unité ?

Lundi 28 août vers 16 heures, le jeune homme prend la route à bord de sa R 4, emportant avec lui une partie de sa pièce secrète. C'est à Senlecques qu'Alain a décidé de passer ses congés d'été, mais il a sa petite idée quant à la manière d'employer au mieux le temps de cette pause forcée. Et dès le lendemain, commencent pour Alain et son jeune frère Bertrand trois semaines d'une existence paradisiaque. Ils ont planté leur tente à trois kilomètres environ au nord de Senlecques, dans un petit bois très peu fréquenté baptisé par Alain « le mont Sinaï » parce que celui-ci, dans sa partie la plus haute, évoque pour lui le lieu où Moïse reçut les Dix Commandements, celui également où s'affrontèrent chars israéliens et égyptiens en 1973.

Venu là pour faire une sorte de retraite spirituelle dédiée à Lobsang Rampa, son Moïse à lui, Alain prend son jeune frère sous sa coupe et le tyrannise à plaisir, exigeant de lui qu'il soit tantôt un disciple respectueux, tantôt un soldat de 2e classe lui obéissant au doigt et à l'œil. Bertrand, éperdu d'admiration pour ce frère aîné, se plie sans broncher à ses quatre volontés. Vêtus de pied en cap comme des militaires en manœuvre – treillis, casque et rangers –, les deux frères accomplissent quotidiennement un véritable parcours du combattant long de plusieurs kilomètres. Sur le dos, un paquetage complet avec tout le nécessaire pour cantiner. À l'épaule, ou dans un holster, une carabine et différents pistolets ou revolvers. Dans une des poches d'Alain bourrées de munitions de tous les calibres, les photocopies, pliées et protégées par un sachet en plastique, des deux citations à l'ordre de l'armée dérobées à l'adjudant Cavalier.

Dans sa partie ouest, tout près de la tente, le mont Sinaï abrite une rampe de lancement de V1, longue de 230 mètres, pur produit du génie allemand qu'Alain ne se lasse pas d'admirer et qui fait évidemment partie du parcours du combattant. À proximité de celle-ci les deux frères installent chaque jour un véritable champ de mines matérialisé avec des fils de fer barbelés. Mines qui sont en réalité des grenades de l'armée bourrées de plâtre, volées par Alain à Verdun à l'époque de son service militaire.

À la fin de chaque parcours, le jeune homme contemple son image dans un petit miroir qui ne le quitte pas. C'est ainsi qu'il se plaît, hirsute, sale, couvert de sueur. Peut-être enfin son visage ressemble-t-il à celui de l'adjudant Cavalier lorsqu'il avait affronté l'ennemi : visage de baroudeur, visage d'un homme viril qui ne triche pas.

Les deux frères se ressemblent. Ressemblance encore accentuée au physique comme au moral par ce stage d'initiation militaire autant que spirituelle. Les après-midi sont consacrés à la lecture de Lobsang Rampa, suivie de discussions. Guidé par Alain, Bertrand apprend à méditer, assis des heures durant sous le soleil dans la position du lotus. Chaque soir, tandis que les flonflons des ducasses se mêlent aux airs nazis du magnéto à piles, ensemble les deux frères montent patiemment des maquettes de chars d'assaut avant de les peindre jusque tard dans la nuit. Vient alors l'heure pour Bertrand d'observer les rapaces – crécelles et éperviers –, de partager la fascination de son frère aîné pour leur puissance. Cette impression de puissance, Alain croit la dégager lui aussi depuis qu'il se trouve au mont Sinaï, en communion avec la nature, en accord avec ses idées, enfin libéré de la promiscuité des « immondes crétins ».

La vie d'ermite n'a qu'un temps. Mercredi 20 septembre, le gendarme Lamare endosse l'uniforme et rejoint le troupeau. Il commence son service cette nuit-là par une lecture rapide de la presse locale parue en son absence. Rien qui l'intéresse ! Dans les jours qui suivent, il apprend cependant de la bouche de l'adjudant Cavalier qu'un fou a envoyé à la police une lettre dans laquelle il prétend avoir piégé à l'explosif (comme la R 12 break) trois voitures dans la région de Creil. Visiblement, son chef n'en sait pas plus. Une bonne surprise atténue tout de même l'amertume du retour : l'ancienne équipe des neuf gendarmes auxiliaires a été remplacée depuis le 15 septembre. Parmi les nouveaux venus, deux garçons tranchent nettement sur le lot. D'emblée, Alain les a remarqués, les a trouvés sympathiques. Peut-être enfin avec ceux-là va-t-il pouvoir faire du bon travail.

Faute d'avoir été pris au sérieux par les services de police, Alain reste au début de cet automne un meurtrier en puissance. Il en a parfaitement conscience. Confronté à cette terrible déchéance, il n'a guère le choix. Démissionner de la gendarmerie ? Il n'en est pas question. C'est là sa seule raison de vivre. Alors ? Une note de la direction de la gendarmerie nationale en date du 9 octobre lui offre peut-être le moyen d'échapper à son destin. Il s'agit d'un appel de candidatures « pour des gendarmes célibataires voulant être affectés en poste de sécurité, surveillance locaux et protection personne dans ambassades et consulats de France à l'étranger ». Pourquoi ne tenterait-il pas sa chance ? Il expédie sa lettre de candidature le 21 octobre, reprend la route de Senlecques le 23 octobre pour sa quatrième et dernière semaine de vacances. Mais Bertrand a repris le chemin de l'école et le mont Sinaï, sans la présence de son jeune disciple, a perdu pour Alain beaucoup de ses charmes.

Chantilly, *le 29 octobre*. Rien n'a bougé. Aucune nouvelle de sa demande d'affectation. Un seul sujet alimente la conversation de ses collègues : les suites de l'affaire du Bar du Téléphone à Marseille où dix personnes ont été massacrées. Les conclusions de ce bilan s'imposent d'elles-mêmes : quatre-vingt-dix jours, c'est assez pour le repos du guerrier. La balle est restée trop longtemps dans le camp des services de police. À lui, Alain Lamare, de reprendre le jeu en main.

10

À Creil, 10, rue Marcel-Philippe, plus un policier ne croit encore – à l'exception de Neveu s'entend – que l'auteur de la lettre du 8 août puisse mettre ses menaces à exécution. L'optimisme des policiers se fonde sur le fait qu'au bout de deux mois et demi d'investigations, les pistes « autorisées » par le commissaire Gréco et exploitées par l'inspecteur Pelfort et ses deux subordonnés n'ont abouti à rien. Le chef du SRPJ de Lille, qui s'obstine dans son refus d'informer la gendarmerie de Senlis, s'est tout de même arrangé pour que le chef de la brigade des recherches, l'adjudant Citerne, soit au courant de l'existence de la lettre et qu'il en touche un mot au chef du PSIG, Cavalier.

Première constatation de Pelfort en août : l'écriture des chèques Doucet et celle de la lettre adressée à Thiéfine sont identiques. Avant la fin de septembre l'objectif n° 1 de l'inspecteur est atteint : il a retrouvé la trace de vingt et un des chèques Doucet et matérialisé celle-ci sur une carte Michelin du nord de la France. Il semble que l'inconnu ait parcouru un peu plus de 2 000 kilomètres en deux mois. Quant aux achats, deux d'entre eux au moins, le peigne soufflant et la mini-machine à laver le linge, correspondent sûrement à des cadeaux de l'escroc à sa mère ou à une amie : c'est l'avis de Pelfort comme celui de Gréco qui a immédiatement ordonné les vérifications nécessaires auprès des usines Moulinex et des établissements Calor, avec l'espoir que le bon de garantie de l'un ou de l'autre de ces appareils ait été renvoyé à l'usine de fabrication. Les contrôles se sont révélés négatifs mais les fabricants informés ont promis de prévenir la PJ au cas où ils recevraient un bon de garantie avec l'adresse du bénéficiaire.

Ce qui contrarie Pelfort, c'est l'excellente impression laissée par l'escroc auprès des vingt et une victimes : jeune, élégant, si courtois que pas une d'entre elles ne s'est avisée de lui réclamer sa carte d'identité. Les témoignages recueillis par l'inspecteur ont permis de tracer un portrait-robot : cheveux châtains, mi-longs, partagés par une raie sur la gauche, yeux noirs très expressifs, grand nez au milieu d'un visage poupin se terminant par un menton ovale. Pourtant le commissaire Gréco décide de ne pas l'utiliser : d'abord parce que rassemblés plus de deux mois après les faits, ces témoignages ne peuvent être qu'aléatoires. Ensuite parce que la diffusion de ce portrait au sein de la police et de la gendarmerie à l'échelon du territoire national suppose que ces services soient mis au courant de l'affaire dans le détail, avec le risque que la lettre du 8 août soit divulguée dans la presse. Et cela, il n'en est pas question.

Sans tenir compte le moins du monde des vérifications déjà effectuées par la brigade de Pont-Sainte-Maxence et celle de Senlis, l'inspecteur Pelfort a contrôlé, d'après les fiches d'embauche, l'écriture de 200 des 400 employés de la Vallée des Peaux-Rouges. Travail de fourmi qui n'aboutit à aucun résultat, cependant que l'expert graphologue affirme de son côté que l'auteur de la lettre au commissaire Thiéfine n'a pas contrefait son écriture naturelle. À la même époque, c'est-à-dire toujours au début de septembre, les expertises du général Casso ont révélé la nature du mélange employé pour la voiture piégée : chlorate de sodium, autrement dit, un désherbant additionné à du potassium. Selon lui, le niveau de connaissance du malfaiteur en la matière ne dépasse pas celui d'un élève de seconde ou d'un piètre bricoleur. Aussitôt voilà l'inspecteur, flanqué de ses deux acolytes, lancé sur une piste d'un genre particulier : celle du tueur des quincailleries.

Les commerçants de l'Oise sont priés de relever le numéro minéralogique de la voiture de quiconque achètera plusieurs kilos de désherbant ou de tout autre produit susceptible d'entrer dans la composition d'un mélange explosif. Au début de novembre, aucun achat de ce type n'a encore été signalé. Quant à Mme Brossy-Patin, elle possède un seul élément nouveau : l'écriture du plan du hold-up retrouvé dans la 504 des Ripailles est bien la même que celle de la lettre du 8 août. Les experts ont confirmé la thèse avancée par l'inspecteur Neveu.

C'est dans ce climat d'attente morose que le téléphone sonne, vendredi 3 novembre, dans le bureau du commissaire Jacob. Au bout du fil, une voix douce qu'il reconnaît immédiatement : « Monsieur le Commissaire, lui dit la jeune juge, en ce qui concerne l'expertise des trois douilles retrouvées sur le lieu de l'agression contre Karyne Grospiron, je viens d'avoir le résultat. Si vous voulez bien noter. » Jacob note, sans faire le moindre commentaire. Il raccroche, appelle le commissaire Gréco. Dans l'après-midi de ce même vendredi passe sur le réseau de transmission du ministère de l'Intérieur avec un en-tête le qualifiant d'urgent, le télex n° 13.187 ainsi rédigé : « Dans l'intérêt de la commission rogatoire de Mme Brossy-Patin, juge d'instruction au tribunal de grande instance de Senlis, relative à une information contre X, suivie du chef de coups et blessures volontaires, il y a lieu de signaler au SRPJ de Lille (antenne de Creil) tout individu ayant été trouvé en possession d'un pistolet automatique de marque Beretta, calibre 9 mm court, modèle 1919/1924 ou modèle 1934, depuis le 24 juillet. En cas d'interpellation d'un détenteur d'une telle arme, aviser d'extrême urgence l'antenne PJ de Creil qui donnera toute instruction. Stop et fin. »

Avec ce télex, l'arrestation de l'apprenti tueur n'est plus qu'une question de jours, pense le commissaire Gréco en se frottant les mains. Si convaincu de l'imminence de cette arrestation qu'il juge inutile de diffuser ce télex au sein de la gendarmerie : pourquoi courir le risque que celle-ci réclame des éclaircissements sur une affaire somme toute banale ! Aussi, sur ordre exprès du commissaire, le message est-il adressé uniquement aux SRPJ de Reims, Rouen et

Versailles, à la direction de la PJ parisienne et à l'état-major de la préfecture de police de Paris. En un mot, Gréco vient d'écarter une deuxième fois la possibilité d'arrêter l'auteur de la lettre du 8 août.

C'est bien ce que pressent, accablé, Neveu qui voit la justesse de sa thèse se confirmer au fur et à mesure que les témoignages recueillis dessinent plus précisément le portrait de cet escroc singulier. N'est pas en possession d'un Beretta qui veut. C'est une arme rare qui fait rêver les collectionneurs comme les militaires hantés par la nostalgie des guerres coloniales. Or, aux yeux de Neveu, les gendarmes sont avant tout des militaires, tous ou presque entichés d'armes à feu. Lequel d'entre eux pourrait résister au plaisir de montrer à ses collègues un Beretta 9 mm court, en supposant même qu'il ait l'intention de l'utiliser pour tuer ? Il est inadmissible que la gendarmerie de l'Oise n'ait pas connaissance du télex n° 13.187.

Neveu a vérifié de sa propre initiative l'emploi du temps de ses quatorze collègues – résultat heureusement négatif – et découvert dans un procès-verbal d'audition une conclusion exactement semblable à la sienne, celle d'une libraire de Neuilly-Saint-Front dans l'Aisne, qui répète à l'inspecteur stupéfait venu lui rendre visite : « Je n'ai jamais vu un escroc aussi poli et bien mis que celui-là, je vous assure. Tout le portrait du nouveau gendarme affecté à la brigade locale. » Toutefois, en ce qui concerne la voiture de l'inconnu, la jeune femme s'est montrée incapable de préciser s'il s'agissait d'une Dyane, d'une R 4 ou d'une R 12 break. Qu'à cela ne tienne ! Il est mentionné dans le procès-verbal que le véhicule était une Dyane bleue. Et voilà les hommes de Gréco lancés à la poursuite d'un nouveau fantôme.

Pendant ce temps, l'homme court toujours et il va tuer. L'inspecteur Neveu en est convaincu.

DEUXIÈME PARTIE

Voyage au bout d'une lettre

1

Chaque nuit de ce début de novembre, Lamare et sa patrouille se rendent à un étrange rendez-vous. Ils s'installent dans la 504 du PSIG, tous feux éteints, le volume de la radio de bord baissé au minimum, sous les arbres. Là où surgira, ponctuelle, entre 3 et 4 heures du matin, la harde d'hiver : une quarantaine de cerfs et de biches qui viennent boire dans les douves du château de Chantilly. Spectacle irréel qui chaque fois fascine les deux jeunes gendarmes auxiliaires. Alain est heureux de partager leur émerveillement, plus heureux encore de répondre ensuite à leurs questions, de leur communiquer cette connaissance des animaux et de la nature qu'il a acquise dans les livres mais aussi sur le terrain.

Heures insolites, en dehors du temps, qui effacent la routine des patrouilles, reculent les exigences de son combat. Pas pour longtemps cependant. *Lundi 6 novembre*, le rappel des réalités est brutal lorsque Alain apprend, par la voie hiérarchique, que sa demande d'affectation dans une ambassade ou un consulat de France à l'étranger s'est heurtée à un refus de la direction de la gendarmerie nationale, cependant que l'un de ses collègues de Compiègne vient d'être muté à Moscou. À quel penchant masochiste a-t-il cédé pour aller ainsi au-devant d'un nouvel échec ? Ou bien était-ce l'ultime sursaut de qui rêve encore d'échapper à sa fatalité ? Ce n'est pourtant pas faute d'avoir été prévenu. Ses collègues avaient été unanimes : « Les appels de candidature, c'est de la frime ! Ce qui compte pour obtenir un poste, c'est le piston ! » Au cours des jours qui suivent, le gendarme Lamare ne change rien à ses habitudes, si ce n'est que les murs de son F 3 se couvrent littéralement de posters militaires. Au retour des services, fusées et chars d'assaut, avions de chasse et soldats en tenue de combat accueilleront désormais Alain en même temps que la jeune fille au sourire grave de David Hamilton.

La guerre de Lamare va reprendre le vendredi 10 novembre à Compiègne. Ainsi en a-t-il décidé et ceci pour deux raisons. C'est dans cette ville que doit avoir lieu le défilé du 11 novembre, en présence du président Valéry Giscard d'Estaing, défilé auquel il compte bien assister. S'il est exécuté à la veille d'une visite présidentielle, son meurtre est assuré d'un retentissement exceptionnel. Et le risque de se retrouver en face d'une patrouille de police semble minime puisque la majorité des policiers, consignés pour la journée du samedi, prendront leur repos la veille.

Beauvais, *vendredi 10 novembre, 10 heures du matin* : nouveau vol de voiture. *Le quatrième*. Alain doit bien en passer par là puisqu'il a choisi de tuer au volant. Après avoir éliminé plusieurs véhicules de trop faible cylindrée pour son goût, le jeune homme jette son dévolu sur une 504 coupé marron. Qu'elle appartienne à un notaire, comme Alain l'apprendra dans l'après-midi en passant le véhicule au peigne fin, selon son habitude, l'amuse plutôt, lui qui juge élevé le taux d'escrocs dans la profession. Une pile de cassettes de cours de notariat va rejoindre le butin des vols précédents dans la carrière Guinaut.

Alain a déjeuné ce jour-là au restaurant Le Gicourt dans le hameau du même nom, à la table n° 1, celle qu'il occupait lorsque, gendarme à Clermont, il était un habitué de l'établissement. La patronne, qui l'a aussitôt reconnu, a pris la peine de s'entretenir avec lui, le tutoyant comme par le passé et l'appelant par son prénom. Le reste de l'après-midi et jusqu'au soir, le jeune homme, vêtu d'un blouson bleu d'aviateur au-dessus d'un pull de grosse laine, court en forêt de Compiègne.

Vers 22 heures, le coupé 504 a rejoint Compiègne. Il circule dans le centre de la ville, passant notamment à côté d'une compagnie de CRS stationnée à bord de ses cars gris à toit blanc rue Saint-Nicolas, devant la salle municipale où le président de la République doit recevoir le lendemain les notabilités de la région à l'issue de la cérémonie. Vers 22 h 45, au feu rouge qui marque le croisement de la rue Carnot avec la rue des Domeliers, la 504 stoppe derrière une jeune cyclomotoriste. À la lueur du réverbère, Alain détaille soigneusement sa cible. Même silhouette que Karyne Grospiron, environ le même âge, seize à dix-huit ans, cheveux châtains foncés, manteau de loden vert. Lorsque celle-ci se retourne avant de démarrer, Alain a juste le temps de noter la pâleur du teint mais il ne peut apercevoir le bas du visage que dissimule une grosse écharpe de laine bleue.

La 504 continue de rouler lentement, suivant la jeune fille à une très courte distance jusqu'au moment où celle-ci tourne à droite dans la rue Saint-Corneille. Accélérant brutalement, Alain coince sa cible contre le trottoir, la force à s'arrêter. Pourtant il ne réussit pas à la faire tomber. Un pied par terre, cramponnée à son guidon, elle se retourne vers lui, baisse la tête comme si elle tentait d'apercevoir son visage derrière le pare-brise. Alain a sorti le Beretta de sa ceinture. Il l'arme, tend le bras pour tirer à travers la vitre de la portière avant droite lorsqu'un ronronnement familier se fait entendre. Arrivant en sens inverse, reconnaissable, malgré l'obscurité, à son gyrophare bleu et à sa grande antenne, c'est bien elle, la 204 break diesel du commissariat de Compiègne. Alain rengaine immédiatement le Beretta, démarre lentement, croisant le véhicule de police qui poursuit son chemin.

Rendu furieux par ce nouvel échec, le conducteur de la 504 observe attentivement la suite des événements dans son rétroviseur, tout en roulant presque au pas. La voiture de police ne s'est pas arrêtée, semble-t-il, et il voit la cyclomotoriste déboucher au bout de quelques secondes sur la place. Elle tourne sur sa gauche dans la rue Solférino qui descend en pente forte vers le pont franchissant l'Oise. C'est-à-dire à l'opposé de l'endroit où est garé le coupé.

La 504 fait immédiatement demi-tour et se lance à la poursuite du deux-roues qu'elle rattrape 200 mètres plus loin à hauteur du feu de la rue des Trois-Barbeaux. La jeune fille s'est retournée un quart de seconde, une interrogation terrorisée dans le regard. Elle accélère, franchit à sa vitesse maximale deux autres feux, dévale la rue, serrée de près par Alain. Au milieu du pont, le jeune homme d'un coup d'œil a jaugé la situation : pas de voiture devant, ni derrière, aucun piéton sur les trottoirs. Il accélère, tamponne à pleine vitesse le cyclomoteur au niveau du garde-boue arrière. Et tandis que la jeune fille fait un vol plané avant de retomber sur le trottoir, Alain freine à mort, pile et fait immédiatement marche arrière pour s'arrêter à la hauteur de l'inconnue qui vient de se relever le visage ensanglanté. Il vise quand, à l'instant où il va faire feu, jetant un bref regard dans le rétroviseur, il remarque une voiture qui s'approche.

Alain démarre sur les chapeaux de roue, poursuivi par l'autre véhicule qui donne de furieux coups de klaxon. Il tourne à gauche après le pont en direction de l'autoroute du Nord et réussit à semer son poursuivant au bout de quelques kilomètres. Alors seulement, il file sur Creil, troque dans le quartier du quai d'Amont la 504 contre sa R 4 avec laquelle il regagne son domicile. Le lendemain matin, il se rend une nouvelle fois à Creil, par le train cette fois, et y récupère le coupé qu'il abandonne une demi-heure plus tard sur le parking d'Orry-la-Ville, pratiquement à l'emplacement occupé par la R 12 break de Martial Doucet en juin et juillet.

Pourquoi le choix d'Orry-la-Ville ? L'idée d'Alain est simple : le numéro 6809 RF 60 du coupé appartenant au notaire a été relevé soit par le témoin qui l'a poursuivi en voiture, soit par la jeune fille qui a dû se rendre au commissariat ce matin même. Cela ne fait aucun doute dans l'esprit du jeune homme. La réaction des policiers ne devrait guère se faire attendre.

Samedi 11 novembre : reprise du service. Consternation d'Alain. Pas le moindre vol de véhicule n'est signalé au sein de son unité. La voiture du notaire de Grandvilliers semble n'avoir jamais existé, l'agression de la cyclomotoriste ne s'être jamais produite s'il en juge par le silence des services de police comme par celui de la presse. Silence d'autant plus humiliant pour Lamare que les journaux ne parlent que de l'expédition punitive du gangster Jacques Mesrine chez le juge Petit. C'est lui qui rafle les titres, occupe la première page.

Cinq petites lignes dans la rubrique des faits divers du *Courrier picard* en date du *16 novembre* lui font l'effet d'un coup de poing dans l'estomac. L'entrefilet est titré : « Le responsable en fuite ». Alain lit à haute voix pour être bien sûr de ne pas rêver : « Mlle Patricia Cieslak, victime d'un accident de la circulation vendredi dernier 10 novembre sur le pont de l'Oise à Compiègne, a porté plainte pour délit de fuite contre le responsable de l'accident. » Même article dans *L'Oise Matin*, édition locale du *Parisien libéré*. L'explication pour Alain n'est que trop claire. Cette Patricia Cieslak a probablement fait sa déposition le lendemain même de l'agression. Et le témoin a dû confirmer ses dires. Ce sont les policiers de Compiègne qui n'ont pas fait leur travail.

Autrement dit, cette agression si amoureusement fignolée ne s'est pas seulement soldée par un échec cuisant, elle s'est bizarrement transformée, en passant par le commissariat, en un banal accident de la circulation. Tout est à refaire.

2

Ces policiers pris en flagrant délit de désinvolture ne bénéficient d'aucune circonstance atténuante. Moins que quiconque les policiers de Compiègne, qui ont eu affaire à une petite personne dotée d'un rare courage, d'un sens aigu des réalités, bien décidée à défendre ses droits.

Lorsque Patricia s'est relevée, le visage et les mains pleins de sang, elle n'a eu qu'un seul souci : noter dans sa tête le numéro d'immatriculation de la voiture, même lorsque, terrorisée, elle a vu son agresseur faire marche arrière. Incapable de réaliser encore que l'automobiliste qui a surgi *in extremis* lui a sauvé la vie, Patricia réussit vaille que vaille à remettre en marche son cyclomoteur et à rejoindre le café « À la dernière minute » où elle a rendez-vous avec son amie Sylvie. Elle s'y précipite, hagarde, marmonnant sans relâche les chiffres à retenir, jette son histoire à mots hachés sous le regard incrédule du patron et de quelques clients. Le barman tout de même lui tend un crayon et une feuille d'agenda. La jeune fille note le numéro, fourre aussitôt le précieux papier dans son sac. Alors seulement elle va se laver sommairement le visage et les mains, prend le temps d'avaler un express. Pas l'ombre de Sylvie dans la salle. Alors Patricia, laissant là son cyclomoteur, refusant d'être raccompagnée, regagne à pied son studio dans le quartier Saint-Lazare, l'œil et l'oreille aux aguets, claudiquant et ravalant ses larmes. Nuit blanche, entrecoupée de cauchemars éveillés où défilent les images de cette incroyable agression.

Le lendemain, *11 novembre à 10 heures*, Patricia Cieslak se présente au commissariat.

— J'ai été attaquée à deux reprises en pleine rue la nuit dernière par un automobiliste, explique-t-elle au planton de service plongé dans la lecture du *Parisien libéré*. Je veux déposer une plainte.

Le policier se contente de noter au crayon sur un petit bout de papier le numéro d'immatriculation de la voiture, le nom, l'adresse et la profession de la jeune fille, aide-soignante à l'hôpital de Compiègne. Lorsque Patricia commence à raconter dans le détail les circonstances de l'agression, il l'interrompt net :

— J'ai du travail. Pour la déposition, on vous appellera. Un inspecteur prendra rendez-vous avec vous.

Patricia n'est pas restée plus de cinq minutes.

Deux jours plus tard, la jeune fille se rend une deuxième fois au commissariat, accompagnée de sa mère. Elle le fait de sa propre initiative, n'ayant toujours pas été convoquée, brandit sous les yeux du planton agacé une coupure du *Courrier picard* où il est signalé qu'un coupé 504 immatriculé

6809 RF 60 a été volé vendredi matin 10 novembre devant la gare de Beauvais à un notaire de Grandvilliers. Un quart d'heure plus tard, elle est enfin entendue par un jeune policier en civil qui prend sa déposition à la machine à écrire, s'interrompant parfois pour jouer négligemment avec son pistolet passé dans sa ceinture. Lorsque Patricia lui tend la coupure du journal relatant le vol du coupé 504, le policier refuse d'en prendre connaissance :

— Ne vous occupez pas de cela, c'est notre job, lui ordonne-t-il sèchement.

La jeune fille, au moment de signer sa déposition, peut lire au haut du procès-verbal le nom du policier : Francis Frankinet. La plainte de Patricia a été enregistrée au bout de trois jours seulement. Il semble que ce retard n'affecte nullement ce jeune enquêteur puisqu'il ne prend même pas la peine de s'en excuser auprès de la jeune fille.

La déposition du témoin, c'est différent bien sûr ! Entre hommes, on se comprend. Le soir même de l'agression, M. Pierre Dumont s'est présenté au commissariat. Il ignore que la jeune fille a été attaquée une première fois. Il raconte ce qu'il a vu : l'accident du pont de l'Oise, la fuite du chauffard, la poursuite ; il a également noté le numéro de la 504. Sa déposition est immédiatement enregistrée. C'est Francis Frankinet en personne qui la reçoit. Il accrédite sur-le-champ les déclarations de M. Dumont. Les siennes uniquement. Que cette Patricia Cieslak ait été attaquée une première fois par la 504, c'est là pure invention de sa part. Fantasmes d'allumeuse. Toutes les mêmes ! Et voilà comment la plainte de la jeune fille est assimilée à un vulgaire accident avec délit de fuite. Ainsi en a décidé le petit policier blond à moustaches.

Personne ne croit Patricia dans cette affaire ni ne la soutient, pas même sa mère ébranlée par l'assurance de Francis Frankinet. Et la jeune fille en vient à douter, à se poser des questions. Qui délire ? Elle ou les autres ? Elle ne l'a tout de même pas rêvé l'acharnement de son agresseur ! Lorsque la voiture de police est passée près d'elle la première fois, pourquoi n'a-t-elle pas parlé, tenté d'expliquer, au lieu de se méfier d'instinct, de se taire par peur d'être ridiculisée ?

Claquemurée dans son studio chaque soir au retour de l'hôpital, Patricia n'ose plus décrocher le combiné téléphonique lorsque retentit la sonnerie de l'interphone commandant l'entrée de l'immeuble. Refuse d'ouvrir même à ses amis. Redoute la tombée du jour, l'heure où commence à l'assaillir pour ne plus la lâcher jusqu'au petit matin le souvenir de cette horrible nuit. Qui lui veut du mal et pourquoi ? Elle n'est bien sûr pas protégée par la police puisque celle-ci refuse de la croire.

À l'inverse, Karyne Grospiron au même moment reprend un peu confiance dans la police. L'inspecteur Decool ne la quitte pas d'une semelle lorsqu'elle se rend trois fois par semaine au club de karaté de Creil où elle a repris très vite son entraînement. Quant aux trajets quotidiens entre l'usine de jouets de Pontpoint et son domicile, ce sont les membres de sa famille qui en assurent la sécurité, la police judiciaire et la gendarmerie n'ayant toujours pas les effectifs nécessaires. Du moins est-ce la version officielle. Au 10 de la rue Marcel-Philippe à Creil, le chef des enquêteurs

Pelfort est de plus en plus persuadé qu'il n'entendra plus parler de ce dossier. Il semble que l'auteur de la lettre anonyme ait définitivement renoncé à mettre ses menaces à exécution. Ce qui n'empêche pas l'inspecteur de poursuivre obstinément ses recherches du côté de la Vallée des Peaux-Rouges et, faute d'éléments nouveaux, de diriger l'enquête au pifomètre, au jour le jour.

Ce qui l'amène à suivre des pistes plus ou moins fantaisistes. À la suite d'un coup de fil anonyme par exemple, celui d'une jeune femme qui prétend avoir été suivie dans les rues de Creil par une Ford Taunus de couleur rouge dont elle communique le numéro au commissariat. Le rapprochement paraît évident entre le comportement de cet automobiliste et les circonstances de l'agression contre Karyne. Elle saute aux yeux de Pelfort qui fait immédiatement identifier le nom du propriétaire du véhicule suspect. Brice Dafour, vingt-trois ans, marié, père de deux enfants, électronicien de son métier, déjà connu des services de police pour avoir commis un vol. Sans avoir fait auparavant la moindre enquête de voisinage ou de surveillance, Pelfort, flanqué de ses deux adjoints, interpelle l'intéressé à son domicile le 14 novembre vers 11 h 30. Sans expliquer à aucun moment le pourquoi de leur visite, ils mettent sens dessus dessous l'appartement – cela s'appelle une perquisition – avant d'emmener le suspect, menottes aux poignets. Heureusement pour M. Dafour, sa femme et ses enfants n'étaient pas là. Mais les voisins ont tout vu.

Dans la sacoche des policiers, les pièces à conviction : des revues pornographiques, deux pochettes de photos de femmes dans le plus simple appareil, des factures de location pour deux voitures. Largement de quoi justifier un interrogatoire. « Je suis très timide, finit par avouer le suspect. J'ai pris l'habitude de suivre de temps en temps des femmes en voiture pour le plaisir de les regarder. C'est tout. » C'est beaucoup trop pour les policiers qui réussissent à lui faire dire que cela fait seulement trois mois qu'il porte une moustache. L'auteur de la lettre du 8 août, ce ne peut être que lui ! Ils obtiennent du procureur de la République de Senlis de placer l'homme en garde à vue. Mais ce n'est pas assez ! Plutôt que d'enquêter discrètement, ils vont voir Mme Dafour, lui apprennent les petites habitudes de son mari. Celle-ci tombe des nues mais confirme point par point l'emploi du temps de son époux le soir du 10 août. Le mardi 14 novembre à 18 h 30, M. Dafour est remis en liberté. Pourquoi a-t-il été arrêté ? Il n'en sait rien, est bien loin de se douter de ce qui l'attend au domicile conjugal.

Le lendemain, 15 novembre, deux indices beaucoup plus sérieux sont communiqués à Pelfort par Marie Brossy-Patin. Il s'agit des conclusions orales des expertises demandées. L'analyse du type des balles et douilles retrouvées dans ou à côté de la 504 des Ripailles révèle l'utilisation d'un ou plusieurs pistolets Mac 50 de calibre 9 mm, d'une carabine de calibre 30/30. Quant au produit pharmaceutique contenu dans la seringue, c'est un calmant très puissant, le Diazepam, dérivé du Valium, employé presque uniquement en milieu hospitalier. Les résultats de l'expertise ne changent pas un iota au train-train dans lequel sombre l'enquête sous la direction conjuguée de l'inspecteur Pelfort et du commissaire divisionnaire Gréco. À l'inverse, elles renforcent la conviction de Neveu, qui n'ignore pas que le pistolet de type Mac 50 de calibre 9 mm est l'arme de dotation des gendarmes, des douaniers, des CRS et de la police de l'air et des frontières. Il semble cependant qu'il soit le seul à s'en soucier.

3

Jeudi 16 novembre, environ 8 heures du soir : nuit opaque, saturée d'humidité. Au fond du parking sauvage de la gare d'Orry, Alain frigorifié s'affaire : il a sorti de la poche de son blouson trois petits sachets de plastique. Dans le premier, des mégots de Gitanes blanches filtre que le gendarme maniaque a récupérés dans les locaux du PSIG. Dans le second, des paquets vides de chewing-gum Hollywood, des papiers de bonbons Kréma dans le troisième. Il éparpille le contenu des sachets à l'intérieur de la 504. Les cendriers sont pleins à ras bords, les sièges et les tapis de sol en sont jonchés. Puis le jeune homme verrouille la portière gauche, ferme simplement la portière droite. Ainsi s'achève l'avant-dernier acte de cette nouvelle mise en scène. Ce matin-là, en forêt de Compiègne, il a piégé le coupé du notaire de la même manière que la R 12 de Martial Doucet, a mis en place un mélange presque identique de façon que la voiture prenne feu si quiconque se risque à ouvrir la portière droite.

Abandonnant sa machine infernale, Alain s'éloigne en direction de Chantilly. Une heure plus tôt, dans la rue centrale de Fitz-James, une petite localité accolée à Clermont et où se trouve l'hôpital psychiatrique, il a raté sa troisième cible, s'y reprenant encore à deux fois pour coincer par une queue de poisson une jeune cycliste et la projeter sur le trottoir. Sous la violence de la collision, son pare-choc arrière est resté bloqué dans le garde-boue avant du vélo et le temps de manœuvrer avec rage pour dégager son véhicule, la chance avait tourné : la jeune fille déjà s'était relevée et hurlait, deux silhouettes s'avançaient à pied dans sa direction. Il ne restait plus à Alain qu'à prendre la fuite.

Samedi 18 novembre, 2 h 15 du matin. Lamare s'installe sur le siège avant droit de la 504 break de patrouille. Au volant, son chef Hourdé, sur la banquette arrière les GA[1] Carpentier et Henry, deux calmes à l'air frêle et chétif. La découverte des voitures volées demeurant l'objectif n° 1 du PSIG de Chantilly. À 3 h 15, la 504 se retrouve comme la veille sur le parking d'Orry et comme la veille, « Tonton » – c'est le surnom que les GA ont donné à Hourdé –, qui n'a pas la moindre envie de s'embourber, refuse d'engager la voiture à plus de cent mètres à l'intérieur du parking, se contentant d'en balayer le fond avec les phares en code, faisant pivoter la voiture sur elle-même.

C'est alors que Lamare décide, comme au soir des Ripailles, de prendre la direction des opérations :

— Tiens ! lance-t-il, je crois que j'en aperçois une.

1. Gendarme auxiliaire.

La voiture avance en cahotant jusqu'à l'extrémité du parking où les quatre hommes découvrent une 504 de couleur marron, apparemment en bon état, immatriculée 6809 RF 60. Numéro minéralogique qui ne figure pas sur sa liste des voitures volées, constate aussitôt Hourdé.

— Si on appelle par radio la compagnie de Senlis, maugrée Hourdé, on perd une demi-heure : le temps qu'ils contactent Beauvais, qu'on fasse les vérifications nécessaires sur le terminal d'ordinateur. Alors on se démerde et on se barre vite fait sans attendre de se les geler. Le Neimann est cassé ou il ne l'est pas. D'accord, les gars ?

Hourdé reste au volant. Aux subordonnés d'inspecter le coupé.

— La portière gauche est verrouillée, annonce Henry à la cantonade cependant qu'Alain, à l'aide de sa lampe torche, fait mine de vérifier si le véhicule ne porte pas de trace de choc. Au même moment, Carpentier tente d'ôter le givre qui recouvre les vitres mais il doit y renoncer, tellement épaisse en est la couche. Il s'attaque alors à la portière droite. La serrure semble gelée. Il doit actionner plusieurs fois la poignée avant de réussir à ouvrir la porte, déclenchant d'un seul coup l'explosion qui embrase la voiture. D'un bond le jeune GA se jette instinctivement en arrière et tombe à genoux, portant les mains à son visage. Henry et Lamare d'un même élan se sont précipités à son secours et, tirant le jeune homme par les aisselles, l'éloignent du brasier.

— On l'emmène à l'hôpital des Jockeys, décide le chef sans s'affoler.

Gyrophare allumé, la voiture bleue avale les sept kilomètres qui séparent Orry de Chantilly. Personne n'est resté près de la 504, comme l'exige pourtant le règlement.

« Brûlures au premier degré. Spectaculaires mais sans gravité », diagnostique l'interne de garde après avoir nettoyé le visage et la main gauche avec un désinfectant.

À l'aube, Hourdé a rejoint le parking d'Orry-la-Ville. Sur place, une douzaine de gendarmes et de sous-officiers, parmi lesquels Cavalier, font les premières constatations de police judiciaire. Tous sans exception sont choqués par cette affaire due à l'imprudence, bien compréhensible, d'un jeune gendarme. Choqués parce que celui qui a piégé la 504 s'est attaqué, involontairement bien sûr, au maillon le plus faible de la gendarmerie, c'est-à-dire à un GA, et que ce n'est justement pas à celui-ci de prendre des risques. Choqués parce que c'est également contraire au règlement de vouloir gagner du temps plutôt que de consulter un terminal d'ordinateur. Enfin, à supposer que cette explosion soit liée à celle d'une R 12 break, au début d'août, dans une rue de Creil, pourquoi diable la PJ de Creil chargée de cette affaire ne leur a-t-elle pas donné des précisions sur ce dossier où il semblerait qu'un gardien de la paix ait été également blessé en ouvrant la portière ? Il y a de quoi s'étonner. Les conversations vont bon train ce matin-là, pour la plus grande jubilation de Lamare qui écoute sans mot dire et constate qu'il a visé juste.

Que ce soit Carpentier qui ait été blessé, même légèrement, ne réjouit pas particulièrement Alain et ce n'est pas sans une certaine gêne qu'il entend l'adjudant Cavalier répéter inlassablement à ses hommes les jours suivants : « Je vous avais pourtant bien recommandé de faire attention à cette affaire de voitures piégées. Je vous avais même réunis courant septembre, pour vous rappeler d'observer les consignes de sécurité. »

Mais ces contrariétés mineures sont effacées *lundi 20 novembre* par les gros titres qui barrent la première page des journaux locaux : « Orry-la-Ville : le PSIG de Chantilly découvre une voiture piégée. Un gendarme est blessé. » Le lendemain *mardi 21 novembre*, le nom du PSIG de Chantilly apparaît une nouvelle fois en première page de *L'Oise Matin :* « Un chauffard arrêté par le PSIG de Chantilly après une chasse à l'homme. C'est la deuxième opération importante effectuée en deux jours par ces gendarmes. Deux affaires qui auraient pu faire des victimes sans leur intervention efficace. » Que l'on puisse parler, pour la première fois, d'efficacité à propos de son unité réjouit Lamare.

Un détail pourtant le chiffonne : pourquoi la presse, pas plus que ses collègues, ne font-ils le lien entre l'agression dirigée contre la jeune cycliste de Fitz-James et l'attentat dont le gendarme Carpentier a été victime, puisque dans les deux cas, il s'agit de la même voiture ? À force de compulser les journaux, Lamare trouve l'explication de ce silence dans un article qui raconte qu'une certaine « Brigitte Corette, âgée de dix-huit ans, a été renversée et légèrement blessée jeudi 16 novembre en soirée par un automobiliste ». Toujours selon cet article, le chauffard, qui était au volant d'une GS ou d'une 504, a pris immédiatement la fuite.

Dans une lettre adressée ce soir-là à sa mère, Alain se montre plus expansif que d'habitude, évoquant « une affaire très grave » – les mots sont soulignés – où un gendarme auxiliaire a été blessé. C'était déjà arrivé, ajoute-t-il, à un policier de Creil. Sur Carpentier, il n'en dit pas plus. En revanche, il s'épanche avec force détails sur le repas de la veille qui a eu lieu au mess de la base aérienne de Creil, en compagnie de tous les gendarmes du PSIG, repas joyeusement animé tout au long duquel l'adjudant Cavalier ne lui a pas ménagé ses compliments pour avoir découvert la 504 coupé au parking d'Orry.

Au cours des derniers jours du mois, les standardistes des gendarmeries de Chantilly et de Senlis reçoivent de mystérieux coups de téléphone de menaces : « Je suis le nouveau tueur de l'Oise et je vais tuer le gendarme Cavalier qui essaie avec ses gendarmes du PSIG de m'arrêter », dit une voix qui semble déguisée. Lamare prend bien soin de changer chaque fois de cabine téléphonique. L'intérêt de ces menaces est double : ancrer dans l'esprit des enquêteurs et des magistrats que le « tueur » en veut au PSIG pour son efficacité. Intéresser Cavalier à l'affaire par force. Or, personne, pas même l'intéressé, ne fait état de ces menaces de mort.

Horaires SNCF, archives personnelles, coupures de journaux, cartes d'état-major, fiches de bristol bleu jonchent le sol de sa chambre secrète. À chacune de ses heures libres, Alain accroupi déchiffre et consigne, note et code avec une minutie fiévreuse, s'interrompant seulement soit pour sacrifier au rituel de son personnage social – dîners réguliers à La Grillade, séances de tir avec ses collègues au club privé de Gouvieux – soit pour s'accorder quelques rêvasseries solitaires en forêt de Compiègne et d'Halatte.

Voitures volées et piégées, escroqueries, hold-up, agressions : Alain a testé tous les moyens d'être pris au sérieux, pour un résultat nul. Déçu ? Oui. Surpris ? non.

Victime de négligences policières, Alain doit tuer. « Ils » l'auront voulu. Devenir un criminel réussi, s'installer dans ce personnage, c'est la tâche qu'il s'est fixée entre le 28 novembre et le 2 décembre.

4

Jeudi 16 novembre, rue Victor-Hugo à Fitz-James, les gendarmes Marchand et Leroy se sont immédiatement rendus sur les lieux où Brigitte Corette vient d'être renversée par un « chauffard ». Cinq personnes alertées par les cris de la jeune fille ont été témoins de sa chute et de la fuite du conducteur. Deux d'entre elles ont vu celui-ci s'enfuir au volant d'une GS marron, trois autres à bord d'une 504 marron également. Toujours selon ces témoignages le véhicule était immatriculé 6809 RF 60. La jeune fille, qui ne souffre que de quelques ecchymoses sans gravité, est formelle : il ne s'agit en aucun cas d'un chauffard puisque cet inconnu a tenté à deux reprises de la faire tomber.

Une heure plus tard les gendarmes de Clermont ont la preuve que le numéro 6809 RF 60 correspond à celui d'une 504 coupé marron volée une semaine plus tôt à un notaire de Grandvilliers. Dès 22 heures un message radio de recherches est adressé au fichier du groupement de gendarmerie de l'Oise et à l'antenne de Creil du SRPJ de Lille.

Message de routine comme la gendarmerie en lance quotidiennement dans tous les départements, à propos d'accidents avec délit de fuite dont les auteurs courent toujours. Quant à Brigitte Corette, dans les jours à venir, elle ne sera, pas plus que Patricia Cieslak, protégée par la police. Comme elle, elle n'a qu'à s'arranger avec sa peur et ses fantasmes et se déplacer en taxi.

Un seul homme ce soir-là n'exclut pas que la jeune fille ait pu être attaquée : Jean Pineau, commandant de la compagnie de gendarmerie de Clermont. Très intrigué par l'affaire, il se rend à plusieurs reprises à Breuil-le-Sec où Brigitte Corette est secrétaire de mairie. Parmi le jeu de photos d'individus fichés comme violents ou obsédés sexuels que lui soumet le capitaine, Brigitte désigne celle d'un ancien gendarme qui lui paraît offrir la plus grande ressemblance avec le visage de son agresseur. Piste très vite éliminée : le suspect possède un « alibi en béton ». Pineau est plus dérouté encore lorsqu'il apprend le 20 novembre, dans la presse locale, l'explosion de la 504 coupé qui a blessé un gendarme. Pourquoi les services concernés ne lui ont-ils pas communiqué la moindre information à ce sujet ?

Mise à l'écart délibérée. Ainsi en a décidé la PJ de Creil qui mène l'enquête sur l'agression de Brigitte Corette avec l'aide de Colson, commandant de la compagnie de gendarmerie de Senlis, et le chef de la brigade de recherches de Senlis, l'adjudant Citerne. Ce dernier, sans prévenir Pineau, donne rendez-vous à Neveu dans la cour même de la gendarmerie de Clermont où, de là, ensemble, ils se rendent au domicile de Brigitte Corette pour l'interroger. L'audition n'est pas sans importance lorsque l'on sait que l'auteur de la lettre du 8 août s'est manifesté à cinq reprises sous une forme ou sous une autre sur le territoire de la compagnie de Clermont. Or, Neveu comme Citerne sont farouchement résolus à ce que le capitaine Pineau soit tenu à l'écart de l'affaire en raison de la réputation et des méthodes de cet officier passionné de police judiciaire. Policiers, gendarmes et magistrats du département de l'Oise, tous le redoutent. Il y a de quoi.

Surnommé « Colombo » par ses hommes, à cause de son flair qui n'a rien à envier à celui de Neveu, Jean Pineau est, à quarante-sept ans, l'officier de gendarmerie le plus décoré pour faits de guerre – Indochine et Algérie – de toute la gendarmerie française, également le plus réputé. On parle dans les brigades de la « bande à Pineau » comme de la « bande à Bigeard » chez les paras. Trapu, l'œil pétillant de malice au milieu d'un visage carré, le rire rabelaisien et le verbe haut, plus souvent vêtu de son survêtement que de son uniforme, cet ancien commando de l'infanterie de marine a un sens inné du contact humain, pour le moins inattendu chez ce Charentais qui, à seize ans, menait la vie solitaire d'un berger, en Auvergne.

Type même d'une nouvelle race d'officiers de gendarmerie sortis du rang, Pineau ne fonde pas sa manière de commander sur le règlement et la hiérarchie mais sur l'estime réciproque, la connaissance de ses subordonnés, la compréhension et la discussion. Il se fait fort de secouer une routine bureaucratique et tatillonne fortement ancrée dans les habitudes de ses collègues. Voilà qui a de quoi surprendre les soixante-quinze gendarmes de Clermont qui vouent à Colombo une dévotion sans limites.

Révolution tranquille qui s'accompagne chez Pineau d'une indépendance totale à l'égard du pouvoir politique en général, du sous-préfet de Clermont en particulier. Pourquoi communiquer le double d'une procédure ou quelque information que ce soit à l'autorité préfectorale alors qu'il s'agit d'une affaire judiciaire ? Pineau n'en voit pas la nécessité de même qu'il refuse de passer l'éponge sur certains délits sous prétexte que leurs auteurs ont des appuis au sein du pouvoir en place. Son patron, la seule personne à laquelle il se sent tenu de rendre des comptes, c'est le procureur de la République, celui de Beauvais en l'occurrence. Intransigeance qui vaut à Colombo d'être considéré comme l'une des bêtes noires de la PJ au sein de la gendarmerie. Sans compter qu'il n'hésite pas, depuis son arrivée à Clermont, à se saisir d'importantes affaires judiciaires, quitte à les reprendre à zéro lorsque la PJ s'y est cassé les dents.

Et si le capitaine Pineau arrêtait le nouveau tueur de l'Oise avant eux ? pensent le commissaire Gréco et ses hommes qui, dès lors, n'ont plus qu'une seule préoccupation : l'écarter à tout prix de l'enquête en cours. Car celle-ci, parvenue au point mort, rebondit à cause de l'agression contre Brigitte Corette et de l'explosion de la 504 coupé. Convaincus qu'ils ont affaire dans les deux cas au même homme, Gréco et Pelfort prennent enfin au sérieux l'auteur de la lettre du 8 août. *Au bout de plus de 90 jours*. Alertés, en outre, par certaines coïncidences troublantes : l'explosif utilisé pour piéger la 504 coupé ressemble étrangement à celui de la R 12 break. Le système de mise à feu est absolument identique pour les deux voitures. Enfin, après vérifications, il est apparu que la 504 du notaire, comme celle du gendarme Prigent, comme la R 12 break de Martial Doucet, a été volée avec la clé de contact au tableau de bord. Il semble que le meurtrier en puissance ait de petites manies...

C'est également à la suite de l'explosion de la 504 que l'inspecteur Neveu se voit dans l'obligation de donner un coup de main à Pelfort. Voilà pourquoi il va interroger Brigitte Corette. Maigret suit sa petite idée, plus que jamais convaincu que l'auteur de la lettre est un gendarme et non un policier et qu'il va mettre incessamment ses menaces à exécution. Pourquoi un gendarme plutôt qu'un policier ? Parce que dans le cas de la R 12 la mise à feu de l'explosif était conçue de telle manière que Jean-Jacques Verbeek aurait brûlé vif s'il n'avait pas eu la présence d'esprit de sauter de la voiture. Il y avait dans ce cas-là, selon Neveu, volonté délibérée de tuer un policier. À l'inverse, dans le cas du coupé 504 marron, il n'y avait pas de bidon d'essence et l'explosion a été déclenchée non par l'allumage du plafonnier ou l'ouverture de la boîte à gants, mais par celle de la portière droite. L'inspecteur y voit le souhait évident d'épargner la vie de celui qui ouvrirait la portière ; qui ne pouvait être qu'un gendarme puisque le parking d'Orry-la-Ville est situé en zone de compétence de la gendarmerie.

Tout autant que Neveu, Pelfort montre de la suite dans les idées, toujours lancé à corps perdu sur la piste du tueur des quincailleries, sans pour autant négliger bien sûr celle de la Vallée des Peaux-Rouges. C'est ainsi qu'au cours de la dernière semaine de novembre, il interpelle successivement un militaire de Compiègne, un électricien de Fitz-James et un préparateur en pharmacie d'Agnetz. Chaque fois, Pelfort croit tenir son homme. Chaque fois, il doit le relâcher au bout de quelques heures. Quant aux suspects, ils apprécient avec plus ou moins d'humour, selon les tempéraments, la mauvaise plaisanterie.

Ces nouveaux rebondissements de l'affaire parviennent rapidement jusque dans un minuscule bureau du tribunal de Senlis où, méticuleuse à l'extrême, Marie Brossy-Patin enregistre, lit et classe tous les procès-verbaux relatifs aux derniers événements avant de délivrer les commissions rogatoires et les ordonnances qui mettront en branle la machine judiciaire dans le cadre de l'affaire du deuxième tueur de l'Oise. Des yeux verts dans un visage de jeune fille sage, sans l'ombre d'un maquillage, le front bombé et les cheveux châtains tirés en un chignon lâche, cette jeune femme de vingt-neuf ans, éternellement vêtue d'un pull au ras du cou et d'un jean noir, ressemble bien davantage à une étudiante qu'à une juge d'instruction. La silhouette menue, la douceur du caractère et de la voix de Marie Brossy-Patin sont célèbres à Senlis. Mais sous cette apparence de fragilité, tous s'accordent à lui reconnaître une extraordinaire capacité de travail, un acharnement hors du commun à mener à bien des dossiers délicats. N'hésitant jamais à se déplacer elle-même quand il le faut, sans recourir aux services de police, la jeune femme exerce son métier de juge d'instruction comme un sacerdoce, assume dans le même temps sans faillir ses fonctions de juge d'application des peines avec une rigueur d'autant plus méritoire qu'elle cache une profonde sensibilité.

Toujours aussi absorbée par le dossier du premier tueur de l'Oise et par une autre affaire délicate – la mort d'un jeune Algérien à la suite de sévices graves qui lui ont été infligés par l'un des internes d'un établissement hospitalier de la région –, Marie Brossy-Patin n'attache qu'une importance secondaire à l'information judiciaire relative à la découverte de la 504 criblée de balles aux Ripailles, qu'elle ouvre contre X le 21 novembre. Pourquoi la justice s'occupe-t-elle de cette affaire six mois seulement après les faits ? Pour la simple raison que la juge vient seulement de recevoir le rapport écrit des experts graphologues établissant d'une manière formelle que la lettre du 8 août et le plan du hold-up retrouvé aux Ripailles sont de la même main, confirmant du même coup la prodigieuse intuition de Neveu quatre mois plus tôt... Parallèlement une commission rogatoire est délivrée par la juge à la section de recherches de la gendarmerie d'Amiens afin de préciser l'origine exacte des munitions retrouvées sur la banquette arrière de la 504 des Ripailles.

Développements de l'enquête dont le capitaine Pineau n'est absolument pas tenu au courant. Jusqu'au soir du 27 novembre où, vers 18 heures, il apprend par un coup de téléphone du procureur de la République de Senlis qu'il est dessaisi, depuis dix jours, de l'affaire Brigitte Corette au profit de la PJ de Creil.

— Qu'un officier de PJ soit prévenu d'un dessaisissement à son détriment par un autre parquet que celui dont il dépend, et cela dix jours après, ça ne s'est jamais vu et c'est un comble ! rétorque sèchement Colombo qui raccroche abasourdi.

— Asseyez-vous et écoutez ! ordonne le capitaine fulminant de rage à son chef de secrétariat qui a entendu les éclats de voix et fait une timide apparition dans le bureau de son chef. Vous allez découvrir que ces messieurs de la PJ ont une interprétation pour le moins singulière du code de procédure pénale ! Ça fait dix jours que les gars de l'antenne de Creil de la PJ se foutent de nous ! D'après la loi, ils sont tenus de nous avertir d'une enquête qu'ils mènent sur notre territoire. Or, la loi, ils s'assoient dessus. Mieux ! Ils sont venus sur place pour interroger Brigitte Corette en se donnant rendez-vous ici même, dans la cour de la gendarmerie, avec un de nos collègues de Senlis. On aurait pu espérer qu'il nous informe de la nouvelle dimension qu'avait pris cette affaire. Pensez-vous ! Il s'en est bien gardé ! Bref ! Nous nous sommes fait rouler sur toute la ligne par la PJ et avec l'aide de l'un des nôtres pour couronner l'histoire !

Le visage empourpré, la cravate desserrée, Colombo va annoncer la nouvelle à ses hommes de la brigade des recherches.

— Et la meilleure dans cette affaire, leur lance-t-il non sans ironie avant de partir, c'est que le gars qui a renversé Corette avant de faire sauter la 504 a sans doute commis des délits sur le territoire de *notre* compagnie. Ne comptez pas sur ces messieurs de la PJ ni sur ceux de la brigade de recherches de Senlis pour vous mettre au parfum ! Mais ne comptez pas non plus sur moi pour m'en désintéresser ! « Ils » font tout pour nous tenir à l'écart de l'enquête, nous les gardes champêtres, mais moi je vous demande de faire le maximum dans le cadre de la loi et des règlements pour obtenir des renseignements sur cette affaire criminelle que je considère comme primordiale.

5

Jeudi 30 novembre. En permission depuis trois jours, Alain, assis à l'entrée de sa guitoune juste au-dessus de la carrière Guinaut, scrute le ciel pour essayer de reconnaître les étoiles. Mais son esprit est ailleurs. Il vient de rater sa quatrième cible.

Repérée vers 21 h 30, rue Saint-Joseph à Compiègne, juste après l'hôpital du même nom. Une silhouette en tout point identique à celle des trois premières. Pour ne pas risquer de se faire remarquer bêtement par des témoins comme il l'a été lors de ses deux agressions précédentes, Alain double la jeune cycliste pour faire demi-tour plus loin et revenir en la croisant. Il se voit obligé de renouveler son manège plusieurs fois, d'abord rue Saint-Joseph, puis rue de la Glacière, enfin dans l'avenue du Maréchal-Juin.

Le Beretta 9 mm court calé entre les cuisses, avec une balle dans le canon, la glace avant gauche baissée malgré le froid, Alain est pris d'un trac formidable. Pourtant il est temps d'agir, l'inconnue risquant d'une seconde à l'autre d'arriver à son domicile. Elle pédale maintenant de toutes ses forces, l'ayant évidemment elle aussi repéré. Alain fait alors demi-tour derrière elle, accélère, tamponne le garde-boue arrière du mini-vélo avec l'aile avant droite de la GS, volée la veille à Abbeville, selon un scénario désormais classique. Il freine, stoppe une dizaine de mètres plus loin.

Laurence Paillart s'est relevée, le visage en sang. Elle le fixe, hagarde, et hurle. Paralysé par la peur, incapable de sortir de sa voiture pour la tuer de sang-froid, Alain réagit instinctivement et pointe son index gauche sur sa tempe, l'air de dire : « Vous êtes cinglée ! » Pour faire croire à la jeune fille qu'il voulait simplement la draguer et que c'est elle qui a provoqué l'accident en faisant un écart brusque. Il ne faut à aucun prix que cette agression encore ratée lui soit attribuée par les policiers. Alain l'a compris d'emblée.

Il redémarre immédiatement, aperçoit dans son rétroviseur sa victime qui s'engouffre en claudiquant dans l'une des HLM de l'avenue du Maréchal-Juin. La permission de Lamare avait pourtant bien commencé, et le programme soigneusement planifié sur les fiches de bristol bleu avait été jusque-là respecté.

Mardi 28 novembre. Premier jour de permission. Alain est passé à la brigade de gendarmerie de Clermont, accomplissant la première des démarches prévues pour ces quatre jours. La colère de Pineau lui est revenue aux oreilles, de même que les démêlés de Colombo avec la PJ de Creil. Voulant en avoir le cœur net, il a reçu confirmation, par d'habiles questions, de ce qu'il flairait : Colombo n'est pas au courant des chèques Doucet, pas plus qu'il ne connaît le contenu exact de la lettre du 8 août. Et ses collègues de Clermont, comme ceux de Chantilly, savent seulement que l'auteur de cette lettre affirme avoir piégé trois voitures dans la région de Creil. Deux ont explosé. Ils attendent avec flegme l'explosion de la troisième. Lamare n'en demande pas plus. Il a parfaitement deviné que Pineau flaire la « grosse affaire ». Ah ! comme il aurait aimé servir sous les ordres d'un supérieur de cette compétence. Il n'en serait pas aujourd'hui à créer de toutes pièces « sa guerre » : s'il veut obtenir une véritable mobilisation, il faut au moins que les services de police de la région aient communication intégrale de la lettre et de ses menaces, conclut le jeune homme en quittant ses collègues.

Mercredi 29 novembre. Alain visite et repère les vestiges de plusieurs rampes de lancement de V1 qui se trouvent, au nombre d'une trentaine environ, autour d'Abbeville. Cette inspection terminée, Lamare se retrouve vers 10 heures en plein centre d'Abbeville dans la Somme, au bar d'un café de la rue de Ponthieu. À 300 mètres du commissariat, il guette patiemment, en sirotant un Vittel-cassis, le propriétaire distrait d'un véhicule de cylindrée moyenne. Et à 11 h 15, il démarre au volant d'une GS bleue qu'il conduit à Cocquerel. À l'abri de la rampe de lancement visitée la veille, il constate qu'elle appartient à Éric Florin, vingt-cinq ans, domicilié à Amiens.

Vers 17 heures, ce même jour, Alain terré dans la forêt de Guimerville fait le compte du contenu de la caisse que l'employée de la poste de Sénarpont, sous la menace de son Beretta, a vidé dans le sac en plastique qui lui était tendu. Des billets de 500 et 100 F. 13 870 F au total. Joli butin ! L'avenir s'annonce bien. La GS a l'air en bon état malgré ses 60 000 kilomètres. Vidange et plein d'essence viennent d'être faits.

La voiture volée dans la Somme, le hold-up commis en Seine-Maritime : précaution volontaire prise par Alain qui, sachant que chaque département relève d'une police distincte, compte sur le manque de coordination des services entre eux. Alain s'offre, pour célébrer le succès de cette journée, un excellent dîner arrosé de brouilly à l'Hôtel de la Plage à Dieppe, où il passe la nuit après avoir fait une marche digestive le long du front de mer.

Jeudi 30 novembre. La journée commence bien : annoncé en première page du *Courrier picard* par un titre au-dessus de deux colonnes, un article d'une trentaine de lignes est consacré à son hold-up de Sénarpont. Il y est précisé que les témoins ont vu le gangster s'enfuir au volant d'une GS de couleur bleue. Ce jour-là il entreprend, comme la veille, la prospection systématique de dizaines de rampes de lancement de V1, cette fois le long de la côte du département de la Seine-Maritime. Il passe à plusieurs reprises impunément au nez et à la barbe des gendarmes qui observent benoîtement la circulation à côté des cabines de péage. L'humeur est joyeuse.

Profitant d'un arrêt chez un pompiste, il s'approvisionne en chewing-gum Hollywood, bonbons Kréma et coton hydrophile. Il ne sait pas qui et où il attaquera ce soir, mais il se doit de réussir…

Le ciel s'est chargé de nuages noirs qui se bousculent, poussés par le vent, et sur la carrière tombe maintenant une pluie fine. Alain, toujours immobile à l'entrée de sa tente, incapable de dormir, se livre à des calculs macabres : quatre jeunes femmes agressées, un policier, un gendarme blessés. Pour un résultat quasi nul. Il n'est qu'un velléitaire paralysé par la lâcheté, un faible qui a plus de points communs avec l'enfant qu'il est resté aux yeux de sa mère qu'avec le héros pur et dur auquel il s'efforce désespérément de s'identifier. Depuis hier lui trotte dans la tête l'image de cette mère qui le connaît mieux que personne et qui, intuitivement, a deviné quelque chose. Alain l'a senti tout de suite en arrivant mardi soir à Senlecques pour la nuit. A-t-elle su lire entre les lignes de sa lettre du 22, ou bien est-ce son comportement qui a changé sans qu'il s'en aperçoive ? Quoi qu'il en soit, incapable de soutenir plus longtemps le regard maternel, il est parti le lendemain mercredi 29 novembre à l'aube.

Il lui reste la journée du vendredi pour franchir ce pas décisif qui lui fait si peur. D'ici là, il n'a pas le temps matériel de voler une autre voiture. Or, à supposer que l'agression de Compiègne quelques heures plus tôt lui soit imputée par la suite, l'utilisation de la GS, demain, prouverait de sa part une préméditation certaine. Que les policiers se montrent aussi incompétents que dans l'affaire Cieslak et commettent une nouvelle bavure n'est pourtant pas une hypothèse à exclure. Pour une fois, Lamare souhaite qu'on ne le suive pas à la trace ! Cette perspective le déride bien un peu mais très vite il se trouve confronté à l'implacable échéance : tuer une femme dans les vingt-quatre heures avant le samedi 2 décembre à 2 heures du matin.

Une évidence cette nuit saute aux yeux d'Alain : compte tenu de sa lâcheté, de son impuissance à tuer gratuitement une jeune femme contre laquelle il n'a pas le moindre ressentiment, à tuer de chic une inconnue qui ne devrait pourtant avoir aucune importance à ses yeux, il doit changer de méthode. Cette décision le tient éveillé jusqu'à l'aube où il s'oblige alors à sommeiller quelques petites heures en prévision de l'épreuve à affronter.

Vendredi 1er décembre, midi. Pas l'ombre d'une silhouette intéressante à Compiègne où Alain tourne en rond autour du lycée mixte Pierre-d'Ailly et de l'Institution Notre-Dame. Rien au carrefour des Nations-Unies, nœud routier de la cité impériale avec ses sept artères convergeant en étoile, où la GS bleue passe et repasse avant de filer en direction de Senlis.

Pont-Sainte-Maxence : 13 h 30. Rue Georges-Decroze, juste en face de la mairie, à 400 mètres environ de l'endroit où Alain avait ouvert le feu sur Karyne Grospiron, deux jeunes filles sur le trottoir bondé de passants font de l'auto-stop. Une R 5 rouge qui roulait juste devant Alain embarque l'une d'entre elles et redémarre aussitôt. La GS bleue s'arrête à hauteur de la deuxième auto-stoppeuse, qui s'installe à côté du conducteur après s'être assurée que ce jeune homme courtois se dirige bien vers Chantilly.

Son Beretta glissé, une balle dans le canon, dans la ceinture de son pantalon, Alain roule sans mot dire. Il n'aura cette fois aucune excuse s'il rate une cible dans de telles conditions. Il doit la tuer d'une balle dans la poitrine. Mieux encore : dans le cœur. La gorge nouée par cette perspective, Alain conduit, les yeux fixés droit devant lui, jetant parfois un regard à la dérobée sur sa passagère. Vêtue d'un blouson d'aviateur comme lui, elle porte un pull vert, un pantalon de velours noir, des boots à talon. Le visage fin et régulier est encadré de cheveux bruns mi-longs. Le jeune homme la trouve plus jolie encore que les quatre premières.

C'est sa passagère qui, juste avant Fleurines, rompt un silence oppressant :

— Je suis obligée de faire du stop, lui confie-t-elle en riant, parce que je viens de rater mon examen de permis de conduire pour la quatrième fois !

— Ça ne vous ennuie pas que je passe par la forêt : on évite les embouteillages de Senlis et puis c'est plus poétique ! lui dit Alain, en se forçant à sourire.

Mais voyons, non ! Ça ne l'ennuie pas ! Mais oui, bien sûr, c'est beaucoup plus poétique, acquiesce la jeune fille conciliante, et la GS bleue emprunte à vive allure les routes forestières « Alexandre-Dumas » et « de la Brosse ». Paralysé par le trac, Alain aiguille la conversation sur la forêt, fait admirer à sa passagère les pins Douglas à l'écorce violette sous le soleil, lui explique qu'ils ont été plantés au début du siècle dans une région trop sablonneuse pour accueillir d'autres arbres. La GS traverse successivement les villages d'Aumont et d'Apremont. Alain parle, parle sans arrêt. La jeune fille, qui n'a pas l'air timide le moins du monde, lui offre une cigarette qu'il refuse. Elle l'écoute avec beaucoup de gentillesse, lui pose parfois des questions.

— Expliquez-moi quelque chose qui m'intrigue, lui déclare-t-elle tout de go avec un petit sourire espiègle. Chaque fois que je fais du stop, je relève systématiquement le numéro de la voiture. Votre GS est immatriculée 3415 QR 80. Vous habitez donc dans la Somme. Pourtant vous m'avez l'air de connaître cette région comme votre poche, en tout cas mieux que moi qui y ai toujours vécu. Alors ?

— Moi aussi, je suis d'ici. Je suis né à Compiègne, répond Alain du tac au tac. Je travaille effectivement dans la Somme mais dès que j'ai un peu de temps libre, je viens dans ce coin parce que j'y ai beaucoup d'amis.

Et Alain de se lancer dans une évocation des châteaux de la région, en passant devant celui de Chantilly. Ses mains sont moites de transpiration sur le volant. Moites de peur. Il s'en rend compte. La jeune fille a signé son arrêt de mort en lui confiant qu'elle avait relevé – correctement – le numéro de la GS. Il va la tuer d'ici quelques secondes. Il va la tuer parce qu'elle a eu tout loisir de l'observer pendant vingt-cinq minutes environ, ce qu'aucune des victimes précédentes n'avait eu la possibilité de faire. Il tourne maintenant dans la route des Aigles qui, derrière l'hippodrome et en bordure de la forêt, relie la gare de Chantilly au château grâce à une longue ligne droite d'un peu plus d'un kilomètre.

Il repère l'endroit idéal pour tirer en prenant le minimum de risques. 500 mètres après le virage, à mi-chemin entre le carrefour de Diane et celui des Aigles, sa main gauche lâche le volant, plonge lentement à l'intérieur de son blouson :

— Je vais vous faire mal, dit-il d'une voix à peine audible, la main crispée sur le pistolet qu'il pointe vers la poitrine de sa passagère, les yeux fuyant ailleurs. La jeune fille se met à hurler. Instinctivement, elle s'est jetée en arrière et cache son visage avec son bras gauche, tandis que de la main droite elle agrippe la poignée de la portière. Alain ne la regarde pas. Il ouvre le feu. Tire deux fois posément, touchant chaque fois sa victime qui continue de hurler et tombe, tête en avant, par la portière à moitié ouverte. Pas de voiture devant ou derrière la GS, qui fait demi-tour un peu plus loin. Apparemment aucun promeneur ou cycliste. Glace baissée, mains crispées sur le volant, Alain arrête son moteur, *la* regarde enfin. Étendue comme un pantin désarticulé sur l'herbe du sous-bois qui borde l'hippodrome, la jeune fille ne bouge plus. Elle gémit faiblement, tenant toujours dans une main son sac bordeaux.

Alain reprend en sens inverse l'itinéraire qui conduit à travers la forêt de Chantilly à Pont-Sainte-Maxence. Vers 14 h 15, il jette par la fenêtre, sur le bas-côté de la route forestière « Alexandre-Dumas » la sacoche de cuir marron appartenant à Éric Florin. Un indice qui devrait aider ses collègues et les policiers de la PJ de Creil, désorientés par la R 5 rouge, à établir un lien entre la GS bleue, le hold-up de Sénarpont et les coups de feu tirés contre l'auto-stoppeuse.

Au milieu de l'après-midi, la GS bleue stoppe sur le parking de la gare SNCF de Louvres, dans le Val-d'Oise, juste à côté de l'aéroport de Roissy, à une quinzaine de kilomètres au sud de Chantilly. La jeune fille a laissé tomber un gant en laine sur le plancher de la voiture. Alain le cache sous un siège où il retrouve les deux douilles qu'il fourre dans sa poche avant d'effacer soigneusement toutes les empreintes digitales. Dans le train omnibus qui le conduit à Paris-Nord, Alain fait des vœux pieux pour que la lenteur policière lui laisse le temps d'aller rechercher sa R 4 à Abbeville et de fignoler une mise en scène soignée à l'intérieur de la GS bleue que sa patrouille découvrira sur le parking d'Orry-la-Ville au moment voulu par le gendarme Lamare.

Vendredi 1er décembre, minuit. Alain, ayant récupéré sa voiture à Abbeville, s'ébroue sous la douche de son F 3, cité Lefébure. Cinq jours qu'il ne s'est pas lavé ! Puis il se rase consciencieusement : le règlement interne de l'armée autant que son obsession de la propreté lui interdit de porter la barbe.

2 heures du matin : Lamare enfile son uniforme. Cette nuit, il est de service d'alerte, ce qui veut dire que jusqu'à 14 heures samedi, il doit rester à son domicile, prêt à donner un coup de main à ses collègues si besoin est. C'est la raison pour laquelle il n'a pas laissé la GS sur le parking d'Orry-la-Ville...

Vers 4 h 30, n'y tenant plus, brûlant de savoir si oui ou non il est un meurtrier accompli, il se présente à la gendarmerie, prétextant une insomnie. « Une jeune fille de dix-neuf ans a été tuée hier à coups de pistolet derrière l'hippodrome », lui annonce, laconique, le planton de permanence. Lorsqu'il se jette sur son lit tout habillé trente minutes plus tard, Lamare s'endort, persuadé de sa réussite. Il lui a suffi de se glisser dans le bureau des gradés, de fouiller dans le tiroir de l'adjudant Lelièvre, de jeter un coup d'œil rapide sur les premiers résultats de l'enquête confiée à la brigade de gendarmerie de Chantilly.

Samedi 2 décembre, la GS est abandonnée vers 19 h 15 sur le parking d'Orry-la-Ville à quelques mètres de l'endroit où la 504 a explosé. Alain a mis en place, le matin même, en forêt de Montmorency, un dispositif de piégeage semblable en tout point aux précédents, à une différence près mais elle est d'importance : il a omis volontairement de placer le moindre explosif, comme s'il avait été dérangé juste à ce moment-là par une patrouille de gendarmerie. Il a brûlé avec une cigarette le tissu des sièges avant, a rempli à ras bord les cendriers de mégots de Gitanes blanches filtre – les cigarettes que fume son frère François-Xavier –, y a ajouté, pour s'amuser aux dépens de ses collègues, un seul et unique mégot de Peter Stuyvesant. Il a parsemé également l'intérieur de la voiture de petits bouts de coton, de papiers de bonbons Kréma et de chewing-gum Hollywood. A jeté sur le plancher une balle de 44/40, persuadé que ses collègues feront le rapprochement avec le « fils de

Sam » qui, à New York, a tué toutes ses victimes avec un revolver de calibre 44.

Sur la banquette arrière, il a posé un couteau de plongée sous-marine, un pistolet d'alarme italien IGI Domino trafiqué, une seringue hypodermique contenant des traces de morphine et volée au 54e RA de Verdun. Enfin, il a glissé le permis de conduire de Mme Doucet dans le portefeuille d'Éric Florin qu'il a remis à sa place dans la boîte à gants, établissant ainsi un lien évident entre l'auteur de la lettre du 8 août et la GS.

Mais la seule preuve matérielle établissant de façon certaine que sa victime est bien montée dans sa GS bleue, il l'a jetée en forêt d'Halatte : il s'agit du gant de laine perdu par la jeune fille. Qu'ils courent après ce gant, ses chers collègues !

Dans les jours qui suivent, il semble que sa guerre soit enfin prise au sérieux. Barrages et couvertures en surface se multiplient, mais ses petits camarades savent-ils seulement ce qu'ils cherchent ? Il semble que la PJ de Creil soit chargée de l'enquête, si Alain en juge d'après l'activité qui règne au 10 de la rue Marcel-Philippe. Enfin, les titres de la presse se font l'écho de la gravité des événements.

Si Alain avait besoin d'une preuve supplémentaire de sa réussite, les obsèques de sa victime le lundi 11 décembre à Lamorlaye la lui apportent. Le jeune homme s'est arrangé pour être ce jour-là de service avec sa patrouille au cimetière. Il bombe le torse, impassible. Dans la poche intérieure de son uniforme, un jeu de photos – celles de l'autopsie du corps de sa victime – volées dans le tiroir de l'adjudant Lelièvre.

6

Il arrive que l'on mette la main sur l'assassin à l'enterrement de sa victime. Peut-être est-ce ce qu'espèrent la kyrielle de policiers en civil qui, ce lundi 11 décembre, assistent aux obsèques de Yolande Raszewski.

Que l'auteur de la lettre du 8 août ait mis ses menaces à exécution, soit ! Gréco ne peut le nier. Mais qu'il s'agisse d'un gendarme ou d'un policier, ça jamais ! Le commissaire a une autre idée en tête depuis qu'il a appris l'incarcération, huit jours auparavant, d'un certain Antoine Ruccionne, meurtrier d'une septuagénaire. Signe particulier de l'inculpé : policier à la CRS n° 54 de Marseille, unité dont la plupart des membres appartiennent au SAC[1]. De là à penser que le tueur de l'hippodrome est une barbouze, il n'y a qu'un pas. Surtout lorsqu'on se souvient que l'affaire a commencé par la découverte, dans la 504 du

1. Service d'action civique.

gendarme Prigent, du porte-documents d'une militante gaulliste.

Hanté par l'idée que sa carrière puisse être éclaboussée par une affaire politique, Gréco donc s'entête, qu'on laisse de côté l'emploi du temps des gendarmes et policiers de l'Oise et que l'on se borne à mener une enquête purement analytique : en accumulant les indices matériels, on finira bien par prendre le tueur la main dans le sac. Et puis des frictions, le commissaire en a déjà assez avec la gendarmerie de Chantilly qui essaie par tous les moyens d'être chargée de l'enquête depuis que c'est elle qui a retrouvé le corps de Yolande Raszewski en plein milieu de sa zone de compétence.

À la fin de l'après-midi du 1er décembre, Marie Brossy-Patin ouvre un dossier d'instruction au nom de Yolande Raszewski. Née le 21 juin 1959 à Paris, 13e, exerçant la profession de serveuse, la jeune fille admise dans le coma vers 14 heures à l'hôpital des Jockeys est décédée trois heures plus tard. Un petit trou situé sous le sein gauche : c'est l'orifice d'entrée de la balle qui, selon les médecins, a traversé le foie, y provoquant une hémorragie mortelle. L'emplacement de ce petit trou, seules la juge et la PJ de Creil sont à même d'en mesurer la signification : « la prochaine fois, je viserai le cœur et non pas les jambes », est-il écrit dans la lettre du 8 août.

D'autant que ce matin, la jeune femme a reçu le rapport écrit de M. Ceccaldi établissant de manière formelle que les balles qui ont blessé Karyne Grospiron ont été tirées par un pistolet Beretta de calibre 9 mm court. Quel est le calibre de la balle qui a perforé le foie de Yolande

Raszewski ? Seule l'autopsie le dira. Celle-ci a été fixée par la juge au lundi 4 décembre.

Dans l'après-midi du samedi 2 décembre, une sacoche est déposée à la brigade de Pont-Sainte-Maxence par un promeneur qui l'a ramassée en forêt de Chantilly, route Alexandre-Dumas. À l'intérieur de celle-ci, les gendarmes découvrent la carte grise d'une GS bleue immatriculée 3415 QR 80. Voiture volée appartenant à Éric Florin, confirme bientôt l'ordinateur de Rosny-sous-Bois. L'adjudant Lelièvre transmet immédiatement l'information à la juge d'instruction. Au 4e étage d'une vieille maison bourgeoise de la rue de Beauvais à Senlis, Marie Brossy-Patin raccroche le téléphone comme si de rien n'était pour s'absorber à nouveau dans la reconstitution d'un puzzle géant en compagnie de son mari et de sa petite fille Clémence. Avec la certitude que les appels risquent, dans les heures qui vont suivre, de se multiplier.

Vers 22 h 15 ce soir-là, la GS bleue est découverte sur le parking d'Orry par une patrouille de la toute nouvelle brigade de gendarmerie de la petite ville. « De quoi se mêlent ces lascars ! En chassant sur notre terrain sans nous en avertir, ils nous soufflent une belle affaire judiciaire ! » fulmine Lamare en présence de Cavalier que la virulence de cette réaction ne surprend pas. Elle est tout à l'honneur de son subordonné : gendarme modèle dont il ne cesse de louer la conscience professionnelle.

Au cours de cette nuit-là se retrouvent sur le parking d'Orry tous les services de gendarmerie de la région. Une colonie de fourmis bleues s'acharnent sur ce morceau de choix. La glace avant droite est brisée, l'intérieur de la GS mis à sac, le butin – couteau de plongée, pistolet d'alarme italien, balle de revolver 44/40 – réparti entre les plus voraces. Au diable les précautions, qu'importent les empreintes digitales !

Sur le coup de 11 h 30 du matin, changement de scène. Cette fois, c'est au tour des policiers de s'abattre sur la GS comme une volée de moineaux, écartant les gendarmes qu'ils admonestent, expulsant sans façon Éric Florin qui, convoqué au début de la matinée sur les lieux, est assis au volant, occupé à faire l'inventaire de sa voiture.

— Police judiciaire, annonce le commissaire Jacob. Désolé, monsieur, nous sommes chargés de relever les empreintes.

Et le jeune homme d'assister pétrifié au spectacle. En moins de dix minutes, l'intérieur de sa voiture, déjà passablement saccagé, comme l'extérieur, y compris les poignées de portes, le bouton-pressoir fermant le coffre arrière et le levier d'ouverture du capot avant, sont recouverts d'une fine poudre noire. À quoi bon ces précautions tout à fait louables, se demande le jeune homme, perplexe, puisque, grâce au zèle forcené des gendarmes, toute trace du suspect, à supposer qu'il y en eût, est depuis belle lurette effacée. Éric Florin n'est pourtant pas au bout de sa mésaventure.

À 14 heures, cet après-midi-là, dans les bureaux de l'antenne de Creil, 10, rue Marcel-Philippe, Éric Florin se retrouve dans le plus simple appareil, palpé et examiné sous toutes les coutures. Une heure plus tard, l'enquêteur qui le raccompagne en voiture à la gare de Creil lui délivre, en même temps que les excuses embarrassées de la PJ, le fin mot de l'histoire. À cause de la présence dans la GS d'une seringue hypodermique contenant des traces de morphine, les policiers, convaincus que le tueur se drogue, avaient cru « tenir leur homme » en la personne d'Éric Florin.

Lorsque le jeune homme, de retour à son domicile d'Amiens, ouvre en fin de soirée son portefeuille qui lui a été remis le matin même par les gendarmes – après que ceux-ci en eurent vérifié le contenu –, il en retire deux permis de conduire : le sien plus celui d'une certaine Germaine Doucet. Il prend encore la peine, malgré la rigueur du froid, de se rendre à vélo – son seul moyen de locomotion – à la gendarmerie pour y déposer le permis qui ne lui appartient pas.

Lundi 4 décembre. 15 heures, à la morgue de l'hôpital de Senlis. Autour du médecin légiste coiffé de son éternel chapeau texan, une vingtaine de gendarmes et d'inspecteurs, un commissaire, deux magistrats.

— Pourquoi cette affluence inhabituelle ? s'étonne le docteur Jules-Edgar Célestin.

— Il paraît que le meurtrier de la fille, c'est un deuxième « tueur de l'Oise », lui chuchote un gendarme dans le creux de l'oreille.

Imperturbable, le médecin commence le travail, après avoir obtenu le feu vert de Mme Brossy-Patin. Deux heures plus tard, tombe le verdict : deux balles ont touché la victime. L'une, mortelle, est entrée sous le mamelon gauche presque à la verticale avant de terminer sa trajectoire dans le foie, y provoquant l'hémorragie fatale. La seconde a traversé l'avant-bras gauche de part en part. La victime porte des ecchymoses aux lèvres et aux pieds consécutives à une chute, mais elle n'a subi aucune violence sexuelle et ne présente aucune trace de coups.

La balle retirée du foie de la jeune fille est bien de calibre 9 mm court. Marie Brossy-Patin, qui s'est éclipsée comme à son habitude dès le début de cette épreuve, en a reçu aussitôt confirmation par l'adjudant Citerne. Quant à Neveu, en vacances en Bretagne, informé par Jacob des résultats de l'autopsie, il n'en est pas surpris, seulement impressionné : n'ayant jamais arrêté un meurtrier sans avoir vu le « cadavre », il interprète son absence comme un signe de mauvais augure.

À 19 heures, ce soir-là, a lieu dans le petit bureau de la juge, en présence du procureur de la République, Léon Gourraud, une réunion des principaux policiers et gendarmes chargés de l'affaire. Cantonnée dans le rôle de l'arbitre, Marie Brossy-Patin écoute sans broncher les deux parties. C'est le commissaire Jacob qui ouvre le feu :

— La PJ de Creil était seule saisie de l'affaire des voitures piégées. Ordre avait été donné par Mme Brossy-Patin de ne toucher sous aucun prétexte à la GS. Or, les empreintes digitales se sont révélées « glissées » ou partielles et donc parfaitement inexploitables. Conclusion : les gendarmes ont saboté notre travail.

Colson, soutenu par Citerne, réplique aussi sec :

— Nous n'avons jamais eu le sentiment de saboter le travail de la PJ. Et pour cause. La gendarmerie n'a jamais eu communication de la fameuse lettre envoyée par l'assassin de Yolande Raszewski ni des différents délits commis par cet individu à l'échelon de la Picardie. On nous traite comme des pestiférés.

— Nous en avons assez entendu ! tranche Léon Gourraud. Vous n'êtes pas là pour laver votre linge sale.

Marie Brossy-Patin en profite pour prendre la parole. Elle donne l'ordre au commissaire Jacob de communiquer à la gendarmerie de Senlis et aux commissariats de Picardie, le plus rapidement possible, une synthèse des éléments recueillis depuis huit mois par la PJ et notamment une photocopie de la lettre envoyée par l'assassin au commissaire Thiéfine. Puis, s'adressant à l'adjudant Citerne, elle lui demande de rédiger un rapport récapitulatif de l'affaire en y joignant une copie de cette même lettre et exprime le vœu que ce dossier soit envoyé à toutes les compagnies de gendarmerie de Picardie, en leur recommandant encore une fois d'observer la plus grande discrétion vis-à-vis de la presse.

La jeune juge a réussi le tour de force de faire taire provisoirement les dissensions entre policiers et gendarmes. Elle précise cependant que seule la PJ de Lille possède une commission rogatoire générale dans le cadre de cette affaire et confie à la gendarmerie une mission très précise, qui consiste à monter une opération pendant trois jours aux heures et sur les lieux du meurtre de manière à recueillir d'éventuels témoignages. Qu'elle passe au crible toutes les relations de la victime et qu'elle multiplie les couvertures en surface à l'occasion de vols de voitures avec clé de contact au tableau de bord.

Le bilan de cette réunion ? Nul. Le sentiment des participants ? Tous quittent la réunion mécontents à des titres divers. Chaque service accuse l'autre d'être à l'origine des négligences commises dans cette affaire.

Neveu, à son retour, plus que jamais convaincu, à la lumière des derniers éléments, de la justesse de sa thèse, est néanmoins épaté par le parcours sans fautes du meurtrier. Bien sûr, les gendarmes ont fait des erreurs. Pas assez en tous les cas pour expliquer qu'aucune empreinte n'ait pu être décelée dans aucune des quatre voitures volées. Seul « quelqu'un de la maison », c'est-à-dire un policier ou un gendarme, peut avoir le réflexe d'effacer les marques de ses doigts, en particulier sur la tirette de réglage du siège conducteur.

La localisation géographique de Sénarpont dans la Somme ne cesse pas non plus de frapper Maigret : à quelque cent mètres de la Seine-Maritime, à une trentaine de kilomètres de l'Oise et à une dizaine de la gendarmerie la plus proche. Même cas de figure pour la poste de Hangest-en-Santerre. Les deux hold-up ont bénéficié au maximum des imperfections inévitables du « maillage gendarmique ». Tandis que Neveu agence peu à peu dans sa tête les pièces du puzzle, attendant, résigné, la prochaine victime pour qu'enfin peut-être d'autres consentent à partager ses convictions, Pelfort poursuit frénétiquement ses pistes favorites : celle du tueur des quincailleries, celle de la Vallée des Peaux-Rouges.

Pourtant, à dater du 11 décembre, Neveu n'est plus le seul à pressentir la vérité. Ce matin-là, Pineau a reçu le rapport de vingt pages rédigé par Citerne conformément aux ordres de la juge. Plus une photocopie de la lettre du 8 août et une description détaillée de l'arme du crime. Toutes informations qui lui apportent la preuve qu'il redoute : le tueur s'est manifesté six fois dans la zone de compétence de la gendarmerie de Clermont, ce que la PJ s'est bien gardée de lui signaler. Il lit la lettre une fois, deux fois. « Nom de Dieu ! C'est pas possible ! C'est un gars de chez nous qui a écrit ça ! » ne peut-il s'empêcher de s'écrier à haute voix. Avant de communiquer ce texte aux quatre gendarmes de sa brigade des recherches qui, sans se concerter, en arrivent aux mêmes conclusions.

Conclusions qui se fondent non seulement sur le langage, mais également sur les méthodes employées par le tueur. Qui peut savoir, sinon un gendarme, qu'en martelant l'empreinte de percussion d'un pistolet, on empêche toute identification de l'arme ? Qui plus est lorsque ç'a été le cas, dans la 504 retrouvée aux Ripailles, d'un pistolet Mac 50, arme réglementaire de l'armée française, pistolet de dotation de la gendarmerie. Pineau se garde bien de claironner sa thèse sur tous les toits. N'empêche qu'il se retrouve exactement, sans le savoir, dans la même situation que l'inspecteur Neveu.

Les deux hommes s'apprécient tout en comptant les coups. Ils ne se privent pas de critiquer en privé les affaires traitées par *l'autre*, ne tirent jamais leur chapeau pour saluer le flair du concurrent. Ils sont pourtant, sans se l'avouer, de la même race de flics. De ceux qui privilégient l'intuition plutôt que l'ordinateur, qui se targuent de faire de la police judiciaire et ignorent l'esbroufe, se moquent de toute idée reçue comme du poids de l'opinion publique. Deux hommes engagés, depuis le meurtre de Yolande Raszewski, dans une terrible course de vitesse.

Neveu a marqué un point décisif en arrêtant Barbeault. À Colombo donc d'identifier le deuxième tueur de l'Oise. L'assassin, s'il s'agit d'un gendarme, doit être arrêté par ses collègues et non par les messieurs d'en face.

Pineau a appris par ses hommes que les cinq victimes des chèques Doucet habitant dans la zone de compétence de la compagnie de Clermont n'avaient pas porté plainte auprès de la gendarmerie, à la demande expresse de ces messieurs de Creil.

Pour Colombo, désormais, la guerre est ouverte avec la PJ.

7

Sixième vol de voiture le *11 décembre* en fin de matinée à Villers-Cotterêts au cœur de la forêt de Retz. Alain a ce jour-là jeté son dévolu sur une 304 SLS d'un vert acide – sœur jumelle de celle que possédait son frère François-Xavier un an plus tôt – abandonnée par sa propriétaire en double file devant la boulangerie Ménard rue du Général-Mangin.

L'idée d'arriver au volant de ce joujou flambant neuf chez ses parents au soir de Noël réjouit particulièrement Alain. Mais il s'agit pour l'heure de flirter avec le nouveau dispositif ordonné par la juge, à savoir : le déclenchement systématique d'une couverture en surface à l'échelon de la Picardie en cas de vol de voiture avec clé de contact au volant. Un carrefour pour ce test conviendra à merveille : celui de la Patte-d'Oie à Pierrefonds. Convergent en étoile à cet endroit cinq routes : celles de Compiègne, de Verberie, de Crépy-en-Valois, de Villers-Cotterêts et de Noyon.

Ayant procédé, selon le rite, à un rapide inventaire de la 304 en forêt de Pierrefonds, le jeune homme roule maintenant, excité par la partie qui l'attend, convaincu de la gagner, en direction du carrefour. Or, lorsqu'il s'y présente vers 13 heures, soit une heure à peine après le vol, il n'aperçoit pas l'ombre d'un uniforme. Absence tout à fait incompréhensible à moins de supposer une intolérable négligence de la part des gendarmes de Villers-Cotterêts. Alain tourne plus de dix minutes dans le secteur avant de se résoudre à quitter les lieux pour déjeuner au restaurant Les Ruines en plein centre de Pierrefonds.

Comment pourrait-il deviner que, pour une fois, ce n'est pas le laisser-aller de ses collègues qui est en cause, mais la distraction de la propriétaire de la 304 ; Mme Évelyne Lozach s'est présentée sur le coup de midi à la brigade de la gendarmerie, sa baguette de pain à la main, pour signaler le vol de sa voiture. « Le numéro minéralogique ? Le nom de votre assureur ? » lui ont, bien sûr, demandé les gendarmes. Et la jeune femme de fondre en larmes en avouant qu'elle n'en savait rien. « C'est une voiture neuve, vous comprenez… » ne cesse-t-elle de répéter pour tenter de se justifier. C'est à 14 heures seulement que les gendarmes de Villers-Cotterêts ont pu joindre M. Lozach, puis l'assureur pour enfin obtenir le fameux numéro. Plus tard cependant pour mettre en place une couverture de surface et rattraper le coupable.

Ce fâcheux incident mis à part, Alain a plutôt lieu d'être satisfait. Sa lettre a été largement diffusée : il en a eu vent par ses collègues de Clermont qui lui ont également rapporté la nouvelle colère de Pineau. Le flair du capitaine gêne bien un peu le jeune homme mais cela prouve que l'on commence enfin à prendre ses actions en considération. Ses collègues fréquentent assidûment de jour comme de nuit le parking d'Orry. Les couvertures en surface se succèdent, et le travail se fait dans les règles de l'art, si ce n'est que ces points de contrôle sont mis en place uniquement sur les grands axes routiers, jamais sur les routes secondaires, encore moins sur les sentiers forestiers.

Parce que son argent fond comme neige au soleil et que l'inaction lui pèse, Alain tente, le *12 décembre*, un hold-up au bureau de poste d'Ambleny, dans l'Aisne, plusieurs fois repéré au cours des jours précédents. Il s'y présente Beretta au poing, bonnet sur la tête, mais avant même qu'il ait pu proférer une parole de menace, l'employé a brandi dans sa direction un fusil de chasse, faisant fuir son agresseur qui, penaud et tremblant, se réfugie dans la forêt de Pierrefonds où il passe la nuit à ruminer cet échec. Jamais il n'aurait pensé que derrière ce petit homme en apparence inoffensif se cachait un dangereux hurluberlu.

À partir du *19 décembre*, en vacances pour une semaine, Alain sillonne les petites routes de campagne au volant de la 304, invitant à plusieurs reprises des auto-stoppeuses à prendre place à ses côtés. Des femmes de l'âge de sa mère, mais également des jeunes filles, comme s'il voulait se racheter de l'assassinat de Yolande Raszewski, conscient de l'horreur de son geste accompli de sang-froid. Il pousse la fanfaronnade jusqu'à évoquer le meurtre avec l'une de ses passagères qui, sans le savoir, lui rabaisse le caquet lorsqu'elle avoue ne pas être au courant.

Si Alain à ce petit jeu fait le fier, il perd le soir de Noël en face de sa mère sa belle assurance et commet un impair magistral. Lorsque François-Xavier lui tend son cadeau, le jeune homme refuse, devant toute la famille réunie, de l'ouvrir : « Non ! Non ! » se met-il à crier, incapable de se maîtriser, en se prenant la tête à deux mains et en fermant les yeux. Alors, pour dissiper le malaise général, François-Xavier ouvre le paquet : « Ma parole ! C'est de la déformation professionnelle, persifle-t-il. Tu crois peut-être que mes chocolats vont te sauter à la gueule ? » Tous éclatent de rire sauf sa mère et le frère aîné. Le soupçon qu'il croit lire dans leurs yeux lui fait peur. Toute la soirée, Alain s'efforcera en vain de donner le change et finira par aller se coucher le premier, mettant son humeur maussade sur le compte de la fatigue.

Le lendemain matin, comme il s'y attendait, son frère passe à l'attaque. Il commence par s'étonner, sur le ton de la plaisanterie, qu'Alain ait pu trouver à louer la réplique exacte de la 304 SLS que lui-même possédait il y a un an à peine : couleur vert métallisé, vitres teintées, toit ouvrant, autoradio et lecteur de cassettes.

— Et puis, fais gaffe, ajoute-t-il plus sérieusement. Avec ta panoplie d'armes à feu, tes collègues vont finir par te prendre pour le tueur de l'Oise. Tu sais, celui qui a buté une auto-stoppeuse à Chantilly. Même en Alsace, les journaux en parlent !

— Ce serait un comble, réplique Alain du tac au tac. Pour une fois qu'on a une affaire intéressante. Mais je t'assure que nous sommes tous sur les rotules et c'est vrai que j'ai les nerfs à vif. Tu as pu t'en apercevoir hier soir. D'ici à ce que ce dingue nous flingue, il n'y a pas loin.

Et le plus naturellement du monde, Alain poursuit ainsi la discussion, vantant l'intérêt de son unité mais aussi les risques du métier.

Dans l'après-midi de ce *25 décembre*, Alain quitte Senlecques, le cœur léger, convaincu d'avoir dissipé les soupçons de ce frère trop perspicace. Sur le chemin du retour, il abandonne, suivant son plan, la 304 toutes portes verrouillées dans le quartier du quai d'Amont, à Creil, en bordure de l'Oise, à 500 mètres de l'endroit où a explosé la R 12 break de Martial Doucet. Des feuilles d'arbres séchées jonchent cette fois le tapis de sol et la banquette arrière, soulignant d'une note bucolique la mise en scène habituelle. Une demi-heure plus tard, gardiens de la paix et policiers en civil se pressent autour de la voiture comme des guêpes sur un pot de confiture. Le piège a fonctionné ! Alain peut regagner sans plus attendre Chantilly, au volant de la R 4 garée non loin de là.

Les jours suivants, le jeune homme consacre son temps, en dehors des heures de service, à rôder autour de la 304 dans le quartier peu passant du quai d'Amont. Il reconnaît le sous-marin[1] du commissaire Jacob, compte huit policiers de l'antenne de Creil, identifie sur-le-champ certains visages : Neveu, Pelfort, Decool et d'autres. Enregistre la présence de policiers inconnus, venus

1. Sous-marin : terme du métier employé pour désigner une fourgonnette de police équipée de glaces sans tain pour voir et photographier sans être vu.

sans doute en renfort de Lille. Joli cadeau au lendemain de Noël que ce déploiement de policiers mis en place exprès pour lui ! Installé de l'autre côté de l'Oise, à 500 mètres environ à vol d'oiseau, derrière la vitre d'un bistrot crasseux, il observe avec une jouissance mêlée de mépris leur manège plutôt grotesque, si peu discret. Parce qu'ils croient dur comme fer au succès de leurs efforts, alors qu'ils sont tombés à pieds joints dans le piège, Alain ressent une furieuse envie de leur infliger une leçon.

Jeudi 28 décembre, 10 heures du matin. Ayant rejoint Abbeville avec sa propre voiture qu'il abandonne dans une rue peu fréquentée, Alain en repart une demi-heure plus tard au volant d'une 504 diesel couleur vert pâle, dotée de pneus à clous, garée devant le commissariat. C'est son septième « emprunt ». Deux heures s'écoulent près de la rampe de lancement du V1 de Cocquerel en attendant l'éventuelle couverture en surface, selon le rituel qui suit chacune de ses nouvelles acquisitions. Après quoi, Alain, traversant tout le département de la Somme par de petites routes, peut rejoindre la carrière Guinaut pour y enterrer le butin de son inventaire qui va grossir le tas déjà existant. Ce soir-là, la température est descendue à 10 degrés au-dessous de zéro et malgré l'épaisseur des pulls enfilés sous le treillis kaki avant de se glisser dans son duvet, Alain grelotte sous sa tente. Une singulière appréhension le tient éveillé. Il a ce matin emprunté la voiture d'un croque-mort. Si la présence de plaques funéraires dans le coffre a éveillé ses soupçons, la lecture des papiers du véhicule est venue confirmer ce qu'il redoutait : Mme Paule Lieulet est propriétaire d'une entreprise de pompes funèbres. Le jeune homme y voit un signe fatidique. Cette voiture lui semble marquée du sceau de la mort.

Vendredi 29 décembre. Compiègne. 11 heures : sortie du lycée Pierre-d'Ailly et de l'Institution Notre-Dame. C'est l'heure où les jeunes filles se répandent sur les trottoirs puis se dirigent par grappes vers le carrefour des Nations-Unies, préférant essayer de trouver une voiture plutôt que d'attendre l'heure du car.

Alain tourne dans ce quartier résidentiel à l'affût d'une cible. Pas longtemps ! En ce lieu et à cette heure, il n'a que l'embarras du choix. Sur le bas-côté de la route, une jeune fille fait de l'auto-stop, qui répond aux critères exigés. Alain s'arrête à sa hauteur. Elle se rend à Crépy-en-Valois. Alain aussi bien évidemment. L'âge de la passagère doit être à peu près le même que celui de ses victimes précédentes : entre dix-huit et vingt et un ans. La silhouette est identique : mince et gracieuse. Mais celle-ci a en plus une sorte d'innocence, de gravité sur le visage, qui le touche.

Timide sûrement, la jeune fille n'ouvre pas la bouche et c'est Alain qui, rompant un silence trop lourd, lui demande si elle est lycéenne ou étudiante.

— Je suis élève infirmière à Soissons, répond-elle d'une voix douce. Et je retourne dans ma famille à Crépy.

Passé le village de Vaudrampont en forêt de Compiègne, la voiture roule le long des labours, les terres à blé du Valois. Alain tente d'apprivoiser cette compagne éphémère par des questions sur sa vie. Une compagne dont il se sent de plus en plus proche au fil des kilomètres, peut-être parce qu'il a surpris la tristesse du regard. Une jeune fille qui ne fait pas de l'auto-stop par goût de l'aventure mais par nécessité. Comme lui originaire d'un milieu social modeste et qui travaille dur avec un objectif bien précis : gagner sa vie et aider les siens le plus vite possible. Pourtant, il va la tuer. S'il veut ridiculiser ces messieurs de Creil, c'est maintenant ou jamais. D'abord parce qu'il reprend son travail demain samedi à 14 heures. Ensuite, parce que les policiers ne resteront pas plus de quelques jours à surveiller la 304. La route est libre. Il reste environ quatre kilomètres avant d'entrer dans Crépy-en-Valois. Alain rétrograde, ne conduisant plus que de la main droite, glisse la main gauche vers sa ceinture. Puis l'arme au poing, il relève lentement son bras fléchi qu'il tend en direction de l'inconnue :

— Je vais vous faire mal, dit alors le jeune homme d'une voix étranglée.

Tenue au bout du canon, sa passagère se plaque sans comprendre, hagarde, au dos du siège :

— Non ! Je vous en supplie ! Non ! Vous n'allez pas me tuer ! hurle-t-elle en levant le bras pour se protéger le visage.

Alain, yeux fixés droit devant lui, appuie le canon contre la poitrine de la jeune fille et tire une première fois.

— Je ne veux pas mourir ! Non ! Pas ça ! Dites-moi que je ne vais pas mourir ! râle encore la jeune fille qui ploie en avant comme une poupée de son.

Alain hésite. En sens inverse s'approche un véhicule. À l'endroit où il se trouve part sur sa gauche une route secondaire. Il la prend, conduisant toujours d'une seule main et, à l'instant où sa victime ayant réussi à ouvrir la portière va se jeter dehors, Alain, le bras gauche toujours tendu en travers du volant, tire deux balles à hauteur des reins dans le dos de la jeune fille qui bascule sur le bas-côté, en bordure d'un champ, au croisement des deux routes.

Sur le siège passager s'étale une mare de sang. Alain claque la portière, rengaine le Beretta. Il n'a qu'une seule idée : fuir ! Dans son rétroviseur, une fourgonnette grise se rapproche à vive allure. La 504 bondit sur l'asphalte, tourne un kilomètre plus loin à gauche vers Morcourt, selon le panneau de signalisation. 11 h 45, indiquent les aiguilles de sa montre. Dans moins de dix minutes, barrages de police et de gendarmerie seront mis en place sur toute la Picardie. Le chauffeur de la fourgonnette a dû enregistrer la couleur de sa voiture. Mais peut-être n'a-t-il pas pu noter qu'il s'agissait d'une 504, encore moins relever le numéro minéralogique. La voiture verte traverse, ralentissant à peine, la rue principale, en forte pente, de Morcourt et vient buter sur un sentier sablonneux sans issue.

11 h 55. Surtout rester calme, se répète Alain. Une minute pour déplier la carte d'état-major et repérer son erreur, et déjà il fait demi-tour, débouche sur le macadam et traverse en sens inverse le village à tombeau ouvert pour rattraper le croisement où il a pris la direction de Morcourt. Juste avant de tourner sur sa gauche vers Pierrefonds

pour rejoindre au plus vite Compiègne, en un coup d'œil éclair, il aperçoit de loin plusieurs voitures arrêtées à côté du corps de sa victime. La 504 emprunte alors le même chemin qu'elle a suivi il y a moins d'une demi-heure, roulant à 150 km à l'heure malgré les pneus à clous.

12 h 15 : 500 mètres avant le carrefour des Nations-Unies, Alain tourne à droite dans une petite rue latérale et va se garer dans le centre ville de Compiègne. Il l'a échappé belle ! Cinq minutes plus tard, à l'Hôtel de Flandres, derrière la baie vitrée qui donne sur le pont Solférino et les quais de l'Oise, Alain se restaure tranquillement en observant le manège des gardiens de la paix qui, pistolet-mitrailleur à la hanche, arrêtent toutes les voitures vertes. À 14 heures précises, à l'instant où il termine son café, ces messieurs remballent gilets pare-balles et artillerie avant de remonter dans leurs cars. Ce qui signifie nécessairement, au même moment, la levée des barrages dans toute la Picardie. Plus aucun risque par conséquent pour Alain, qui rejoint à grandes enjambées la 504. Son but ? Déposer la voiture près de la 304 que surveillent depuis quatre jours la PJ de Creil.

Pas besoin cette fois de mise en scène tapageuse : la tache de sang est assez parlante. En fait, une seule chose intéresse le jeune homme : l'état de sa victime. Est-elle morte ? Il ne le souhaite pas puisque sa guerre est enfin prise au sérieux. Est-elle simplement blessée ? Et dans ce cas, quelle est la gravité de ses blessures ? Est-ce qu'elle souffre ? Non. Pas elle. L'image lui est intolérable. Il la repousse, mais dans sa tête résonnent encore les cris de la jeune fille. Obsédé par la supplication de cette voix, il roule comme un somnambule, lorsque, à une dizaine de kilomètres environ après Compiègne, il croit rêver, se demande s'il n'est pas l'objet d'une hallucination : sur le bas-côté droit de la route est garée une estafette de gendarmerie. Deux de ses collègues s'avancent, sans armes à la main et, le plus tranquillement du monde, lui font signe de s'arrêter.

Lamare n'hésite pas. D'instinct il écrase le champignon, franchit le carrefour, file droit devant lui. Il est 14 h 15. Pourquoi les gendarmes ont-ils un quart d'heure de retard sur les policiers de Compiègne, alors que c'est la gendarmerie elle-même qui a déclenché la couverture en surface ? Quel est le responsable de ce non-sens ? se demande rageur Alain qui roule au maximum de sa vitesse. Bailly, Chevrières, Houdancourt, Bazicourt... Défilent ces villages en même temps que les champs de cultures maraîchères et les pyramides de betteraves trempés par les pluies des derniers jours.

À une quinzaine de kilomètres de La Croisette, la 504 franchit la RN 17 (menant de Paris à Lille) puis continue tout droit, lorsque, au beau milieu du village de Saint-Martin-Longueau, se produit la catastrophe qu'Alain redoutait. À 200 mètres environ devant lui tourne le gyrophare bleu d'une estafette tandis que hurle la sirène. Pas de doute possible : les gendarmes ont déclenché par radio une alerte générale. La 504 aussitôt fait demi-tour pour reprendre en sens inverse le même chemin. Elle brûle le feu rouge du carrefour de la RN 17, réussit à se faufiler au milieu de la circulation. Une peur atroce d'un seul coup étreint Alain. Mais à la sortie de Bazicourt, jouant de malchance, la 504 se retrouve coincée derrière un camion de betteraves qui occupe toute la largeur de la petite route tandis que dans le rétroviseur grandit la menace du gyrophare bleu. Alain n'hésite pas. Malgré des plaques de verglas très visibles par endroits, il double à 100 à l'heure le camion, roulant sur le bas-côté, pneus gauche en partie dans le champ, puis il accélère et fonce à nouveau. Dans Houdancourt, il prend tout de suite à droite un chemin forestier troué de flaques d'eau, réussit à passer de justesse sous les barrières d'un passage à niveau automatique au moment où celles-ci s'abaissent pour buter, deux kilomètres plus loin, sur les bords de l'Oise.

14 h 35. Pas d'autre possibilité que d'emprunter le chemin de halage vers l'amont pour tenter de retomber sur un autre sentier. Mais, malgré l'adresse du conducteur et les pneus à clous, la voiture s'embourbe au bout de 400 mètres. Il est 14 h 40. Alain ne s'affole pas. Il estime avoir environ un quart d'heure d'avance sur ses deux poursuivants. Son seul ennemi : l'hélicoptère de la gendarmerie dont le vrombissement devrait se faire entendre d'un instant à l'autre. Alain pourtant prend le temps d'effacer soigneusement toutes ses empreintes. Il ne retrouve qu'une balle, récupère deux des trois douilles. Alors seulement il peut abandonner la voiture.

14 h 45. Alain rejoint en courant au milieu du maïs coupé le pont de l'autoroute, à trois kilomètres de là, en amont. Il franchit l'Oise, se retrouve sur l'autre berge. Des nuages se pressent dans un ciel de plus en plus sombre tandis qu'Alain court

toujours, cette fois vers l'aval. Il s'arrête à bout de souffle vers 15 h 15. Là, juste devant lui, un bosquet en bordure d'un étang fera un excellent poste d'observation. Il s'y terre pour surveiller ce qui se passe sur la rive droite. Au même moment ronfle quelque part au-dessus de lui le bruit caractéristique d'une turbine d'hélicoptère tandis qu'au bout de ses jumelles Alain aperçoit l'appareil qui se pose à côté de la 504 embourbée.

Inquiet et fier à la fois de ce déploiement de forces de police en son honneur, Alain se tient prêt à tirer. L'idée qu'il pourrait se faire prendre bêtement à cause d'un barrage de gendarmerie lui paraît ridicule. Pourquoi ce barrage était-il installé sur une petite route de campagne et non pas comme d'habitude sur un grand axe routier ?

En décembre, la nuit tombe un peu après 17 heures. La situation est claire : les uniformes qui se pressent sur la rive droite de l'Oise ont devant eux deux petites heures pour mettre la main sur celui qu'ils traquent. Deux heures d'attente pour Alain posté aux aguets dans son bosquet. La pluie et la nuit qui représentent pour lui de précieux atouts sont, en revanche, un sérieux handicap pour ceux d'en face qui seront forcés d'arrêter les recherches. Après quoi, il sera sauvé. Que le meilleur gagne, décide le jeune homme.

8

Vendredi 29 décembre, 11 h 50. La gendarmerie de l'Oise passe un message « urgent », ordonnant à toutes les brigades du département de se mettre immédiatement en couverture en surface et en silence radio mais en écoute permanente sur le canal du groupement, pour rechercher une voiture verte dont le conducteur a tiré à plusieurs reprises sur sa passagère.

Au même moment, Andrée Poirée, dix-neuf ans, est transportée par l'ambulance du SMUR des sapeurs-pompiers à l'hôpital Saint-Joseph de Compiègne. Incapable de parler, la jeune fille a toute sa conscience. Elle a très mal à la poitrine et à la colonne vertébrale, sait qu'elle a été grièvement blessée par le trop sympathique conducteur de la 504.

Vers midi, les barrages de gendarmerie sont en place non seulement sur les routes de l'Oise mais à l'échelon de toute la Picardie, c'est-à-dire dans les départements de la Somme et de l'Aisne et ce, sur l'ordre du commandant Mathiot. Ces mesures lui semblent pour l'instant suffisantes. Inutile de faire décoller de l'aéroport d'Amiens-Glizy l'un des deux hélicoptères Alouette III. Deux gendarmes arrêtent consciencieusement, à La Croisette-du-Meux, les conducteurs de voitures vertes, sous les yeux étonnés des villageois. Un homme, le capitaine Pineau, est à l'origine de ce barrage qui ne se trouve pourtant pas sur son territoire, celui de Clermont, mais sur celui de la compagnie de Compiègne. Convaincu que le deuxième tueur est un gendarme ou un policier, Colombo a pris sur lui de supprimer les contrôles de vitesse radar pour utiliser tous ses effectifs, sans se limiter exclusivement aux grands axes. Il a réussi à convaincre de cette nécessité le capitaine Fournaise, commandant de la compagnie de Compiègne.

Pourquoi ce choix de La Croisette-du-Meux ? Parce que Pineau comme Fournaise ont été frappés par l'extraordinaire situation géographique de ce carrefour : c'est le point de passage obligé menant au seul pont sur l'Oise existant entre le pont Solférino à Compiègne et celui de Verberie, et permettant de relier directement Pierrefonds ainsi que toute la forêt de Compiègne à la région de Clermont. En outre, perpendiculairement à cet axe – défini entre autres en raison de la profusion de chèques Doucet tirés par l'assassin dans le Clermontois – se trouve la nationale 32 qui conduit de Compiègne à Pont-Sainte-Maxence – ville où Karyne Grospiron a été blessée et Yolande Raszewski prise en stop – et aboutit à Creil.

Les deux gendarmes postés à cet endroit stratégique ne sont guère convaincus de l'importance de leur mission. Leur estomac crie famine et ils se préparent à « remballer les gaules » mais, à leur grande stupéfaction, aucun ordre ne leur parvient signifiant la fin du contrôle. Aussi, lorsque, à 14 h 15, une 504 verte se profile en provenance de Compiègne, les deux militaires s'éloignent en maugréant de l'estafette et font signe de la main à l'automobiliste de s'arrêter. Mais l'inconnu accélère et fonce droit devant lui. Trop sidéré, aucun des deux gendarmes n'a la présence d'esprit de relever le numéro minéralogique, encore moins de se lancer à la poursuite du véhicule ou d'ouvrir sur lui le feu. Ils alertent toutefois sur-le-champ par radio la compagnie de Compiègne et demeurent stoïques sur place, renonçant définitivement ce jour-là à déjeuner.

Vers 14 h 30, Pineau est averti par Fournaise. En moins d'une seconde, sans même prendre la peine de consulter une carte, le capitaine a compris la marche à suivre. Casque sur les oreilles, il attrape le micro et parle de sa voix nasillarde, reconnaissable entre toutes :

— Ici 324/01 Autorité, je voudrais les patrouilles en barrages à Catenoy et à Liancourt.

— En écoute radio permanente, répondent immédiatement les deux chefs de patrouille.

— Catenoy, vous avez dix minutes maximum pour faire 10 kilomètres et arriver à Saint-Martin-de-Longueau où doit déboucher le tueur au volant d'une 504 verte arrivant de La Croisette. Foncez, ordonne Colombo. Même topo pour vous Liancourt, sauf que vous allez aux Ageux.

Le calcul du capitaine est simple : resserrer le bouclage en partant de deux petites routes de campagne qui aboutissent l'une comme l'autre sur la

RN 17. S'il ne tourne pas à gauche ou à droite avant Saint-Martin, le tueur – car Colombo est persuadé qu'il ne peut s'agir que de lui – est piégé. À 14 h 25, casque toujours sur les oreilles, les yeux rivés sur sa montre, Colombo entend ce qu'il attendait depuis une éternité :

— Ici 331 mobile de Catenoy. Le chef Mogniez. Nous sommes à Saint-Martin-de-Longueau. Ça y est ! On voit la 504 mais elle fait demi-tour.

— Foncez et poursuivez-la ! hurle le capitaine. Mais faites gaffe quand même et n'oubliez pas qu'il va forcément tourner à droite ou à gauche avant La Croisette-du-Meux. Je vous laisse. J'appelle Beauvais pour l'hélico.

Colombo informe par radio Mathiot des événements en cours, lequel réalise du même coup qu'il a complètement oublié d'ordonner la levée de la couverture de surface. Grâce à quoi il y a peut-être enfin une possibilité d'arrêter le tueur de Chantilly. Mathiot demande aussitôt l'intervention d'une Alouette III entre Compiègne et Pont-Sainte-Maxence. Il est alors 14 h 35.

Après avoir de justesse réussi à doubler le camion de betteraves, les gendarmes Saint-Cyr et Mogniez, une fois encore retardés par la fermeture d'un passage à niveau, arrivent en bordure de l'Oise à 14 h 45 très exactement, soit quinze minutes après le tueur.

— Mon capitaine, explique alors Mogniez, impossible de deviner si la 504 a pris le chemin de halage à gauche ou à droite. Il y a un coude. De toute façon, il n'ira pas loin. Le chemin est verglacé et boueux.

— Soyez sur vos gardes et ne bougez plus, ordonne le capitaine. Mais faites gaffe parce qu'il va défendre chèrement sa peau. Je préviens Compiègne. Vous, essayez de contacter la brigade d'Estrées-Saint-Denis. Ils connaissent le terrain puisque c'est chez eux.

À 14 h 55, prévenue par le chef Mogniez, une estafette d'Estrées-Saint-Denis arrive sur les lieux, suivie peu après par le capitaine Fournaise et la brigade de recherches de la gendarmerie de Compiègne. Dix minutes plus tard, la 504 est découverte, embourbée, sur le chemin de halage à 400 mètres sur la gauche. Immédiatement Fournaise appelle par radio l'hélicoptère tandis que les chiens pisteurs remontent la berge en direction du pont de l'autoroute, en amont.

La radio crache alors la réponse du fichier : la 504 D immatriculée 1260 QU 80 a bien été volée avec clé de contact au tableau de bord, la veille, vers 10 heures du matin, à Abbeville.

Il est 15 h 15 lorsque l'Alouette III se pose à côté de la 504. Le pilote n'arrête pas sa turbine, ralentissant seulement son régime pour permettre à Fournaise de s'asseoir à ses côtés. Puis l'Alouette III redécolle immédiatement, prospectant systématiquement les deux berges de l'Oise jusqu'à hauteur du pont de l'autoroute du Nord. Sur la rive droite, le long du chemin de halage, des traces de pas sont nettement visibles. L'oiseau bleu descend presque au ras du sol, mais à partir du pont, le pilote ne distingue plus la moindre empreinte. Il est 16 heures. Une pluie fine commence à tomber, ce que le capitaine et le pilote redoutent depuis le début des recherches, et les chiens pisteurs, privés d'odorat par la pluie, perdent également toute trace après le pont.

Viennent d'arriver sur les lieux le colonel Soulé, commandant du groupement de gendarmerie de l'Oise, son adjoint, le commandant Mathiot, et le capitaine Pineau. D'un commun accord, les trois officiers décident, avec leur collègue Fournaise, de jouer leur dernière carte pour tenter d'arrêter le meurtrier avant la nuit. Une battue est mise sur pied par Soulé qui donne ses directives. Sous une pluie devenue battante, une centaine de gendarmes mobiles vont, avec le concours des chiens policiers et de l'hélicoptère, ratisser une quinzaine de km^2 des deux côtés de l'Oise, à travers un paysage de labours et de pâtures, de sablières, d'étangs et de petits bois. Cent autres gendarmes sont placés aux abords des ponts, des villages et de toutes les routes.

Colombo, après avoir pris la peine de féliciter chaleureusement le chef Mogniez et le gendarme Saint-Cyr, entreprend de faire le tour complet du dispositif. Et, très vite, il constate que le travail des deux gendarmes est saboté. Il y a des trous, notamment du côté de Verberie, sur la rive gauche de l'Oise. La nuit, d'ici une heure, sera tombée et, à moins d'un miracle, l'assassin va s'échapper.

— Mêlez-vous de vos affaires, réplique sèchement Mathiot lorsque Colombo suggère que l'on fasse surveiller le pont SNCF au-delà de Verberie.

Une silhouette imposante, celle de l'inspecteur Pelfort engoncé dans sa parka, veille jalousement sur la voiture du tueur : « Ne touchez pas ! N'approchez pas ! » répète toutes les deux minutes le policier. La vue de ce civil abrité sous un parapluie a le don d'exaspérer Colombo. Ce sont les gendarmes qui, l'index sur la détente de leur fusil ou pistolet-mitrailleur, pataugent dans la boue et se « tapent » tout le boulot pendant que les pieds nickelés, eux, font de la figuration. Et quelle figuration ! Une dizaine de voitures de la PJ de Lille sont garées à la queue leu leu juste au début du chemin de halage. À l'intérieur une vingtaine d'inspecteurs font tourner leur moteur pour ne pas avoir trop froid.

Vingt policiers qui se sont relayés les nuits et les jours précédents pour surveiller la 304 SLS. Amèrement convaincus que le tueur se moque d'eux ! Mais comment le capitaine Pineau pourrait-il le deviner puisque la PJ de Lille s'est bien gardée d'évoquer cette piste en présence des gendarmes ? Persuadé d'arriver à coincer le meurtrier en mettant le paquet sur ce « chouffe[1] », le commissaire Gréco, sûr de sa victoire, refusait de la partager avec les gendarmes.

C'est seulement vers 15 heures ce jour-là, quand Mogniez et Saint-Cyr sont arrivés au bord de l'Oise, que Gréco a compris qu'il avait fait fausse route. C'est alors qu'il a fait cesser la surveillance de la 304 et ordonné à ses hommes d'aller rejoindre immédiatement les deux gendarmes... pour éviter un sabotage des empreintes comme dans le cas de la GS d'Éric Florin.

Quand, à 18 h 30, les gendarmes reviennent crottés et bredouilles, les policiers comprennent que la partie est perdue. La 504 est alors passée au

---

1. Chouffe : terme d'argot policier désignant la surveillance d'un objectif : maison, voiture, individu.

peigne fin à l'extérieur comme à l'intérieur par leur collègue de l'identité judiciaire qui, au bout d'une heure, déclare forfait, n'ayant pas réussi à déceler la moindre trace d'empreinte digitale. Pour une fois, ce ne sont pas les gendarmes qui sont responsables. Seuls indices existants : une douille apparemment de calibre 9 mm court et l'énorme tache de sang sur le siège passager avant droit. Piètre résultat qui intrigue Neveu, autant que l'absence dans cette 504 des objets habituels liés au deuxième tueur de l'Oise. Ce qui tend à prouver que ce qui a été jusque-là retrouvé dans les voitures précédentes n'était qu'une mise en scène destinée à lancer les policiers sur de fausses pistes.

Qui peut penser à ramasser ses douilles et à effacer toutes ses empreintes lorsqu'il vient de s'embourber dans une zone à découvert sur plusieurs kilomètres et qu'il se sait poursuivi par une estafette de gendarmerie ? Qui peut ainsi réussir à échapper à des dizaines de gendarmes lancés à ses trousses, aux chiens pisteurs, à un hélicoptère ? Certainement pas un policier. En revanche, un « képi » peut agir avec un tel sang-froid parce qu'il se retrouve en terrain de connaissance et sait d'avance comment, dans quels délais, et avec quels moyens la battue va se dérouler. De retour à son domicile, Neveu se promet de creuser plus avant ces réflexions.

Depuis le début de l'après-midi, les coups de téléphone n'ont cessé de se succéder dans le bureau de Marie Brossy-Patin. Tendue tout entière dans l'attente de nouvelles concernant l'état d'Andrée Poirée, elle a appris vers 17 heures seulement que la jeune fille vivrait, mais resterait paralysée des membres inférieurs, lui a précisé le chirurgien qui l'a opérée. Deux balles ont touché la moelle épinière dans le bas de la colonne vertébrale. Une autre est entrée dans le sein droit. En blessant sa victime à la poitrine, le criminel a, selon la juge, signé son acte, d'autant qu'il semble qu'une douille de même calibre que celui de la balle extraite par le chirurgien ait été retrouvée dans la voiture. Les recherches entreprises se sont soldées par un échec, lui confirme plus tard le commandant Colson, qui lui annonce également qu'un dispositif d'une cinquantaine de gendarmes a été mis en place pour la nuit dans un périmètre délimité le long des deux berges de l'Oise.

Sur les lieux, la température est descendue à dix degrés au-dessous de zéro et les gendarmes transis de froid se relayent toutes les deux heures, montant ainsi à tour de rôle dans les estafettes et les R 4 de patrouille. Une quinzaine de journalistes, quant à eux, sont installés beaucoup plus confortablement au restaurant Le Goujon à Verberie. Ils passeront le restant de la nuit dans leurs voitures et ne se disperseront que vers 8 heures du matin, lorsque sur la radio de bord d'une estafette de gendarmerie tombe l'ordre « levée du dispositif ».

Sur le pas de leur porte, ce samedi 30 décembre, les commères commentent les événements. Peut-être le tueur rôde-t-il dans les parages. Elles réussissent à se faire peur. Il se passe enfin quelque chose à Verberie, ce petit bourg de province dont la vie tranquille est rythmée par le passage des poids lourds et des convois exceptionnels.

9

Vendredi 29 décembre, 15 h 30. De son poste d'observation situé de l'autre côté de l'Oise, un peu en aval par rapport à la 504 embourbée, Alain suit à la jumelle le ballet de l'hélicoptère et la progression des gendarmes mobiles non casqués précédés par les chiens pisteurs. À quelques minutes près, il rejoignait les premières maisons de Pont-Sainte-Maxence, mais plutôt que de prendre le risque à présent de se faire bêtement repérer par l'hélicoptère, Alain décide d'arrêter sa course à pied à travers les pâturages. Plus que les allées et venues de l'Alouette III, qui sera forcée de s'arrêter à la tombée de la nuit, l'inquiètent cette présence des chiens et leur flair redoutable grâce à quoi ils vont inexorablement remonter jusqu'à lui. À moins que la pluie ne se mette à tomber.

Il va pleuvoir. Alain en a la certitude. Sans perdre un instant son sang-froid, caché à la lisière du bois, il attend cette pluie qui lui sauvera la vie. À 16 heures commencent à tomber les premières gouttes. Au bout de ses jumelles, il aperçoit des visages connus qui lui font de la peine. Le long du chemin de halage un break bleu vient de s'embourber. Pas étonnant puisque c'est Caron qui est au volant ! Décidément, il conduit comme une brute ! À ses côtés, Hourdé et deux gendarmes auxiliaires, Henry et Carpentier, celui qui avait été blessé par la 504 piégée à Orry-la-Ville et qui a depuis repris son travail. Les voilà piteusement bloqués, attendant sans doute l'arrivée d'une dépanneuse.

Mais il n'a pas le temps de s'intéresser à eux car gendarmes et chiens ont traversé l'Oise sur le pont de l'autoroute. Vers 17 heures, les aboiements se rapprochent et les uniformes kaki des mobiles ne sont plus qu'à quelques centaines de mètres, cernant le bois où il se trouve. Le ratissage systématique qu'il redoutait a bel et bien commencé. Instinctivement, Alain arme son Beretta, se réfugie près de l'étang, cherchant, désespéré, un endroit où se cacher, lorsque ses yeux glissent machinalement sur les joncs qui envahissent le bord de l'eau. Alain tient sa solution : rengainant son arme, il court vers l'étang, casse un roseau, façonne rapidement un tube évidé d'une trentaine de centimètres. Puis il entre dans l'étang et s'allonge au bord, sur le dos. Seul émerge à la surface, au milieu d'une touffe de joncs, son tube de fortune qu'il serre dans sa bouche et qui lui permet de respirer.

Alain ne sait pas nager. Si un chien suit sa trace jusqu'ici, il est fait comme un rat. La température de l'eau doit varier entre cinq et six degrés au-dessus de zéro. Malgré le froid terrible qui le saisit, il demeure immobile. L'organisme humain a ses limites. Deux heures d'immersion, c'est bien le maximum qu'il puisse supporter. Au-delà, il est à la merci d'une congestion mortelle. Il l'a appris de la bouche de l'adjudant Cavalier et du gendarme Hourdé. C'est grâce à eux qu'il est peut-être en train de sauver sa peau. Ce sont eux qui lui ont raconté comment les Viets réussissaient à échapper aux paras et aux commandos pendant la guerre d'Indochine : l'image de ces hommes, couchés ou debout dans les rizières, les dents serrées sur un morceau de jonc qui leur permettait de respirer, est demeurée à jamais gravée dans sa tête.

Il fait presque nuit. La pluie maintenant tombe à verse. Le silence est oppressant. Ses collègues sont là, à quelques mètres à peine, s'il en juge d'après les lueurs des énormes lampes torches qui dansent sur l'eau. Remontant au maximum vers la surface et plaçant son roseau presque à l'horizontale, il aperçoit les rangers ainsi que le bas des pantalons kaki des mobiles. Si ceux-ci adoptent la technique utilisée par les paras en Indochine pour débusquer les Viets et se mettent à jeter des grenades dans l'eau, ou bien s'ils cernent marais et sablières et restent sur place jusqu'au matin, il est perdu. Sans compter qu'après quelques minutes d'immersion, une arme à feu très souvent s'enraye. Une idée fixe soutient Alain : tenir. Faire le vide dans son esprit et tenir. Démontrer qu'il est le plus fort : plus fort que sa peur, plus fort que cette armada de collègues et leur dispositif infernal. Se montrer digne du maître à penser et appliquer ses leçons.

Il est un peu plus de 18 heures. Cela fait environ une heure qu'Alain est immergé. Ses membres commencent à être ankylosés. Il a perdu toute sensation de son corps sauf celle de ses doigts agrippés au roseau.

Vers 18 h 30 s'éteint la lueur glauque des lampes torches. Alain, ne distinguant plus de formes humaines au bord de l'étang, se risque à pointer la tête hors de l'eau : les mobiles ont disparu et dans le lointain aboient les chiens pisteurs. Il fait nuit noire et son alliée la pluie continue de tomber, obstinée. Frigorifié jusqu'à l'os, claquant des dents et tremblant de tous ses membres, Alain va s'écrouler sur la terre ferme où il sombre dans une semi-léthargie. Un quart d'heure peut-être s'écoule avant qu'il reprenne connaissance, de longues minutes encore pour qu'il réussisse à se lever, à tenir sur ses jambes.

Il est environ 20 heures. Alain, galvanisé par la rage de gagner, se met alors à courir pour réchauffer ses membres gourds. Parvenu à la lisière du bois, il aperçoit des lueurs de l'autre côté de l'Oise, là où s'est embourbée la 504. Mais, sur la rive où il se trouve, pas le moindre signe d'une présence humaine. Impossible de rester sur place. Il doit absolument profiter de la nuit pour rejoindre son domicile et éviter non seulement les routes de l'Oise qui doivent être truffées de barrages mais également les petites routes de campagne et même les chemins forestiers.

Que reste-t-il en dehors de ces itinéraires interdits ? À 200 mètres de la cité Lefébure à Chantilly passe la voie ferrée. Reste à savoir comment la rejoindre. Elle doit se faufiler quelque part à travers les terres le long de la rive droite de l'Oise. Alain se souvient d'avoir franchi un passage à niveau juste avant de s'embourber. Il y a sans doute un pont ou une écluse non gardée par les gendarmes, qui lui permettra de passer de la rive gauche à la rive droite. Mais pourquoi ne pas essayer de franchir tout de suite le fleuve par le pont de l'autoroute ?

Nouvelle course d'Alain à travers les pâtures jusqu'aux sablières pendant deux bons kilomètres. Puis, se guidant sur le ballet des phares qui se croisent le long de l'autoroute, il rejoint celle-ci au bout d'un peu plus d'un kilomètre. Ralentissant son allure, il s'approche à pas de Sioux : là, sous le pont, juste au bord de l'Oise, une estafette de gendarmerie est garée tous feux éteints. Pas d'autre solution pour Alain que de s'éloigner de la berge en contournant l'obstacle. Tendant l'oreille, il croit reconnaître dans le lointain, en amont, la rumeur caractéristique d'un train passant sur un pont. Le fuyard poursuit sa course droit devant lui jusqu'au village de Rhuis. Là, au beau milieu de la rue centrale, nouvelle surprise : une 504 break du PSIG. Juste le temps pour Alain de pousser la porte d'un garage, de se réfugier derrière une voiture en attendant que se soient éloignés ses collègues, avant de redescendre à travers champs et sous-bois en direction de Verberie dont il distingue au loin les lumières.

La traversée de ce chef-lieu de canton se révèle une incroyable gageure. Se faufilant une fois encore le long des venelles, Alain évite deux barrages installés au pont de l'Oise, un troisième au carrefour de la route Compiègne-Senlis, échappe à quelques mètres près au faisceau d'une lampe torche. Plaqué dans une encoignure de porte, Beretta au poing, une balle dans le canon, retenant sa respiration, il réalise qu'entre les barrages circulent des patrouilles, aperçoit dans le brouillard à quelques mètres de lui le pistolet-mitrailleur d'un de ses collègues, le fusil à l'épaule d'un autre, identifie une voix bien connue de la brigade de Chantilly : celle du « Rat », renommé pour sa paresse. Bien fait pour lui cette nuit blanche !

Quelques centaines de mètres plus loin, Alain découvre enfin, libre de toute surveillance, le pont métallique permettant à la voie ferrée de franchir l'Oise. Passant sur la rive droite, il débouche un kilomètre plus loin sur un important carrefour ferroviaire : en toute logique, la voie de gauche ne peut que mener à Creil et à Chantilly. Alain a du flair. Il suit ainsi la voie ferrée sur une vingtaine de kilomètres, marchant sur le ballast macadamisé, n'hésitant pas, dans les gares endormies, à emprunter les quais, se cachant parfois au passage d'un train dans les sous-bois environnants, jusqu'à son domicile où il arrive sur le coup de 3 heures du matin. Accueilli à la fenêtre du rez-de-chaussée par une de ses voisines qui souffre d'insomnie chronique :

— Mon Dieu ! monsieur Lamare, d'où venez-vous comme ça ? Voyez un peu dans quel état vous êtes !

— Ne vous faites donc pas de souci pour moi ! Je viens de faire du cross en forêt. Rien de tel, croyez-moi, pour chasser l'insomnie. La prochaine fois, je vous emmène !

Dans la salle de bains de son F 3, Alain se déshabille en un tour de main, jette tous ses vêtements trempés en vrac dans la baignoire. Prudent jusqu'au bout, ne voulant pas attirer l'attention de ses collègues par le bruit d'une douche, il se lave des pieds à la tête avec un gant de toilette. Absorbe ensuite le contenu d'une boîte de lait concentré. Alors seulement, soûl d'une fatigue indicible, au bord de la syncope, il se jette sur son lit. Alain n'a pas menti à sa voisine. Il vient d'accomplir un cross de nuit d'une quarantaine de kilomètres, un véritable parcours du combattant. Le jeune homme s'endort cette nuit-là heureux d'avoir encore une fois ridiculisé ses collègues.

Samedi 30 décembre, 11 heures du matin, résidence Lefébure, Alain sirote la dernière gorgée d'un grog préparé par la femme d'Hourdé, son chef de patrouille et voisin de palier avec lequel il a toujours entretenu les meilleures relations.

— Tu as manqué une belle occasion d'arrêter le tueur de l'Oise, lui lance son chef. Tu n'as pas écouté la radio ce matin ?

Oh ! que si ! Alain a écouté la radio. Mais il fait l'idiot, prétendant qu'il n'est au courant de rien.

— On a passé la nuit à cavaler pour essayer de piéger le lascar qui s'était planqué près de Verberie, après avoir fait un carton sur une *p'tiote*. Il a dû piquer un vélo sur place et s'échapper le long de l'Oise ou bien il s'est fait prendre en stop sur le pont de l'autoroute.

Alain rit sous cape. Penché maintenant au-dessus d'un bol d'eau chaude, une serviette sur la tête, il respire avec délices la vapeur mentholée de l'inhalation préparée par la femme de son collègue, heureux de se retrouver en si douce compagnie au terme d'une cavale infernale.

À *8 heures, dimanche 31 décembre*, une dépêche de l'AFP tombe sur les télescripteurs, qui porte le titre suivant : « Les enquêteurs persuadés que le nouveau maniaque de l'Oise est un policier ou un gendarme. »

Le texte révèle l'existence d'une lettre adressée le 8 août par le deuxième tueur de l'Oise au commissaire de Creil. De larges extraits en sont publiés ainsi qu'un récapitulatif de l'affaire tout entière et une synthèse de tous les éléments tendant à apporter la preuve, pour les enquêteurs, que l'assassin est un policier ou un gendarme car « il connaît parfaitement les habitudes, les règlements, la manière d'opérer et le langage des services de police ».

Au ministère de l'Intérieur, place Beauvau, le haut fonctionnaire de permanence ce matin-là a un haut-le-corps à la lecture de cette dépêche.

Que signifie cette histoire dont il n'a jamais entendu parler ! Il veut sur-le-champ des explications, appelle au secours la direction centrale de la PJ. Hélas ! Pour leur malheur commun, le commissaire de service tombe des nues. Saisi lui aussi du vertige de l'ignorance, il décroche son téléphone et appelle, vers 10 heures, le siège du SRPJ de Lille, tombe sur le commissaire Christian Montoux, lequel appelle Gréco, puis Jacob :

— On est dans de beaux draps, hurle Montoux. Cette fuite sort de ton antenne. Et de la bouche de qui tu sais ! De la bouche de l'inspecteur Neveu. Résultat ? On a des demandes d'explication de la DCPJ et de l'Intérieur, sans compter qu'on va avoir toute la presse sur le dos ! Encore heureux qu'on soit un dimanche et la veille du jour de l'An. Alors, convoque tous tes gars à l'antenne. Tant pis pour eux ! Ils n'avaient qu'à pas faire les marioles. J'ai eu Gréco, conclut plus doucement le jeune commissaire. Il est partisan de faire un démenti. Moi aussi. Sinon, on n'est par sortis de la mélasse. Alors tu téléphones à ton procureur et tu lui demandes si on peut se référer à lui… Il ne devrait pas y avoir de problèmes.

M. Léon Gourraud, consulté, se montre on ne peut plus conciliant. Un démenti ? Mais bien sûr ! Cela va de soi ! Jacob, soulagé, rappelle Montoux à Lille : « Vous pouvez y aller. On a le feu vert du parquet de Senlis. » Un peu plus tard, le commissaire bat le rappel de tous ses hommes dans les locaux de l'antenne de Creil, 10, rue Marcel Philippe. Neveu se résigne : il est voué dans cette affaire à porter un superbe chapeau. Que la lettre du tueur se retrouve dans la presse, soit ! Cela devait arriver un jour ou l'autre. Mais que les conclusions de cet article soient précisément les siennes, voilà qui paraît plus étrange. Interrogé par Jacob, Neveu affirme qu'il n'y est pour rien. Quoique toutes les apparences soient contre lui, son supérieur hiérarchique choisit de le croire. D'abord parce que la thèse de Neveu est sur toutes les lèvres depuis plusieurs semaines au commissariat de Creil. Ensuite parce qu'il n'y a pas d'autre alternative : la fuite ne peut venir que de la gendarmerie, sinon le climat risquerait de devenir irrespirable à l'antenne de la PJ de Creil.

Dicté par Montoux au journaliste de permanence au bureau de l'AFP de Lille, le démenti passe à 12 h 50 sous forme d'une dépêche laconique de six lignes : « L'enquête sur le "nouveau maniaque de l'Oise" : déclaration du SRPJ de Lille. Les services de police judiciaire de Lille, dont la position, affirment-ils, reflète celle du procureur de la République à Senlis, déclarent dimanche matin dans un communiqué à propos de l'enquête sur "le nouveau maniaque de l'Oise" que rien ne permet de dire qu'en l'état actuel des recherches des soupçons se portent sur un membre des forces de police ou de gendarmerie. »

Déjà exténués par la planque sur la 304, furieux contre celui qui a publié cette information – probablement recueillie auprès des gendarmes –, les inspecteurs passent leur journée à confirmer ce démenti aux journalistes. L'année commence mal également pour le commissaire Gréco. Si elle est reprise dans les journaux, la divulgation de la lettre du tueur et les conclusions qui s'ensuivent risquent de faire régner un climat détestable chez ses hommes. Pourtant il n'est toujours pas question pour Gréco de prendre officiellement au sérieux cette hypothèse farfelue. Pas de vagues au sein des services de police : la consigne du commissaire demeure inchangée…

Comment rattraper les dégâts provoqués par ces rumeurs ? En déclenchant une vaste opération de charme à l'adresse des journalistes. Trois jours plus tard, le chef du SRPJ de Lille se rend en personne dans les locaux de son antenne creilloise pour y tenir une conférence de presse. Un dossier est remis à cette occasion à ces messieurs, qui comporte une photocopie des sept premières lignes manuscrites de la lettre envoyée le 8 août par le tueur ainsi que la reproduction de deux photos d'un gangster prises par une caméra automatique au cours de deux hold-up commis à la banque Scalbert-Dupont à Compiègne, les 9 septembre et 28 octobre 1977... Publiées en première page d'un grand nombre de quotidiens, le jeudi 4 janvier, lettre et photos constituent en fait un véritable appel à la délation. Faute d'avoir pris au sérieux l'affaire *avant* le meurtre de Yolande Raszewski, le commissaire utilise les méthodes préconisées avec succès outre-Rhin par la police ouest-allemande. Devant tant de zèle déployé, les magistrats, la place Beauvau et l'opinion publique seraient bien mal venus de critiquer le manque de dynamisme du SRPJ de Lille dans cette affaire.

Qu'en pensent les autres ? Marie Brossy-Patin a donné son accord du bout des lèvres à cette opération. Quant à l'inspecteur Neveu, cette mascarade l'amuse plutôt et puis c'est une excellente publicité pour l'antenne de Creil. En réalité, pas plus que Pineau, il n'est dupe : les deux hommes sont l'un et l'autre persuadés que l'écriture de la lettre a été maquillée. Ouant aux photos, elles ne correspondent absolument pas au signalement qu'a donné Andrée Poirée de son assaillant : la jeune fille décrit le deuxième tueur de l'Oise comme un homme très soigné de sa personne, les cheveux bruns mi-longs partagés par une raie à droite, portant un blouson bleu d'aviateur. Or les photos prises à la banque Scalbert montrent un individu à l'allure crasseuse, vêtu d'un blazer et d'un pull au ras du cou fripé, avec des cheveux coupés en brosse.

Ce ballon d'essai lancé par Gréco pour tâter l'opinion publique, cette fausse piste jetée pour faire diversion seront largement couronnés de succès.

10

Lorsque Alain, le *dimanche 31 décembre*, entend les informations, il suspecte immédiatement Neveu et Pineau : ce sont les deux seuls flics capables de faire les rapprochements nécessaires et d'en tirer les conclusions qui s'imposent. Il croit au démenti, sinon il y a belle lurette qu'il aurait été arrêté. Il est bien placé pour le savoir ! Pourtant, il éprouve le besoin de tester la réaction de ses collègues. Une seule source sûre de renseignements : la brigade de Clermont. La thèse de Colombo semble faire son chemin puisque la majorité de ses anciens collègues se déclarent partisans d'une vérification discrète mais systématique de l'emploi du temps au sein des services de police. L'attitude est-elle la même à la PJ de Creil chez Neveu ? Alain n'a pas les moyens de le vérifier. Quoi qu'il en soit, il y a là, bel et bien, un danger.

Une question turlupine le jeune homme depuis le 29 décembre. À quelle unité appartient l'estafette qui l'a poursuivi à partir de Saint-Martin-Longueau ? Sur ce point également, ses petits camarades lui apportent les renseignements nécessaires. Aussi, sur le chemin du retour à Chantilly, Alain compose-t-il, d'une cabine téléphonique, le numéro de la brigade de Liancourt.

— Ici, c'est le tueur de l'Oise. Je voudrais parler à l'adjudant Cadet.

On lui passe alors le commandant de brigade.

— Prenez vos dispositions, le prévient Alain d'un ton très calme. Cette nuit, je vais faire sauter à l'explosif la maison centrale de Liancourt. Et il raccroche brutalement.

Quelques secondes plus tard, il réitère ses menaces à l'adresse du capitaine Pineau, responsable de la battue de Verberie et, par voie de conséquence, de cette sinusite qui lui martèle les tempes. Coupable, en outre, d'être un gendarme qui pense.

Cette nuit-là, la température baisse d'un seul coup de 23 degrés. Le thermomètre marque moins 13 degrés. À l'intérieur de la 504 de patrouille, et malgré le lourd manteau trois quarts d'uniforme, le gendarme Lamare fiévreux et courbatu souffre terriblement du froid. Même s'il voulait oublier ses ennemis, sa toux et ses éternuements se chargeraient de les lui rappeler. Aussi son œil enregistre-t-il, vengeur, la couche de neige qui augmente d'heure en heure, tandis que l'image des gendarmes de Liancourt en train de faire le pied de grue devant la centrale sous la bonne garde du capitaine Pineau lui met un peu de baume au cœur. Tout au long de cette patrouille, Alain tarabuste une fois encore ses collègues : pourquoi l'implantation d'un barrage à La Croisette-du-Meux le 29 décembre ? Pourquoi cette durée inhabituelle ce jour-là de la couverture en surface ? Et une fois de plus l'incapacité de ceux-ci à lui fournir des explications cohérentes l'horripile.

Il lui semble en tous les cas désormais plus prudent de suspendre toute tentative de meurtre sur la personne d'une auto-stoppeuse. Bien sûr, il y aurait moins de risques pour Alain à tuer en dehors de sa zone de prédilection. Mais cela ne présenterait plus aucun intérêt pour lui. Parce qu'il se veut le fils spirituel de Marcel Barbeault, il est tenu d'agir dans la région sud-est de l'Oise. Il est pour lui indispensable de prendre l'auto-stoppeuse sur le territoire de la compagnie de Clermont ou de Compiègne et de l'abandonner sur celle de Senlis.

À sa grande surprise, l'état d'Andrée Poirée le préoccupe beaucoup. Certes, il a ouvert le feu sur elle pour ridiculiser la PJ de Creil concentrée sur la 304 de Mme Lozach et lui signifier son incompétence. Mais à la réflexion, il se demande s'il n'a pas tiré sur la jeune fille en partie également pour une autre raison infiniment plus complexe. Il s'est senti tout de suite très proche de cette compagne éphémère, a pressenti derrière la fragilité du sourire une âme bien trempée. Un instant fugitif, il a osé imaginer comme il serait doux de rompre sa solitude et de partager les heures à venir avec une femme de cette qualité. Mal lui en prit ! Le rêve était bien trop éloigné de la réalité, cette rencontre trop tardive et lui trop engagé dans un combat sans merci. Alors peut-être a-t-il tiré sur elle pour l'empêcher tout bêtement de s'en aller, par peur de la perdre et parce qu'il n'osait pas lui dire qu'il souhaitait la revoir. Qu'elle soit paralysée à vie et condamnée à la chaise roulante lui est parfaitement insupportable. Il préférerait cent fois la savoir morte.

Un remords lancinant, à quoi s'ajoute pour la première fois la perspective de se faire arrêter dans les prochains jours, occupent l'esprit d'Alain tandis qu'il roule vers Senlecques où il est attendu pour le dîner du 1er janvier. Mais à la minute même où il pousse la porte du pavillon, il réalise l'impair énorme qu'il commet en se présentant chez les siens ainsi vêtu de son blouson bleu d'aviateur. Le regard du frère aîné a été bref mais oh ! combien explicite. Enfermé dans sa chambre, il entend François-Xavier s'entretenir à voix basse avec leur mère. Pas difficile d'imaginer ce qu'il lui dit. Son frère a lu, comme tout le monde, ce que racontent les journaux au sujet du « deuxième tueur de l'Oise » : « L'agresseur était vêtu d'un blouson bleu d'aviateur lorsqu'il a grièvement blessé une auto-stoppeuse... Il s'agirait d'un gendarme ou d'un policier... » « Et puis enfin, Maman, tu connais la passion d'Alain pour les armes. Allons, voyons... »

Ce soir-là à table, « l'affaire » est sur toutes les lèvres. Une discussion plus générale s'engage alors sur le thème de la peine de mort, pour le plus vif soulagement d'Alain. Parmi les quinze personnes présentes, une seule se déclare « contre » : le gendarme Lamare. Il s'en explique avec autorité, arguant qu'il est bien placé pour avoir la preuve qu'elle ne possède pas la moindre vertu dissuasive mais il se renfrogne vite dans le silence, sachant que cette loquacité inhabituelle risque de nourrir les soupçons de son frère aîné. Le lendemain matin, à peine François-Xavier est-il reparti avec sa femme et ses enfants qu'Alain, avec le concours de Bertrand, bricole pour sa R 4 des plaques d'immatriculation facilement amovibles, grâce à un système astucieux qui lui a été inspiré par des films de gangsters. Précaution indispensable s'il ne veut pas subir le sort du « fils de Sam » bêtement arrêté juste après l'un de ses meurtres parce qu'il avait oublié de maquiller le numéro de sa voiture personnelle. Il ne se méfie pas une seule seconde, et pour cause, de son jeune frère. Bertrand gardera, comme toujours, bouche cousue. Tout ce qui touche à ce frère préféré, c'est « leur secret », celui qu'il partage avec Alain, avec personne d'autre.

Jeudi 4 janvier. Mulhouse. 13 heures. François-Xavier et sa femme se jettent dans les bras l'un de l'autre, rompant un silence de trois jours pendant lesquels chacun se battait en secret contre sa peur. Peur d'Alain depuis la sinistre soirée de Senlecques. Guettant l'un et l'autre les moindres bribes d'informations à la radio et à la télévision avec une appréhension croissante. Au point que François-Xavier décide de téléphoner à l'adjudant Cavalier qu'il a rencontré quelquefois. À bout de nerfs, il veut mettre sur la table cette peur et ces soupçons monstrueux, avec l'espoir que l'adjudant lui rie au nez et le rassure. Mais la démarche est délicate et il préfère attendre samedi matin pour la faire en toute tranquillité.

Démarche heureusement rendue inutile après la lecture des *Dernières Nouvelles d'Alsace*. La photo du visage du gangster montre à l'évidence qu'il ne s'agit pas du petit frère. Et l'écriture scolaire au script très soigné du tueur n'a rien à voir avec l'écriture d'Alain, féminine et désordonnée. Curieusement d'ailleurs, l'écriture du tueur ressemble à celle de Bertrand ! Bref : le commissaire Gréco vient une fois encore de retarder l'arrestation du deuxième tueur de l'Oise, retard qui risque de provoquer encore un ou plusieurs morts. En effet, François-Xavier, au lieu de téléphoner à l'adjudant Cavalier, appelle immédiatement sa mère à Senlecques, il s'excuse, la rassure. Elle pleure.

« Je préférerais serrer la main à Satan plutôt qu'à un journaliste » : citation de son gourou bien-aimé qu'Alain a scrupuleusement notée dans ses cahiers. Principe que Lamare a toujours appliqué en tant que gendarme. Avec lequel il est plus que jamais d'accord en ces premiers jours de janvier. De quoi se mêle la presse ? Qu'elle se cantonne à son rôle et lui fournisse quelques informations auxquelles il n'a pas accès, qu'elle lui permette de mesurer les retombées de ses exploits auprès de l'opinion publique et fasse « mousser » à cette occasion son unité. Soit ! Mais qu'elle déjoue ses plans en osant s'immiscer entre lui et les services de police, que par ses interventions intempestives elle lui ôte l'initiative : ça, jamais ! Sans compter que c'est elle qui alimente les soupçons de son frère aîné. Le responsable de « ces fuites » ? Un certain correspondant de l'AFP, le « collaborateur de Cavalier » comme l'a surnommé Alain qui l'a surpris plus d'une fois en grande discussion avec son chef. En réalité, Alain ne se leurre pas : une poignée de gendarmes et de policiers astucieux ont mis cette hypothèse sur pied et tentent, par le biais de la presse, de l'imposer à la hiérarchie policière qui, bien sûr, par réflexe corporatif, la craint comme la peste.

Quant aux gendarmes de son unité, ils se gaussent joyeusement de cette hypothèse qu'ils jugent parfaitement saugrenue. Et ils prennent sur-le-champ pour argent comptant les informations parues dans la presse du 4 janvier. Si seulement François-Xavier pouvait se montrer aussi crédule, souhaite ce matin-là le jeune homme sans trop y croire.

Quoi qu'il en soit, Alain estime plus prudent de lancer une contre-offensive : c'est à lui de reprendre immédiatement l'initiative et d'entraîner les enquêteurs sur son propre terrain, et ce avant la réunion du 11 janvier, décidée par Mme Brossy-Patin, qui doit permettre de faire le point sur l'affaire. Dans la nuit du *dimanche 7 au lundi 8 janvier*, une canette de bière à portée de main, Alain, à plat ventre sur le plancher poussiéreux de sa chambre secrète, éternuant et toussant toujours, écrit une seconde lettre à la police. Celle-ci, à la différence de la première, est chargée de ratures. Aucun terme policier n'y figure. À l'exception du mot « interpellation » dans la dernière phrase. Deux fausses pistes sont mises en place qui seront terriblement longues à prospecter.

2 heures du matin. Alain a sorti du réfrigérateur une nouvelle canette de bière. Le front moite appuyé contre la vitre de la cuisine, il contemple immobile la blanche indifférence de cette neige

qui n'en finit plus de tomber. Puis il entreprend de relire soigneusement à haute voix sa lettre :

« *Probablement attendiez-vous que je me manifeste par un écrit quelconque. Je me suis décidé afin de vous éclairer sur mon comportement particulier. Lisez attentivement chaque mot, qui dans ce texte possède toute sa valeur, tout son sens. Je ne cherche pas à ce que l'on me comprenne, je ne veux pas que l'on excuse mes actes. Ils sont le fruit d'un état d'esprit différent, engendré par de mûres réflexions. Ma pensée est intense et constante, je ne suis pas un dément, je suis parfaitement conscient et je contrôle totalement chacun de mes gestes. Je n'ai jamais subi de traitement psychiatrique. Physiquement, je ressemble au commun des mortels, je ne possède aucun trouble, mais une santé magnifique, sans être atteint d'aucune maladie. Je n'ignore pas que mes actes semblent monstrueux, pour un public installé dans la léthargie de la doucereuse matérialité actuelle. L'hypocrisie, l'égoïsme, l'indifférence, la cruauté, la jalousie, l'orgueil, forment un amalgame caractérisant l'homme. Je hais l'homme, j'exècre la femme. Cette haine s'est accumulée en moi au cours d'une adolescence difficile et passionnelle. J'y ai découvert l'amour, unique, total. Merveille de la féminité, de la jeunesse et du bonheur, elle était mon espoir et la réponse à mes questions. Nos regards se tournaient vers l'avenir, prometteur et simple. J'étais une brebis sage dans le grand troupeau. Son nom et son prénom pourraient vous conduire jusqu'à moi, aussi je préfère les taire. Six années de joie permanente, de tendresse réciproque, de passion ! Et puis un jour, l'horreur de la réalité, le rêve qui soudain explose, se volatilise. Elle a été tuée par un chauffard, qui, cette année, a sans doute pu rire et chanter lors de la fête de Noël, sans se soucier de la vie qu'il a volée. Il n'a pas été retrouvé et ne le sera jamais. Mais, toi, ma mie, que j'aimais tant et dont le souvenir fait trembler mes doigts, à tout jamais tu es partie. J'ai pleuré et hurlé, longtemps, tel un enfant qui ne comprend pas. Puis, le silence, la réflexion, le néant. J'ai vu son corps désarticulé, j'ai eu peur, et peur également de la mort qui me restait. On ne s'habitue pas à la souffrance morale si elle nous brûle les entrailles, nous vide l'esprit. Le mutisme obstiné, l'incommunicabilité totale, la solitude extrême, les rêves où elle me regarde étonnée par mes larmes, les cauchemars où son corps ensanglanté me prend dans ses bras ; tout cela a transformé un être sensible et calme en un monstre implacable, ivre de vengeance et de sang. Désormais, je refuse toute féminité, je veux détruire et tuer, au hasard, jusqu'à ce que je sois tué. La folie n'est pas en moi, elle est dans l'homme, dans la société qu'il a construite, dans le crime éternel qu'il commet. Je devrais oublier et aimer encore, mais mon amour avait atteint le summum de la fidélité. Un jour mon sang s'échappera de mes veines, et je rejoindrai celle qui m'attend.* »

Alain s'interrompt pour boire une longue gorgée de bière. Il en est à sa troisième cette nuit. Et c'est de la Kronenbourg, ce qu'il y a de plus ordinaire. Lui qui jusqu'à ces jours derniers ne buvait que de la bière de luxe comme François-Xavier s'en accordait une seule par jour. C'est vrai qu'il a changé ! Comme il le dit dans la lettre. Il reprend sa lecture.

« Peut-être suis-je fou, mais c'est vous qui le dites. Jusqu'à maintenant, j'ai été gentil, mais méfiez-vous de l'animal traqué et blessé, il peut devenir très dangereux. Je n'ai rien à perdre et je vais le prouver. Vous avez bien failli m'avoir mais je m'en suis sorti, et je suis libre, de la plus réelle liberté qui puisse exister. Vos policiers ne sont pas des guerriers, moi j'en suis un. J'ai combattu contre des Africains, j'en ai tué deux, je me suis habitué au sang et à l'horreur, je vais vous en faire profiter. J'ai utilisé des engins incendiaires mais je vais me servir désormais d'engins explosifs brisants. J'ai assez de connaissances sur le sujet et je possède tous les matériaux et matières nécessaires. Vendredi 29 décembre, vous m'avez éprouvé physiquement, car je suis resté dans le marais tard dans la nuit, sale et trempé, transi par le froid, traqué et méfiant ; et vous allez me payer cette journée-là. Je vais tuer des policiers, j'ai ce qu'il faut pour cela. Je vais aussi tuer d'autres filles, en leur faisant éclater la tête, elles mourront plus sûrement. J'ai visé le cœur, je ne sais plus ce qu'est un cœur, où il se trouve, aussi la fille de Crépy-en-Valois n'est pas morte. Elle et celle de Chantilly ont réussi à ouvrir la portière et à sauter, je ne les ai pas poussées. Si j'arrive à conserver le corps d'une fille, je le découperai et j'en sèmerai les morceaux dans les villes. »

Alain termine sa canette de bière et continue.

« Sur la fille de Crépy-en-Valois, j'ai tiré trois fois, dont une balle dans le dos. Elle demeurait consciente et continuait à me parler, disant que ça lui faisait mal, et demandant si elle n'allait pas mourir. Elle m'a semblé très jeune et gentille ; mais elle mourra, sans doute malgré sa survie provisoire. J'ai besoin d'argent pour vivre, j'en dépense sans parcimonie, c'est pour cela que je commets des hold-up. Je vais parfois très loin et c'est au hasard que j'agis. Vous ne m'en mettez pas beaucoup sur le dos, je vais vous en donner un. Au mois de juillet, quand j'avais la Renault 12 break, j'ai attaqué la petite poste de Hangest-en-Santerre, dans la Somme, si mes souvenirs sont exacts. Je ne note rien et ma mémoire est ma seule référence. Je n'ai pris que la caisse, soit environ 2 000 F. Ce jour-là j'avais des gants, des lunettes et un bonnet. J'ai agi le matin, peu après l'ouverture. Je dispose pratiquement toujours de deux voitures, elles sont tellement faciles à voler. La 504 diesel de l'autre jour n'était pas la première. Je vais vous en donner une autre, que je n'ai pas gardée longtemps : le temps d'un hold-up ! Une 504 diesel que j'avais volée à Compiègne, devant un magasin Prénatal et que j'ai abandonnée devant le jardin public du palais. Vous voyez, vous ne connaissez pas grand-chose de mes actions, la liste en serait longue. Pour l'instant, je prends un peu de repos, je n'aime pas le froid et la neige, mais bientôt ce sera l'enfer. »

Alain signe cette lettre, comme celle du 8 août, avec un point d'interrogation. Puis, après avoir effacé avec un chiffon toute trace d'empreinte digitale, il la glisse dans une enveloppe adressée à :

Monsieur le Commissaire de police judiciaire, Commissariat de Police de Creil, 60100 Creil. Il quitte alors sa tanière le sourire aux lèvres, sachant que dans les jours à venir, les enquêteurs risquent d'avoir du pain sur la planche s'ils veulent démêler le vrai du faux.

Le jeune homme dans cette lettre les bluffe deux fois. *Primo* : il fait état de prétendues connaissances en matière d'explosifs et d'imaginaires exploits dans les commandos d'Afrique. Il s'identifie en fait à son chef, l'adjudant Cavalier. *Secundo* : il maquille une belle histoire d'amour avec son amie Maryse Cousin, et, pour éviter d'évoquer le mariage de la jeune fille six ans après leur rencontre, forge la thèse de l'accident de voiture à partir d'un fait divers qui s'est récemment produit dans l'Oise et l'a profondément affecté. Cette piste présente un double avantage : elle expédie les policiers aux quatre coins de la France et prépare également, dans l'éventualité de son arrestation, la tâche des psychiatres : ces messieurs n'auront pas de mal, le moment venu, à faire le lien entre le mariage et l'accident de voiture.

Lundi 8 janvier. Les routes sont verglacées, parfois complètement bloquées par d'énormes congères atteignant dans certains cas un à deux mètres de hauteur, notamment sur la route de Crépy-en-Valois-Pierrefonds. Folie que de tenter la moindre action dans de pareilles conditions, songe Alain au cours de sa patrouille. Il faut pourtant tenir en haleine les services de police et secouer le ronron des couvertures en surface. Aussi Lamare demande-t-il à son chef Hourdé de s'arrêter un instant à proximité d'une cabine téléphonique. Il est 14 h 35 à sa montre lorsqu'il compose le numéro de la gendarmerie de Creil :

— Allô, ici le tueur de l'Oise, dit-il à son collègue qui a décroché le téléphone. Toute la publicité faite autour de moi me fait bien rire, sachez-le ! Et le plus drôle c'est que je passe tous les jours devant votre brigade. Faites attention, ajoute-t-il, parce que je vais frapper, vendredi prochain, chez vous, où je tuerai à 9 h 15 précises une jeune fille de trois balles.

Il raccroche puis regagne paisiblement la 504 break.

À Mouy, ce matin, Alain a posté sa lettre. Pourquoi Mouy ? En choisissant astucieusement ce gros bourg industriel situé à neuf kilomètres au sud-ouest de Clermont, le jeune homme a voulu rendre hommage au flair de Colombo sur son terrain et appâter les enquêteurs, détournant ainsi leur attention de Pont-Sainte-Maxence et lui laissant le champ libre à lui, Alain, pour se servir de la famille Grospiron, comme il en a l'intention. Dans moins de vingt-quatre heures, la lettre sera entre les mains du commissaire Jacob : cadeau, au lendemain de l'Épiphanie, du roi mage Lamare à la PJ de Creil. Comment celle-ci réagira-t-elle ? La thèse du tueur « flic ou gendarme » a-t-elle été écartée parmi ces messieurs ? Son chef Cavalier, qui doit se rendre à la réunion d'Amiens le 11 janvier, lui en fera un compte rendu fidèle.

11

La piste du tueur « flic ou gendarme » définitivement écartée ? Pas exactement.

Soulé, commandant du groupement de gendarmerie de l'Oise, n'est pas resté insensible aux informations parues dans la presse et aux arguments développés par le capitaine Pineau. Aussi convoque-t-il, le 10 janvier, à Clermont, à la veille de la réunion d'Amiens, ses quatre commandants de compagnie et exige d'eux qu'ils vérifient discrètement l'emploi du temps de tous leurs hommes en fonction de celui de l'assassin, établi dans le rapport du 11 décembre :

— Vous comprendrez aisément, messieurs, que je ne puisse pas vous donner d'ordre écrit, leur confie l'officier supérieur, étant donné le caractère ultra-confidentiel de cette mission.

Tous promettent sans rechigner d'exécuter les ordres, y compris Colson. Tous sauf Fournaise :

— Moi, s'exclame le capitaine, c'est inutile que je fasse ces vérifications. Il n'y a pas un seul gendarme qui soit capable d'écrire dans un aussi bon français. Et pas un qui soit assez astucieux pour être « notre homme ».

Deux cents personnes se pressent le lendemain 11 janvier à 14 heures, 5, rue d'Elbeuf à Amiens, dans la salle de conférence de style *design* du commandement de la gendarmerie de Picardie. Commandants de brigade et de PSIG, officiers de gendarmerie, commissaires, représentants du SRPJ. Les responsables de l'enquête n'ont pas lésiné : ils ont sorti le grand jeu pour rassurer une région encore traumatisée par le tueur de l'ombre. Il ne faut surtout pas donner l'impression que les recherches piétinent.

L'enjeu de cette réunion ? Pour Neveu comme pour Pineau, il est clair : démasquer par le jeu des questions et des réponses le traître qui a montré la lettre du tueur au journaliste de l'AFP en lui glissant perfidement dans l'oreille la piste du meurtrier « flic ou gendarme ». Piste qui sera écartée si personne ne parle. Quant à eux, se sachant perdants d'avance, se suspectant l'un l'autre, sans preuves à l'appui, d'être à l'origine de la fuite, ils sont bien décidés à ne pas ouvrir la bouche. C'est en spectateurs qu'ils assisteront à cette réunion « bidon » qui commence par une mise au point de Mme Brossy-Patin.

— Cette réunion a pour but de vous informer, déclare-t-elle de sa voix douce, afin que vous puissiez faire les rapprochements nécessaires dans cette affaire et transmettre le plus rapidement possible à la PJ de Lille tout élément nouveau.

Seule femme au milieu de cette assemblée de deux cents hommes, la juge est mal à l'aise. Elle a confié un certain nombre de missions à des experts qui ne s'en sont pas acquittés. On va, ce matin, lui poser des questions, lui demander des comptes. Elle préfère passer tout de suite la parole au chef du SRPJ.

Énergique, sûr de lui, le commissaire Gréco commence son laïus par une sévère mise en garde contre la presse, l'ennemi n° 1, capable de faire capoter toute l'enquête par ses déclarations fausses ou inopportunes. Gendarmes et policiers se regardent bien évidemment en chiens de faïence. Gréco, imperturbable, poursuit. Il reprend *un à un* tous les méfaits attribués au tueur par son service. Énumère ce qui a été découvert à bord de chacune des sept voitures volées et ce qui a disparu, décrit minutieusement chacun de ces objets. Entreprend ensuite de faire le compte des clés et porte-clés volés. Le commissaire monologue ainsi deux heures durant, ponctuant son exposé de mots qu'il inscrit sur un tableau noir comme un professeur, devant ces hommes qui apprécient peu d'être traités comme de mauvais élèves, sont visiblement peu passionnés par ce déluge de faits et d'indices livrés en vrac sans le moindre fil conducteur. Seuls Maigret et Colombo s'amusent : chacun de son côté, tout en faisant mine de prendre des notes, « démolit » ce catalogue d'indices comme le tireur, à la foire, fait tomber une à une les bouteilles.

Après l'entracte généreusement accordé par le commissaire, commence la deuxième partie de ce *one man show* : ce qu'il faut faire pour arrêter le tueur. 1) Réagir immédiatement aux couvertures en surface qui seront déclenchées à l'échelon de la Picardie, afin de retrouver tout véhicule dérobé avec clé de contact au tableau de bord. 2) Envoyer, en cas de vol de ce type, un message flash radio ainsi qu'un télex à toutes les brigades de gendarmerie de Picardie, au SRPJ de Lille et à son antenne de Creil. 3) Noter les numéros minéralogiques de toutes les Dyanes bleues, avec la date, l'heure et le lieu de passage et les adresser à la brigade des recherches de Senlis. Personne ne comprend l'utilité de ce troisième point, mais le commissaire n'en a cure. Et il enchaîne avec un portrait de l'assassin :

— Cet homme est un fou dangereux. Il faut s'attendre au pire avec lui.

Mme Brossy-Patin l'interrompt. Ce sera la seule fois de la réunion :

— Je ne pense pas qu'il soit fou. J'ai demandé à trois experts psychiatres de m'établir un prérapport. Au vu des premiers éléments recueillis, il semble que ce soit un homme malheureux, un dépressif à tendances suicidaires, mais un homme déterminé, dangereux, c'est vrai, et qui n'hésitera pas à ouvrir le feu sur vous. Aussi je vous demande de ne pas le provoquer.

— Ce n'est tout de même pas nous qui avons commencé, riposte le commissaire. Et s'il a, comme vous le dites, des tendances suicidaires, je peux peut-être l'aider à se supprimer.

Un silence s'abat alors sur l'assistance. Pour Pineau, Neveu et beaucoup d'autres, cette mauvaise plaisanterie confirme ce qu'ils pensent : Gréco redoute à tel point d'être en présence d'une

« barbouze » qu'il souhaite avoir le tueur plutôt mort que vif. Mais le commissaire, sans plus s'émouvoir, achève l'esquisse du portrait de l'assassin, reprenant mot pour mot le contenu du rapport de synthèse du 11 décembre avant de céder la parole aux participants en les invitant à émettre les hypothèses les plus saugrenues...

L'ombre des fuites plane sur l'assistance. Pourquoi la piste évoquée dans la presse ne l'a-t-elle pas été ici ? se demande Marie Brossy-Patin. L'idée d'un « journaliste en mal de copie », elle n'en a jamais entendu parler autrement qu'en ces termes. En tant que magistrat instructeur, elle peut difficilement aborder la question. Et puis si on allait en déduire que c'est elle qui est à l'origine de la fuite ? Elle préfère se taire. C'est alors que l'adjudant Citerne se lève et s'adresse à la jeune femme :

— Est-ce que vous avez reçu, demande-t-il de sa petite voix nasillarde, les résultats de l'expertise de la tache rouge sur le mouchoir retrouvé dans la 504 des Ripailles ?

La juge répond par la négative. Non, elle n'a toujours pas reçu le résultat. Un ange passe. Elle en profite pour avouer dans la foulée que la seule balle récupérée par elle, sur les trois qui ont blessé Andrée Poirée, a été mystérieusement perdue entre son bureau et le laboratoire du professeur Ceccaldi à Paris. La juge a le sentiment d'avoir mal fait son travail et ça, elle ne le supporte pas.

L'adjudant Citerne se tourne maintenant vers le commissaire Gréco. Est-ce pour avancer l'hypothèse qui reste sur toutes les lèvres ? se demandent tous ceux qui sont ici présents, retenant leur souffle. Le sous-officier ménage ses effets car il sent que la réunion touche à sa fin :

— Il semble que vos services aient reçu une deuxième lettre du tueur. Est-ce exact ou bien est-ce que je me trompe ? interroge sèchement l'adjudant.

Mal à l'aise, le chef du SRPJ de Lille répond par l'affirmative en jetant un regard de biais à Marie Brossy-Patin.

— C'est parfaitement exact, confirme aussitôt celle-ci, et je vais vous en lire les principaux passages.

Une rumeur s'élève dans l'assistance, qui découvre que le commissaire leur a soigneusement caché une pièce capitale du dossier. Sans la question de l'adjudant Citerne, ils n'en auraient jamais entendu parler. Et c'est ainsi qu'ils apprennent que le tueur prétend être un ancien militaire engagé dans un régiment d'élite et qui se venge d'un chauffard inconnu qui a pris la fuite après avoir tué, sous ses yeux, sa fiancée. Ces deux pistes seront, cela va de soi, systématiquement exploitées, conclut le magistrat.

Il est 18 heures. La séance est levée. Il résulte de cette réunion que la multiplication aberrante des couvertures en surface demeure la principale direction d'enquête, si ce n'est la seule... Pourtant, aux yeux du commissaire Gréco, le bilan est positif : si son stratagème n'a pas permis l'identification de l'auteur des fuites, l'essentiel est que la police n'ait pas été salie en présence de l'un de ses patrons, Honoré Gévaudan, qui n'a pas ouvert la bouche, se contentant de mâchonner sa pipe avec l'air lointain de quelqu'un qui se sent bien éloigné des choses de ce bas monde.

Le colonel Soulé et ses officiers n'attendaient rien de cette réunion. Ils se préparent à faire discrètement « le ménage » chez eux et s'imaginent que ces messieurs « d'en face » sont dans les mêmes dispositions d'esprit.

L'adjudant Cavalier a le sentiment qu'il ne s'est pas déplacé pour rien. Il est en effet l'un des rares à avoir appris deux ou trois petites choses qui peuvent lui être utiles. Il les a soigneusement notées.

Il souffle un vent glacé dans la rue d'Elbeuf lorsque Marie Brossy-Patin quitte les locaux de la gendarmerie, ployant littéralement sous le poids de sa serviette comme d'habitude pleine à craquer de dossiers. Cette réunion, pressent-elle d'instinct, n'a servi qu'à raviver la guerre des polices et à renforcer le sentiment qu'elle ne peut avoir confiance en personne. Sauf en Neveu, qui lui serre la main juste avant qu'elle ne s'engouffre dans la voiture de Colson. Ils se quittent aussi vite qu'ils se sont abordés, comptant chacun sur l'autre pour faire le premier pas, comme ce jour du 16 août, lorsqu'ils se sont rencontrés au tribunal de Senlis.

Pourquoi Neveu ne lui a-t-il jamais touché depuis un mot de cette affaire ? songe la juge en s'affalant sur son siège. Lui seul pourrait l'aider à former une équipe dynamique, la pousser à imposer une direction d'enquête autrement sérieuse, conforme à ses exigences.

Au lieu de cela, elle reste pieds et mains liés face aux services de police et au tueur. Comment reprendre l'initiative vis-à-vis d'eux ? Question qui ne cesse de la tarabuster mais ce n'est pas ce soir qu'elle y répondra. La jeune femme s'endort, brisée de fatigue, dans la voiture qui la ramène à Senlis.

TROISIÈME PARTIE

Jeu de piste

1

Mis au courant par Cavalier des conclusions de la réunion d'Amiens, Lamare a tout lieu d'être satisfait : la police et Marie Brossy-Patin sont tombés dans les pièges que leur tendait sa deuxième lettre.

Autre sujet de contentement pour le jeune homme : les menaces proférées au téléphone à l'adresse de la gendarmerie de Creil ont fait mouche, puisque ce même vendredi 12 janvier, Lamare et ses collègues sont chargés, au cours de leur service, de mettre en garde contre les dangers de l'auto-stop les jeunes personnes de sexe féminin qui, au bord de la RN 16, à la sortie de Creil, guettent le conducteur complaisant. Parce que décidément la chance lui sourit et malgré le froid de gueux qui lui perce la peau jusqu'aux os, Lamare fait preuve d'un zèle remarquable. C'est lui qui use des arguments les plus convaincants.

Dans la nuit du *14 au 15 janvier,* en patrouille avec Hourdé sur le parking enneigé d'Orry-la-Ville, Alain repère une R 16 TS bleue qui tourne tous feux éteints devant la gare et l'identifie sur-le-champ pour l'avoir photographiée du haut de son perchoir au cours de l'opération d'Acy-en-Multien. Les flics de Lille en visite sur leur terrain, en train de faire le même travail, sans prendre la peine de prévenir Chantilly ! Il décide de marquer le coup :

— Vous avez vu ? lance-t-il à ses trois collègues. Allez, on fonce.

— OK, dit Hourdé, mais fais gaffe.

Lamare jaillit du break et, en position de tir de police, hurle :

— Les mains en l'air et sortez de votre caisse.

— Doucement les gars, doucement, on est de la PJ de Lille, marmonne un des policiers qui, engoncé dans sa parka, s'extirpe de la R 16 suivi de ses collègues.

— J'ai dit : les mains en l'air. Bon, maintenant avec la main gauche montrez-moi votre carte professionnelle.

Hourdé s'empare de la carte, vérifie et la rend au policier en bougonnant :

— Faut pas nous en vouloir, mais avec ce tueur, on est obligés de prendre de sacrées précautions.

Chacun regagne sa voiture de patrouille, les policiers furieux de s'être laissé surprendre par les « gardes champêtres », les gendarmes furieux de constater une fois encore qu'ils se font doubler. Lamare, au retour du service, s'en plaint amèrement à Cavalier :

— Une meilleure coordination entre la police et la gendarmerie serait tout de même souhaitable si l'on veut un jour buter ce salaud de tueur, vitupère le jeune homme.

— Tu sais, dans cette affaire, moi je ne décide plus de rien, déplore son chef qui lève les bras au ciel dans un geste d'impuissance.

La PJ « planque »-t-elle ailleurs avec la même discrétion ? Alain, qui veut en avoir le cœur net, se rend dès le lendemain à Abbeville où il constate la présence de policiers sur la place de l'hôtel de ville et dans les rues adjacentes. En redescendant sur Creil, le jeune homme note également une surveillance légère dans le quartier du quai d'Amont. Décidément, Gréco est un incorrigible cachottier ! Il s'est bien gardé, toujours selon le rapport de Cavalier, de faire état de ces rondes à la réunion d'Amiens. Enfin pris au sérieux, le deuxième tueur de l'Oise peut se permettre quelques fantaisies supplémentaires auxquelles n'avait pas songé Barbeault : de meurtrières, ses actions vont devenir stratégiques.

Abbeville, Creil, Orry-la-Ville : trois points clés sur le futur champ de bataille d'Alain. Pour libérer la place et damer le pion au commissaire, le jeune homme, ce soir-là dans sa chambre secrète, met sur pied une vaste opération de diversion, d'une incroyable complexité, en fonction de ses jours de repos et de ses permissions. Autour de lui s'étale tout un fatras de cartes routières et d'état-major qu'il flèche à l'avance, d'horaires SNCF qu'il déchiffre laborieusement, de fiches de bristol qu'il remplit de signes cabalistiques. Résolu à passer à l'acte quarante-huit heures plus tard.

Mercredi 17 janvier, 16 heures. Chauny, dans l'Aisne. Alain fait le guet, assis sur un banc du square Foch, juste en face d'un bâtiment des PTT.

À peine le temps d'avoir les fesses humides de neige fondue à travers la toile de son jean et le voilà reparti quinze minutes plus tard au volant d'une CX rouge dont le propriétaire distrait est occupé à vérifier ses lettres avant de les glisser dans la boîte. *Huitième vol de voiture*. Mais Alain n'a pas fait cent mètres qu'à la fois trop pressé et désorienté par la direction assistée, il percute une Simca 1301 en stationnement, accrochant du même coup la portière avant gauche de la fringante CX, pour s'apercevoir au même moment qu'il roule dans une rue en sens interdit.

Faciles peut-être, mais si peu discrètes, les conditions de ce vol, qu'il ne serait pas étonnant que quelque passant offusqué ait relevé le numéro de la CX. Pas question pourtant pour Alain de changer un iota à son plan : il a prévu de circuler ce soir et demain soir avec cette voiture. S'il doit semer d'éventuels poursuivants dans de méchants virages en épingle à cheveux, il a intérêt à sectionner le fil électrique qui relie la pédale de frein aux feux stop situés à l'arrière. Ce bricolage terminé à l'abri de la forêt de Coucy, Alain reprend immédiatement la route en direction de Pont-Sainte-Maxence, avec l'intention de tester la surveillance du domicile de Karyne Grospiron. Pour la première fois, le jeune homme ne tient pas compte de la couverture en surface, grisé par la perspective de réussir à se faufiler entre les barrages, à la tombée de la nuit.

Aucun signe de la moindre présence policière ce soir-là rue Cavillé à Pont-Sainte-Maxence. Bien sûr, des gars de la PJ peuvent être cachés dans un

« perchoir[1] », mais cela paraît peu probable à Alain qui, par goût de la provocation, stationne devant le numéro 9, à l'heure où Karyne et Muriel vont rentrer chez elles après leur cours de karaté. À l'arrêt, plafonnier et phares allumés, Alain augmente le régime de son moteur jusqu'à ce que Mme Mireille Grospiron, exauçant ses vœux, surgisse sur le pas de sa porte. Il démarre en trombe, freine brutalement une vingtaine de mètres plus loin et s'éloigne définitivement à la minute où la DAF de Muriel se range le long du trottoir. Alain gare la CX près du quai d'Amont. Reprend sa propre voiture.

Jeudi 18 janvier. L'absence de policiers autour de la CX intrigue Alain, qui a vérifié au cours de sa nuit de patrouille que la Citroën figurait bien sur la liste des voitures volées avec clé de contact au volant. En outre, son manège hier soir rue Cavillé a, semble-t-il, si peu impressionné Mireille Grospiron qu'elle n'a même pas pris la peine de prévenir la gendarmerie pas plus que la PJ. Hé bien soit ! Alain répétera la scène ce soir en y ajoutant quelque raffinement supplémentaire. Pour l'heure, le jeune homme file sur Compiègne. Fait trois petits tours et puis s'en va, emportant un important butin : plusieurs attachés-cases ainsi qu'une sacoche noire qu'il a volés dans une voiture en stationnement. À l'intérieur de la sacoche, trois chéquiers respectivement au nom de Paul Huon, assureur à Chauny, de Mme Huon et de la Société d'assurances « Paul Huon et

1. Perchoir : terme d'argot policier désignant un appartement occupé par des policiers pour surveiller un objectif.

Compagnie ». Alain a eu la main incroyablement heureuse : M. Huon comme M. Depeyre, le propriétaire de la CX, habitent la région de Chauny, dans l'Aisne. Autrement dit, les policiers, à supposer qu'ils fassent correctement leur travail, vont dès demain se polariser sur cette ville.

Mais surtout Alain va pouvoir mener ses adversaires par le bout du nez et, semant ses chèques comme le Petit Poucet ses cailloux, fabriquer un formidable jeu de piste, expédier ces messieurs aux quatre coins de la France, où bon lui semble. Avec les chèques Doucet, il s'était fait la main en jouant au fils prodigue. Fini les cadeaux pour Maman et Papa. La distribution des chèques Huon sera moins altruiste, infiniment plus savante : sur elle va se fonder sa nouvelle stratégie.

L'après-midi même, à Compiègne, Alain, dissimulé sous sa perruque, derrière ses lunettes Ray-Ban, remet au pompiste du garage Saint-Merri le *premier chèque Huon* au dos duquel il inscrit le numéro minéralogique de la CX : 698 RC 02. Puis, sans rien changer à son déguisement, le jeune homme s'offre un sérieux dîner à l'Hôtel de Flandres : *deuxième chèque Huon*. Repas suivi d'un cross digestif dans les bois qui entourent la carrière Guinaut avant de répéter le scénario de la veille avec une légère variante. Stationnant rue Cavillé, il guette la DAF de Muriel, embraye lorsqu'elle passe devant lui, la suit lentement tandis qu'elle se gare devant le numéro 9. Et, à l'instant où les deux jeunes filles gravissent les marches du pavillon, Alain écrase le champignon, freine juste à leur hauteur, avant de redémarrer en trombe.

À minuit, ce *jeudi soir 18 janvier*, la CX est abandonnée juste au bord de l'Oise, au quai d'Amont, à 200 mètres environ de l'endroit où était parquée la 304 « Lozach ». À l'intérieur, la mise en scène est celle que l'on connaît : sur le tapis de sol, emballages d'Aspro, paquets de Gitanes filtre blanches, sac de l'hypermarché Carrefour de Compiègne. Sur la banquette arrière, les attachés-cases de M. Huon, le permis de conduire de M. Depeyre, sa carte d'identité ainsi que celle de son épouse. Alain se réserve les autres papiers pour de futures mises en scène. Lorsque le jeune homme repasse quelques instants plus tard au volant de sa propre voiture garée dans une rue voisine, un essaim de policiers papillonnent déjà autour de la CX.

Sur le chemin du retour, Lamare décide que son jour J sera le 22 janvier. Dans quatre jours se jouera la véritable partie.

22 janvier. C'est un « battant » au meilleur de sa forme qui abandonne à Creil très tôt ce matin-là sa R 4, pour la première fois dotée de fausses plaques d'immatriculation. Un joueur galvanisé par l'enjeu serré des quarante-huit heures à venir, qui prend à 8 h 13 l'omnibus en direction de Chauny, saute à pieds joints sur le quai de la gare à 9 h 10.

Midi. Chauny, dans l'Aisne, *neuvième vol de voiture* : une R 15 blanche, à quatre mètres du commissariat. Quelques minutes plus tard, la propriétaire, Mme Bernadette Profeta, en conversation animée avec un gardien de la paix place de l'Hôtel-de-Ville, lui montre soudain du doigt, stupéfaite, sa voiture qui lui passe sous le nez.

13 heures. Noyon, dans l'Oise. Déjeuner au restaurant Le Grillon. *Troisième chèque Huon*.

17 heures. Abbeville, dans la Somme. La R 15 est garée assez loin du centre ville. *Dixième vol de voiture*, rue du Pont-aux-Brouettes : une GS beige métallisé. Alain réussit à semer, à la sortie de la ville, un mystérieux véhicule qui semble le filer.

17 h 45. Gamaches, dans la Somme. La GS est abandonnée, par mesure de prudence, à l'entrée de la ville. *Onzième vol de voiture* : une R 5 Alpine noire, splendide joujou au volant duquel Alain reprend la route en direction de Creil, respectant scrupuleusement son itinéraire fléché, très attentif aux plaques de verglas.

20 heures. Clermont. Évitant un barrage de gendarmerie à l'entrée de la ville, Alain emprunte une rue latérale et se paie le culot de garer la R 5 Alpine devant le restaurant Le Clermontel, sur la nationale à 500 mètres du barrage. Pour y avoir dîné des dizaines de fois au temps de son affectation à Clermont, il s'y présente ce soir affublé de ses accessoires de scène. Règle l'addition avec un *quatrième chèque Huon*. Repart sous le regard admiratif des serveurs plaqués derrière la vitre de la salle à manger. C'est exactement ce qu'il avait prévu. Le bolide noir ne sera pas de sitôt oublié. Alain a donné sa chance au capitaine Pineau. À lui de s'en saisir.

21 heures. Creil. Alain troque à regret quai d'Amont l'Alpine contre sa voiture. Vérifie la présence des policiers autour de la CX. Remonte immédiatement sur Abbeville où il gare à 1 heure du matin sa propre voiture pour repartir au volant de la R 15 « Profeta ». Abandonne celle-ci à

4 heures du matin sur le parking d'Orry-la-Ville. Regagne à pied son domicile en suivant la voie ferrée. S'écroule tout habillé sur le plancher de sa chambre secrète où il s'endort aussitôt.

23 janvier. Il reste à Alain à appliquer la dernière partie de son plan : la récupération de sa R 4. Il se rend au début de l'après-midi à Abbeville en train. En repart au volant de sa voiture. Remet en place en rase campagne le numéro minéralogique d'origine.

Un *cinquième chèque Huon* règle le repas qu'il s'offre à l'Hôtel des Flandres à Grandvilliers. À la table voisine, juste à côté de la caisse, un tout jeune gendarme dîne en solitaire. Parce que rien jamais n'empêchera Alain de céder à son penchant pour la provocation, il va lui serrer la main au moment de quitter l'établissement et, non content de se présenter sous sa véritable identité, précise qu'il travaille au PSIG de Chantilly.

En passant à Creil sur le chemin du retour, il note que la R 5 Alpine ne suscite aucune surveillance tandis que des policiers continuent de monter la garde autour de la CX rouge. Très mauvais point pour Gréco. Le commissaire ne s'améliore pas.

Alain se laisse glisser ce soir-là au fond de la baignoire avec un voluptueux bien-être. Dans l'eau chaude tous les muscles se détendent, la tension se relâche et le jeune homme épuisé est soudain secoué d'un fou rire nerveux qui ne s'arrête plus.

Son blouson en tombant a fait sur le carrelage de la salle de bains un bruit métallique : le cliquetis des onze trousseaux de clés des onze voitures différentes. Trois chéquiers bourrent les poches de son jean. De quoi rendre fou ses adversaires. De quoi s'amuser pendant le bref temps de liberté qui lui reste. Car si son collègue de Grandvilliers entretient de bonnes relations avec la patronne, s'il a une honnête mémoire et un brin d'imagination, l'arrestation d'Alain devrait intervenir dans les jours à venir.

2

Au mois de *janvier*, gendarmes et policiers, à l'échelon de la France entière, croulent sous une avalanche de paperasserie. Ordre leur a été donné de recenser tous les accidents avec délit de fuite ayant provoqué depuis 1972 la mort d'une jeune femme en présence de son fiancé, de contacter par ailleurs les autorités militaires afin d'obtenir le nom de tous les individus engagés depuis dix ans dans des régiments de choc.

Exploitées sur ordre de Marie Brossy-Patin, ces deux pistes suggérées par le deuxième tueur de l'Oise dans sa lettre au commissaire Jacob ne mènent nulle part. Les enquêteurs piétinent, menés malgré eux vers l'hypothèse maudite du tueur flic ou gendarme en raison de la vague de dénonciations anonymes qui suit les informations parues dans la presse, et ce malgré le démenti du SRPJ de Lille. Beaucoup n'y croient pas, à ce démenti, et notamment Éric Degrémont, le jeune sous-préfet de Senlis qui, dans le courant du mois, recommande expressément mais officieusement aux commissaires Thiéfine et Jacob ainsi qu'au commandant Colson de procéder discrètement à la vérification de l'emploi du temps de leurs subordonnés. Ces vérifications, l'inspecteur Pelfort, toujours chef de l'enquête, ne veut pas en tenir compte. Revigoré, curieusement, par la réunion d'Amiens, il a une nouvelle intuition : le tueur du BHV et le tueur de l'Oise sont une seule et même personne. Comment n'y avait-il pas pensé plus tôt ?

Un homme se réclamant d'une association contre le racisme et l'antisémitisme a déclaré que le BHV de Paris, parce qu'il applique une politique de discrimination raciale vis-à-vis de ses clients, devait être sanctionné. Il s'y est déjà employé le 26 juin 1978, puis le 2 décembre. Résultat : une employée a été tuée. Or, le mélange explosif utilisé par le maniaque du BHV – chlorate de potassium additionné de soufre et de carbone – se révèle, selon les artificiers, être exactement le même que celui qui a été découvert le 18 novembre dans la 504 coupé piégée sur le parking d'Orry-la-Ville. Que la recette soit différente pour la R 12 break piégée le 3 août à Creil, l'inspecteur n'en a cure ! Fort de sa découverte, il se rend immédiatement quai des Orfèvres et, conforté dans ses convictions par ses collègues parisiens, il les confie le *17 janvier* à Marie Brossy-Patin.

Prête à tout entendre dans cette histoire, résignée à suivre la moindre piste, la jeune femme l'écoute cependant avec effroi. Cette affaire a un côté diabolique.

Le nouveau dada de Pelfort n'impressionne pas Neveu. En revanche, lorsque la CX rouge de l'instituteur Depeyre est découverte le *19 janvier*, peu après minuit, quai d'Amont à Creil, la décision de Gréco de faire surveiller cette voiture semble, aux yeux de l'inspecteur, une bonne initiative. Garer sa voiture dans le quartier du quai d'Amont, c'est une ficelle du vieux Creillois, car l'emplacement présente le double avantage d'être à 500 mètres seulement de la gare et d'éviter le stationnement payant dans le centre ville. Enfin, c'est la troisième découverte à cet endroit, figurant sur la liste des voitures volées avec clé de contact au volant. Le deuxième tueur – un gendarme par définition pour l'inspecteur – ne peut être qu'un individu qui travaille ou habite dans le département de l'Oise, en conclut Maigret.

Gréco, quant à lui, se targue de tenir cette fois « son homme », mais pour de tout autres raisons que Maigret, fondant ses arguments sur le fait que s'écoulaient jusque-là plusieurs semaines entre le vol d'une voiture – clé de contact au volant – et sa découverte par la police. Or dans le cas de la CX, celle-ci a été retrouvée un peu plus de vingt-quatre heures plus tard. Gageons que le deuxième tueur de l'Oise va venir récupérer sa voiture et ne lésinons pas sur les moyens de la surveillance, décide le commissaire. Pour que celle-ci soit efficace, une quarantaine de policiers doivent être mobilisés par tranche de quarante-huit heures, alors que Gréco ne dispose en tout et pour tout que de 175 hommes et femmes au sein de son service.

Aussi, dès l'après-midi du 19 janvier, le commissaire obtient-il de l'OCRB[1] des renforts, c'est-à-dire

1. Office central de répression du banditisme.

des équipages avec voitures rapides. Collaboration que les « crayons[1] » voient d'un très mauvais œil, considérant qu'ils ont affaire à des flingueurs professionnels prêts à arrêter un assassin selon les méthodes les plus expéditives, des cow-boys arrogants parce qu'ils roulent dans des voitures flambant neuves. Que cette collaboration puisse susciter des querelles quotidiennes à propos de vétilles – l'emplacement d'un « sous-marin » par exemple –, Gréco s'en moque ! Seul compte le résultat, qui ne peut qu'être couronné de succès, cela va sans dire. Maigret, lui, supporte mal le voisinage de ces hommes obsédés par Mesrine et qui se situent aux antipodes d'une police déductive, souterraine, la sienne.

Quant à Pineau, personne ne lui a soufflé mot de l'affaire de la CX. C'est par Lamare qu'il en sera, indirectement, informé... Le gendarme de Chantilly, en passant à Clermont, a annoncé la nouvelle à ses anciens collègues qui l'ont sur-le-champ transmise à leur chef. Cette conspiration du silence dont il fait les frais étonne à peine le capitaine. Mais elle renforce son obstination à poursuivre en solitaire la tâche à laquelle il s'est attelé depuis le 10 janvier, en passant à la moulinette l'emploi du temps de ses hommes, ainsi que celui des gendarmes et policiers situés dans sa zone de compétence. Vérifications discrètes faites à l'insu des intéressés, sans interpellation ni garde à vue.

1. Crayon : terme péjoratif qui désigne les fonctionnaires de la PJ de Creil.

Le *23 janvier*, au cours de la cinquième journée de surveillance de la CX, plusieurs inspecteurs quittent en catastrophe Creil pour Orry-la-Ville où, sur le parking, a été découverte à midi la R 15 appartenant à Mme Profeta. La jeune femme n'en mène pas large depuis le jour du vol, intimement convaincue que l'auteur du vol et le tueur de l'Oise n'en font qu'un et que celui-ci a en sa possession non seulement les clés de sa voiture, mais également celles de son pavillon. C'est à peine si l'on a consenti à enregistrer sa plainte le matin du vol. C'est avec le même dédain que l'on écarte les soupçons de son mari, Rodolphe Profeta, venu récupérer la R 15 sur le parking d'Orry-la-Ville dans l'après-midi de ce 23 janvier.

— Voyons, cher monsieur, je comprends parfaitement votre réaction mais permettez-moi de vous dire que la peur de votre épouse est tout à fait subjective, lui fait remarquer Jacob agacé. Raisonnez-la, insiste en toute bonne foi le commissaire. Expliquez-lui que nous n'avons retrouvé aucun des objets traditionnels à l'intérieur de sa voiture. Et vous n'imaginez tout de même pas que le tueur, s'il s'agit de lui, utilise plusieurs véhicules à la fois !

Gréco et Jacob affichent de concert la même assurance en ce qui concerne le vol, vers 17 heures la veille à Abbeville, de la GS marron métallisé appartenant à Mme Delépine. Là encore, il ne peut s'agir du tueur. D'abord parce que l'assassin n'a pas l'habitude de dérober un véhicule pour l'abandonner 30 kilomètres plus loin. Ensuite, c'est dans le département de l'Oise qu'il les laisse. Enfin les gendarmes n'ont pas signalé le moindre vol de voiture le matin de la découverte de la GS à Gamaches !

Mercredi 24 janvier, à la fin de la sixième journée de « planque », maintenue jusque-là faute d'éléments nouveaux... Gréco se résout, la mort dans l'âme, à y mettre fin le lendemain 25 janvier. Pour deux raisons majeures : ses hommes sont épuisés et l'allocation d'essence de janvier étant déjà épuisée, les voitures roulent sur celle de février.

Sage décision dont ne peut que se féliciter Gréco lorsqu'il apprend par télex dans la soirée que le voleur de la CX « Depeyre » a réglé, le 18 janvier, 145 F d'essence au garage Saint-Merri en prenant soin d'inscrire au dos du chèque le numéro de la voiture, 698 RC 02. Geste de provocation qui prouve bien que le tueur n'avait pas le moins du monde l'intention de récupérer sa voiture. Le commissaire a comme la désagréable impression qu'il a été joué par l'assassin, qui l'a attiré là pour agir ailleurs. Où ? Et pour faire quoi ?

Jeudi 25 janvier. Tandis que l'instituteur Jean Depeyre récupère à Creil une voiture en piteux état, un coup de téléphone dans les locaux de la rue Marcel-Philippe fait l'effet d'une bombe.

Depuis six mois, la mère de Karyne Grospiron appelle scrupuleusement la PJ pour signaler les voitures suspectes. Coups de téléphone qui sont devenus un sujet de plaisanteries à l'antenne. Pas besoin de policiers rue Cavillé. L'inspectrice Mireille Grospiron veille. Pourtant ce jour-là,

Pelfort, qui s'apprête par routine à noter le numéro signalé, n'a pas la moindre envie de rire :

— Vous pouvez répétez le numéro du véhicule et les dates de passage ? articule l'inspecteur d'une voix étouffée.

Docile, Mireille Grospiron s'exécute :

— 692 RC 02, 17 et 18 janvier.

À un chiffre près, c'est le numéro de la CX surveillée par Pelfort et ses hommes depuis une semaine. Renseignements pris auprès du service des cartes grises de la préfecture de l'Aisne à Laon, l'inspecteur se voit confirmer ce qu'il redoutait : entre 690 RC 02 et 700 RC 02 il n'y a qu'une seule CX, c'est bien sûr celle de M. Jean Depeyre, immatriculée 698 RC 02. Mireille Grospiron est convoquée le surlendemain, samedi 27 janvier, 10, rue Marcel-Philippe en compagnie des trois personnes ayant aperçu la CX rouge rue Cavillé. Interrogée séparément, chacune livre la même version des faits, au grand dam des policiers qui persistent pourtant à soupçonner la famille Grospiron de connaître le tueur et de le protéger. Comment, sinon, expliquer ce délai de sept jours entre le passage de la CX et le coup de téléphone de Mireille Grospiron à l'antenne de Creil ? Les reproches pleuvent : prévenus à temps, les policiers n'auraient pas « couvé » plus d'une journée la CX. Persuadé que les Grospiron avaient relevé le numéro de son véhicule, l'assassin n'allait tout de même pas le récupérer sous le nez des policiers !

Pourquoi tout ce cinéma parce qu'elles n'ont pas signalé en temps voulu le passage d'une voiture suspecte ? s'étonnent les deux jeunes filles et leur mère en sortant de l'antenne de Creil à la fin de la matinée. Depuis six mois la PJ les tient complètement à l'écart de l'enquête. Six mois que policiers et gendarmes se livrent une guerre sans merci dont ils font, eux, les Grospiron, les frais ! Alors un coup de téléphone en plus ou en moins, qu'est-ce que cela peut bien changer ?

3

24 janvier. Alain, au volant de la R 5 Alpine, choisit, pour faire le plein d'essence, le supermarché de Lacroix-Saint-Ouen, au bord de la RN 17. Et remet au pompiste le *sixième chèque Huon* au dos duquel il inscrit le numéro minéralogique de la voiture : 6853 KA 76. En face de la station-service, la gendarmerie locale qui était chargée du barrage de La Croisette-du-Meux. La nuit précédente, au cours de son service, Alain a fouillé dans la chemise des messages, au vu et au su des collègues, ce qui n'étonne personne. Un gendarme a-t-il besoin d'un renseignement sur l'affaire ? Il suffit qu'il s'adresse à Lamare qui a, officiellement, en permanence un dossier parfaitement à jour sur le deuxième tueur de l'Oise.

Que la R 5 Alpine ne figure pas sur la liste des voitures volées, voilà qui a surpris Lamare. Il ne l'a tout de même pas rêvé, ce barrage mis en place moins de deux heures après le vol ! Il appartient aux gendarmes de Gamaches de communiquer le numéro de la voiture à toutes les brigades de

Picardie ainsi qu'à la PJ de Lille. Ce qu'ils n'ont apparemment pas fait. Un oubli aussi grossier, cela se nomme une *bavure.* Quant aux fonctionnaires de police d'Abbeville, ils ne se sont pas vantés de leur poursuite manquée après la GS dans les rues de la ville. Par peur du ridicule, ils ont commis une faute. Deuxième bavure.

S'y ajoute une troisième qui les complète joliment ! Pas le moindre signalement de son passage rue Cavillé. Une semaine après son cirque avec la CX rouge devant le domicile des Grospiron, ceux-ci n'ont même pas pris la peine de prévenir la gendarmerie. Que l'un d'entre eux n'ait pas réussi à relever le numéro est pourtant impensable. Il faut croire qu'ils ont passé l'éponge. Étrange tout de même…

Pour un peu, Alain se sentirait invulnérable – mais pourquoi faut-il que la médiocrité de ses adversaires ternisse le mérite de son succès ? Et puisque décidément ce sont des incapables qui pataugent dans l'incompétence, c'est encore une fois Alain qui volera à leur secours.

La neige dessine sur les champs de terre brune un entrelacs de dentelle blanche. Alain file vers Pierrefonds, sur les routes encore verglacées parfois bordées de congères. S'enfonce dans le silence blanc de la forêt sous les hautes futaies. Jette dans les fourrés le livret de Caisse d'Épargne de Jean Depeyre plus une clé de l'appartement de fonction de l'instituteur de Guivry. Il le fait par esprit de curiosité, pour voir de quelle manière les enquêteurs vont utiliser cet indice qui vient s'ajouter à ceux qu'ils ont déjà recueillis dans la région de Compiègne-Pierrefonds. Il abandonne ce soir-là la

R 5 Alpine dans le quartier du quai d'Amont, prend le volant de sa petite voiture. Manège devenu pour lui, depuis longtemps, pur automatisme.

25 janvier. En troquant à Creil sa voiture contre l'Alpine, Alain note que la surveillance sur la CX va être incessamment levée. Cette décision des policiers tombe à pic. Alain va pouvoir leur donner un os à ronger, et quel os !

Passé Senlis, le long de la « Vieille Route » qui mène jusqu'au carrefour de la Table ronde, au centre de la forêt de Chantilly, Alain ralentit son allure. Des voitures vont et viennent, font demi-tour ou bien s'enfoncent dans des sentiers reculés, selon un étrange ballet. Des jeunes gens de l'âge d'Alain font les cent pas, à l'affût. C'est ici le lieu de rendez-vous de la communauté homosexuelle de tout le nord de la région parisienne. Tenter une fois l'expérience et coucher avec un homme, qui aurait de préférence les yeux bleus de Cavalier et sa carrure athlétique... Transgresser une seule fois l'interdit, par curiosité plutôt que pour le plaisir et pour braver la règle si banale de l'hétérosexualité. Comme chaque fois qu'il emprunte cette route, Alain se bat contre la rigidité de ses principes. Jamais encore il n'a eu le courage d'aller, une fois seulement, jusqu'au bout de son désir. Et, comme d'habitude, il se dérobe, redémarre et file droit devant lui. Pour dissiper ce sentiment de malaise, un seul moyen, se concentrer sur son objectif immédiat qu'il rejoint dix minutes plus tard : le viaduc SNCF surplombant la rivière Thève et les sept étangs de Commelles. Sur une pile du pont,

Alain inscrit en caractères d'imprimerie, à l'aide d'une bombe de peinture verte, ces mots : « Allez gare d'Orry-la-Ville. Cherchez voiture. » Suivis d'un point d'interrogation comme à la fin de chacune de ses lettres de menaces.

Puisque devant l'absence de mise en scène habituelle les inspecteurs n'ont pas attribué le vol de la R 15 « Profeta » au tueur, ils prennent cette inscription au pied de la lettre : dans la nuit du 25 au 26, Lamare et ses collègues ont ordre de patrouiller sur le parking d'Orry-la-Ville à la recherche d'une voiture volée ! À Alain encore une fois de mettre sur pied un plan pour raviver les souvenirs de ces policiers qui ont la mémoire courte au point d'oublier le premier épisode de son raid du 22 janvier : vol de trois voitures dont la R 15 « Profeta ».

Le lendemain *27 janvier*, Lamare et ses collègues sont informés par une note de la gendarmerie de Senlis que le deuxième tueur de l'Oise utilise trois chéquiers dérobés dans une voiture appartenant à M. Paul Huon. Excellente nouvelle pour Alain. Un bon point pour la PJ de Lille qui a pu faire le rapprochement, en toute logique, grâce au chèque remis au pompiste du garage Saint-Merri. À quelle date le patron du restaurant Le Clermotel remettra-t-il à sa banque le chèque Huon du 22 janvier ? Question essentielle pour la stratégie d'Alain. Dès la découverte de ce chèque, les policiers de Lille vont se mettre à chercher une R 5 Alpine qui ne figure pas sur la liste des voitures volées avec clé de contact au tableau de bord. Le personnel de l'établissement n'a peut-être pas relevé le numéro mais ils ont remarqué la voiture.

Alain le sait. Ils auront ainsi le moyen de le suivre à la trace, mais avec un certain retard, grâce aux chèques.

L'objectif d'Alain : que chaque fois les chèques soient tirés à proximité d'une gare pour accréditer l'idée que le meurtrier habite la région parisienne et qu'il prend le train pour commettre ses délits et crimes en Picardie. Qu'ils soient tirés dans des départements dépendant de services de police différents, de manière à faire courir les enquêteurs aux quatre points cardinaux, à semer le maximum de zizanie en un minimum de temps, ralentissant ainsi l'enquête.

Ce même samedi 27 janvier, sans perdre de temps, mettant à profit deux jours de permission, Alain repart à l'attaque.

Aux Thilliers-en-Vexin, dans l'Eure, il fait le plein d'essence, règle avec le *septième chèque Huon*, le date du lendemain, et inscrit au dos le numéro de l'Alpine. Seul chèque qui ne sera pas relié à une gare. Puis il s'abandonne au plaisir du tourisme : visite du Château-Gaillard aux Andelys, de l'abbaye de Mortemer au cœur de la forêt de Lyons : on prétend celle-ci hantée par des fantômes, ce qui n'est pas pour déplaire à Alain qui fait en vain le guet jusqu'à une heure avancée de la soirée, avant de se résigner à filer sur Rouen.

Alain règle son dîner ce soir-là de ses propres deniers. Extrêmement pointilleux, le jeune homme s'interdit, même sur le plan financier, de confondre ses deux vies. Aussi utilise-t-il un système complexe de double comptabilité. D'un côté le compte du Dr. Jekyll, le modeste salaire du gendarme Lamare qui subvient aux besoins d'un honnête homme. De l'autre le compte de Mr. Hyde – chéquiers volés, butin des hold-up – qui règle les frais de ses délits. La plus grande partie du butin dérobé à la poste de Sénarpont – 13 870 F – provisoirement enterré à la carrière Guinaut lui permet de faire face aux dépenses urgentes.

Alain s'endort à Dieppe, dans une chambre de l'Hôtel de la Plage, bercé par le ressac de la mer.

Dimanche 28 janvier. Dans un bosquet à l'entrée du village d'Ailly-le-Haut-Clocher, à proximité d'une rampe de lancement de V1 qu'il vient de visiter, Alain abandonne la carte verte d'assurance internationale de la CX « Depeyre ». Puis, après un nouveau saut de puce d'une dizaine de kilomètres, le jeune homme jette dans la forêt domaniale de Crécy un sac en plastique contenant une bonne partie des objets trouvés dans la R 15 « Profeta » : un sac à main de femme, l'attestation d'assurance de la R 15, des photos, une trousse de maquillage, deux trousseaux de clés.

À 13 heures, Alain prend place à la table familiale, dans le pavillon de Senlecques. Comment est-il venu ? lui demandent ses parents étonnés de ne pas voir la R 4. En auto-stop, répond avec aplomb le jeune homme qui, à peine la dernière bouchée avalée, gagne à pied le mont Sinaï où il a, ce matin, caché l'Alpine. Alain sort ses armes, se met à tirer, harcelé par l'image de sa mère. Il ne lui a pas écrit une seule lettre depuis le 1er janvier. Que pense-t-elle de lui ? Le considère-t-elle enfin comme un type bien, au même titre que son frère François-Xavier ? Ou bien continue-t-elle à nourrir des soupçons à son égard ? Alain tire, tire tout l'après-midi sans relâche.

La neige qui recouvre son paysage préféré, écrasé comme souvent sous un ciel blafard, étouffe le bruit des coups de feu. Lorsque la nuit tombe, le sentiment oppressant de sa solitude, une peur panique étreignent le cœur d'Alain. Il se sent privé de son passé, coupé de son avenir, sans feu ni lieu.

Lorsque son père, ce soir-là, lui demande de faire sauter un PV pour excès de vitesse, Alain refuse. « La loi est la même pour tous », lui rappelle-t-il fermement. Recourir à ce genre de passe-droit, tourner la loi pour un motif aussi mesquin lui semble désormais tout à fait ridicule, indigne de lui. Et puis, il a toujours eu une image de son père drapé dans son honnêteté comme dans un manteau de Noé. Cette image lui tient à cœur. Il s'en voudrait à mort de la ternir.

Lundi 29 janvier. Cap plein sud par les petites routes habituelles que happent par endroits des pans de brume. Rouvres, en Seine-et-Marne. Plein d'essence. *Huitième chèque Huon*, au dos duquel Alain inscrit le numéro du bolide noir.

Dammartin-en-Goële. Alain déjeune à l'auberge Saint-Fiacre. *Neuvième chèque Huon*.

Cergy-Pontoise, dans le Val-d'Oise. Achat d'un jerrycan militaire dans une station Mobil, à 200 mètres de la caserne blockhaus abritant le commandement du groupement de gendarmerie. *Dixième chèque Huon*, antidaté de la veille.

Creil. Fin de parcours. Sur le coup de minuit, Alain remise la R 5 Alpine dans le quartier du quai d'Amont, regagne ses pénates d'excellente humeur. Il a joint l'utile à l'agréable en passant une soirée particulièrement remplie à Paris : vu un film de Bruce Lee, fait son plein de revues militaires et de maquettes d'avion, signé sa présence à Cergy, à proximité de la gare de Pontoise, toujours à l'attention des enquêteurs.

Mercredi 31 janvier. Ayant rejoint dans l'après-midi le parking d'Orry-la-Ville avec sa R 4, Alain jette dans un bosquet, par la portière, sans prendre la peine de s'arrêter, une petite sacoche. À l'intérieur de celle-ci : l'attestation d'assurance de la CX « Depeyre », un *chèque Huon vierge, le onzième*, le permis de conduire de Mme Profeta, propriétaire de la R 15 retrouvée par le gendarme auxiliaire Henry sur ce parking.

Jeudi 1er février. Patrouille bien morne jusqu'à la fin de la matinée où une centaine de gendarmes ratissent, avec l'assistance d'un hélicoptère, les abords de la gare d'Orry pour tenter de mettre la main sur l'agresseur d'une femme assommée à coups de barre de fer. Branle-bas de combat inutile : pas la moindre trace de l'agresseur. En revanche, la sacoche sera retrouvée, dans l'après-midi seulement, par l'un des employés de l'EDF effectuant des travaux sur le parking et qui la remettra en mains propres aux gendarmes de Chantilly. Tous les services de police sont passés et repassés des heures durant le matin même sans mettre le nez dans le bosquet.

Le lendemain *vendredi 2 février* : une note du groupement de gendarmerie de Beauvais tombe sur le bureau de Cavalier qui la lit à haute voix devant ses hommes réunis : « Le deuxième tueur de l'Oise circule à bord d'une R 5 Alpine noire immatriculée 6853 KA 76 volée le 22 janvier à Gamaches, identifiée grâce à un chèque Huon. »

Pour la première fois, cette découverte semble secouer l'apathie des collègues de Lamare. Les voilà qui s'excitent et crient : « Ça y est ! On le tient, ce salaud ! On sait enfin à bord de quelle voiture il circule ! »

Écœuré par leur balourdise, Alain, qui a levé de son plein gré le voile sur une partie de ses actions, décide au même moment de réduire à néant cette victoire qu'il vient de leur offrir sur un plateau, et de montrer du doigt aux gendarmes leurs fautes de parcours. Il va les mener en bateau avec une R 5 Alpine fantôme. Grâce à un numéro minéralogique qu'il a dans la tête depuis le 29 décembre : celui de la voiture d'un postier dans le garage d'un pavillon de Rhuis où il s'était caché pour échapper à ses collègues au soir de la battue de Verberie. Rira bien qui rira le dernier.

L'après-midi même, Alain, ayant récupéré la R 5 Alpine dans le quartier du quai d'Amont, rejoint la forêt de Hez-Froidmont et maquille, à l'aide d'un jeu de chiffres et de lettres autocollants, le numéro du bolide noir désormais immatriculé 837 RS 60.

Il commet ce jour-là sa première erreur : oublie d'effacer ses empreintes digitales.

Lundi 5 février. Très tôt ce matin-là, le petit bolide noir prend la route. Son conducteur a devant lui cinq jours de permission. Cinq jours pour terminer en beauté l'épisode de la R 5 Alpine qui va être recherchée avec acharnement en Picardie, alors qu'Alain a des visées ailleurs. Cinq jours de liberté, peut-être les derniers.

Douzième chèque Huon pour régler un plein d'essence dans une station-service de Persan, dans le Val-d'Oise, qui présente l'avantage de se trouver à proximité d'une gare où convergent la ligne de Beauvais et celle de Creil. Le pompiste n'a pas noté le numéro du véhicule. En fin de matinée, l'Alpine est abandonnée à Boulogne-sur-Mer. Alain gagne en stop Senlecques. Il a dans la poche de sa veste la preuve qu'il est devenu un adulte. Un homme comme François-Xavier. Il tient à remettre lui-même à sa mère l'édition de *L'Oise Matin* du samedi 3 février. « De jour comme de nuit, le PSIG de Chantilly veille sur vous. » Sous ce titre en gros caractères, un article qui couvre la moitié d'une page de journal, illustré par deux photos, à la gloire de son unité. Alain s'est pour la première fois de sa vie laissé photographier avec plaisir. Dans la cour de la brigade et dans l'exercice de ses fonctions. Lorsqu'il lui tend le journal, sa mère ne fait aucun commentaire. Elle sourit simplement. Alain le lendemain matin emporte ce sourire avec lui.

6 février. Objectif de la matinée : Abbeville. But de l'opération : vérifier si les services de police font leur travail. À qui se fier sinon à lui-même ?

Ayant garé sa voiture loin du centre, le jeune homme gagne à pied la place de l'hôtel de ville, passe en revue les rues adjacentes, jette un rapide coup d'œil dans les cafés alentour. Il reconnaît une dizaine d'inspecteurs de la PJ de Lille. Découvre des voitures banalisées stationnées dans les quatre rues principales convergeant sur la place : les quatre axes de fuite possible en cas de vol d'un véhicule. Un dispositif de même ordre doit être installé aux principales sorties de la ville pour « filer » la R 5 Alpine ou toute autre voiture volée.

Alain quitte Abbeville comme il y était entré, c'est-à-dire à l'aide d'une carte d'état-major et d'un plan de la ville de manière à éviter les grands carrefours. Pour une fois satisfait du comportement de ses adversaires.

Déjeuner au restaurant Le Cygne à Gisors, dans l'Eure. La gare est située sur la ligne Paris-Le Tréport qui passe par Sénarpont et Gamaches... Ce n'est pas vraiment le hasard. *Treizième chèque Huon* pour régler le repas. *Quatorzième chèque Huon* pour régler le plein d'essence avant de rentrer dans le département de l'Oise.

Objectif de l'après-midi de ce 6 février : Compiègne. Assis à la terrasse d'un bistrot, Lamare jouit du spectacle : il recense une dizaine de policiers qui, emmitouflés dans leurs parkas, vont et viennent de chaque côté du pont de l'Oise. D'autres font le guet, enfermés dans leurs voitures. Le commissaire Gréco est tombé à pieds joints dans le piège tendu par Alain avec les deux chèques Huon tirés il y a vingt jours : le premier à l'Hôtel de Flandres, à quelques mètres du pont, le second au garage Saint-Merri, situé un peu plus loin.

Nul n'ignore certes que c'est à Compiègne que le tueur a pris Andrée Poirée en stop, mais l'importance de la mobilisation policière laisse à penser que les policiers auraient fait le lien entre le vol de la 504 en août et l'agression manquée contre Patricia Cieslak ainsi que la jeune cycliste, la veille du meurtre de Yolande Raszewski. Tout arrive, pense Alain, sarcastique, en sirotant son Vittel-cassis. Eh bien ! qu'ils persévèrent ! Quant à lui, il va prendre quelques jours de vacances bien méritées à l'autre bout de la France. Il quitte Compiègne sans regret.

Mercredi 7 février : la R 5 Alpine prend la route de l'Est, en direction de Mulhouse. Reims. Verdun. Nancy. Alain erre longtemps dans le vieux quartier de cette ville inconnue. À son sentiment de solitude s'ajoute une idée qu'il ressasse depuis plusieurs jours et qui lui paraît aujourd'hui évidente : il est un « étranger ». À la brigade de Chantilly comme dans le pavillon de Senlecques, chez son frère François-Xavier comme au mont Sinaï. Étranger et condamné à le demeurer. Enfermé dans son propre jeu de mort. Sous la bruine qui s'est mise à tomber en même temps que la nuit, la place Stanislas lui apparaît belle mais trop sévère. Alain se recroqueville, remonte le col de sa veste, décidé à satisfaire sa dernière envie : coucher dans le grand lit d'une chambre de luxe. Il a passé la nuit dernière sous la tente dans un bois. Ce soir il s'offre une chambre au Sofitel avec télévision en couleurs, radio et réfrigérateur. Juste en face de la gare. Le contraste de ses nuits lui plaît, comme celui de ses jours, et le sentiment de vivre plusieurs vies à la fois. Il paie ses rêves sur ses propres deniers de petit gendarme.

Jeudi 8 février : Alain règle un plein d'essence dans une station-service Esso de Toul. *Quinzième chèque Huon*. Pour le plaisir de poser une colle à ses poursuivants, en laissant sa carte de visite en Lorraine au moment où ceux-ci le cherchent en Picardie.

Tandis qu'il tourne en rond tout le jour au milieu du parc naturel régional, Alain sent la peur peu à peu le reprendre. Le silence de François-Xavier depuis un mois l'intrigue. Son frère aîné se doute de quelque chose, mais il répugne à le dénoncer, se refuse à alarmer leur mère en lui faisant part de ses soupçons. Affronter son aîné est au-dessus des forces d'Alain aujourd'hui. Sa décision est prise : il n'ira pas rejoindre les siens à Mulhouse. Il rebrousse chemin.

Vendredi 9 février : Alain signe le *seizième chèque Huon* pour régler son dîner de la veille et sa nuit à l'Hôtel de l'Ours à Coulommiers, en Seine-et-Marne.

Signe le *dix-septième chèque Huon* sur le chemin du retour vers Chantilly dans une station-service de L'Isle-Adam, dans le Val-d'Oise. Inscrit au dos de celui-ci le faux numéro de la R 5 Alpine 837 RS 60. Pourquoi ce plein d'essence à L'Isle-Adam ? Parce que la gare est située sur la ligne Pontoise-Creil.

Ce soir-là, après cinq jours d'absence, Lamare retrouve ses collègues toujours aussi motivés par la recherche de la R 5 Alpine, garée par Alain à la périphérie de Creil quelques heures plus tôt.

Insupportable lui apparaît la monotonie des patrouilles et la médiocrité du travail que l'on attend de lui après cette échappée qu'il vient de s'offrir.

Lundi 12 février : la R 5 Alpine totalisait 2 000 kilomètres environ au compteur le jour du vol. Elle en compte aujourd'hui plus de 5 000. Depuis quelques jours le voyant d'huile s'est allumé, mais une vidange est exclue en raison des risques que cela représente pour Alain. Le jeune homme a conscience d'avoir effectué le rodage de cette voiture d'une manière un peu brutale mais il s'en voudrait de saboter définitivement le moteur de cette petite merveille. Aussi décide-t-il de l'abandonner, après avoir procédé à la mise en scène habituelle. Cette fois, il sort le grand jeu : sur le tapis du sol, treize clés de voitures ou de domiciles, un PV pour stationnement illicite à Toul, des factures de restaurant correspondant aux chèques Huon. Sur la banquette avant, la carte d'identité de Mme Profeta et la carte grise de sa R 15, des paquets de Gitanes filtre. Sur la banquette arrière, des feuilles séchées, des emballages vides d'Aspro, un bidon d'huile. Il a auparavant brûlé les housses des sièges avec une cigarette.

À 11 heures du matin, au moment où il effectue un passage de sécurité quai d'Amont dans l'idée d'y laisser la voiture, surgit dans son rétroviseur une 504 blanche qui manifestement accélère pour ne pas perdre de vue la R 5 Alpine. Le bolide bondit à son tour sur l'asphalte où il n'y a plus trace de neige, prend la première rue à gauche, puis tourne à droite. Rien à faire, la 504 colle à ses roues.

Alors, sans hésiter, Alain s'engage dans un premier sens unique, puis un second, puis un troisième. La 504 semble avoir disparu mais il ne fait aucun doute que ses occupants ont prévenu leurs collègues par radio. Quelques secondes plus tard, Alain abandonne l'Alpine couverte de poussière et de boue à un kilomètre environ à vol d'oiseau du quai d'Amont, à hauteur du 2 de la rue Gambetta, artère centrale de l'agglomération Creil-Nogent-sur-Oise-Montataire. Il ne s'attarde pas, récupère 500 mètres plus loin sa propre voiture.

Jamais Alain ne s'est tant amusé. Le petit bolide noir, c'est l'outil chimérique grâce auquel il a, vingt-deux jours durant, pu rêver qu'il était un homme fort et qu'il était libre. Vingt-deux jours jalonnés de succès, où le jeune homme s'est joué de ses adversaires. Son chant du cygne peut-être, comme semble l'annoncer un cauchemar qui le réveille en sursaut à l'aube du *mardi 13 février*.

Il se trouve en patrouille avec Hourdé, peu après son affectation à la brigade de Clermont, à la sortie de l'école de gendarmerie. Tous deux tombent sur un vagabond errant au bord d'une route. Hourdé décide de contrôler les papiers d'identité de l'individu. Celui-ci prétend ne pas en avoir. Tous deux le fouillent et trouvent un pistolet Beretta 9 mm court dans l'une de ses poches. Pris de panique, l'inconnu les supplie de le laisser partir, en échange de quoi il leur abandonne l'arme à feu. Hourdé empoche le pistolet tandis que le vagabond s'enfuit à travers champs.

L'irruption soudaine de ce cauchemar, n'est-ce pas le signe qu'il risque d'être identifié dans les jours à venir ? Précisément à cause du Beretta. Le danger ne peut pas venir de Chantilly. Plusieurs de ses collègues ont vu ce pistolet, ont même tiré avec, mais Alain, parce qu'il vit tous les jours au milieu d'eux, est par définition insoupçonnable. En outre, aucun contrôle de l'emploi du temps des hommes de son unité n'a été effectué, sinon il serait déjà arrêté. En revanche, il est encore très connu à Clermont où un portrait-robot réussi pourrait décider un gendarme à faire le rapprochement, puisqu'il a, à l'époque, montré l'arme à plusieurs de ses collègues. Or cette compagnie a maintenant à sa tête le capitaine Pineau.

Ce cauchemar lui colle à la peau lorsque, passant rue Gambetta à midi, ce matin-là, il aperçoit une nuée de policiers autour de la R 5 Alpine. Il l'a échappé belle la veille !

Alain cependant a mis ses adversaires échec et mat, leur a fait un joli pied de nez : volée un 22 janvier, la R 5 Alpine a été abandonnée exactement vingt-deux jours plus tard, conformément à son plan.

4

Que font les services de police entre le 27 janvier et le 13 février, sous le commandement – purement théorique – de Marie Brossy-Patin ? Ils reprennent des forces.

Le jeudi 1er février a lieu à Saint-Just-en-Chaussée une mystérieuse réunion présidée par le colonel Soulé, commandant du groupement de gendarmerie de l'Oise. Sous une couverture officielle, se cache un motif confidentiel. A-t-il été procédé, *oui ou non*, à la vérification de l'emploi du temps du personnel en fonction des agissements du deuxième tueur de l'Oise, selon l'ordre donné par le colonel lui-même à Clermont le 10 janvier ? La question est posée à chacun des quatre commandants de compagnie présents. Chacun répond par l'affirmative, y compris Colson qui ne compte plus une entorse de plus ou de moins à la vérité, toujours soutenu, bien sûr, par l'adjudant Citerne. Tous les contrôles se sont révélés négatifs, ajoutent en chœur ces messieurs. La séance peut donc être levée, pour le plus grand soulagement de chacun. Elle a duré quelques minutes à peine.

Avoir un gendarme assassin dans les rangs de son unité, c'est comme si on lui disait que l'un de ses fils est devenu un meurtrier. Aussi, à bord de sa R 16 qui le ramène à Beauvais, le colonel Soulé se félicite-t-il du résultat de cette réunion, de la conscience professionnelle de ses hommes. De celle du capitaine Pineau en particulier. Les nuits du colonel ne seront plus peuplées de cauchemars. Il peut dormir sur ses deux oreilles. Il a exigé toutefois de ses subordonnés que ces contrôles demeurent ignorés de tous. Même de Mme Brossy-Patin. Pourtant selon la loi, c'est à elle en tant que magistrat instructeur que doivent être transmises toutes les informations.

Si le colonel Soulé est un homme heureux ce jeudi 1er février, ce n'est pas le cas de Marie Brossy-Patin. En rentrant chez elle, à la nuit tombée, la jeune femme a failli passer sous une voiture. Si elle n'avait pas eu la présence d'esprit de se plaquer contre le mur, elle était renversée par un chauffard qui roulait à tombeau ouvert dans ces ruelles étroites de Senlis. Elle a immédiatement pensé : le deuxième tueur de l'Oise. Pourquoi pas lui, après tout ? Juste l'incident en trop qui fait que la raison dérape, et que l'emporte l'angoisse. À force de vivre depuis quatre ans avec des cadavres et des photos d'autopsie, cela peut se comprendre.

Pressée par son mari, elle a lâché ce qui depuis longtemps était retenu : une peur diffuse, un malaise indéfinissable, des soupçons incontrôlés. Tous sont devenus suspects autour d'elle ces derniers temps. La nuit comme le jour, il lui semble que rôde près d'elle la présence du tueur. Enfin elle explique, ce soir aussi, sa révolte contre ce complot d'hommes qui depuis des années sabotent son travail, et le sentiment qu'elle en retire d'une injustice écrasante. La jeune femme veut une arme à feu. Elle supplie son mari de demander dès le lendemain à Colson un permis de port d'armes.

Si le colonel Soulé avait téléphoné à la jeune juge, peut-être l'eût-il aidée à se ressaisir en lui apportant la preuve qu'elle n'était pas toute seule à se battre, qu'il n'était peut-être pas impossible après tout d'éviter une nouvelle victime ?

Dès le lendemain, Marie Brossy-Patin achète un revolver et obtient du commissariat de Senlis que deux de ses gardiens de la paix, surnommés « Double Patte » et « Patachon », surveillent désormais sa fille Clémence lors de ses déplacements.

La trêve est de courte durée. Ce soir-là, la colère succède à la peur. À cause d'un coup de téléphone de Jacob. L'assassin circule depuis douze jours à bord d'une R 5 Alpine noire, lui annonce le commissaire. Enfreignant les règles strictes données par la juge, la gendarmerie a omis de signaler ce vol avec clé de contact au tableau de bord. Le résultat de cette omission : sept jours de planque inutile sur la CX, l'impossibilité de reconstituer le puzzle de cette journée du 22 janvier – plutôt chargée – du meurtrier.

L'auteur de cette bavure ? Le commandant Mathiot, adjoint au commandant de groupement de gendarmerie de l'Oise, chargé depuis le début de l'affaire de la diffusion des messages liés à la poursuite du deuxième tueur de l'Oise à l'échelle de la Picardie. Le 22 janvier, il a bien déclenché une couverture en surface, mais il a tout simplement oublié de signaler le vol de l'Alpine à la PJ de Lille, à l'antenne de Creil, et aux gendarmes concernés. Une vive altercation a lieu au téléphone entre la juge et le colonel Soulé : « Vous avez laissé passer une belle occasion d'arrêter l'assassin. S'il commet un nouveau meurtre, vous en serez responsable », conclut-elle, exaspérée. Puis, en accord avec le commissaire Gréco, elle exige qu'une surveillance permanente soit établie le plus rapidement possible par la PJ de Lille, place de l'hôtel de ville à Abbeville, ainsi qu'aux abords du pont de l'Oise à Compiègne, deux points qui semblent particulièrement prisés par l'assassin.

Pour la première fois pourtant, les enquêteurs savent à bord de quelle voiture circule ce dernier. Ils le suivent à la trace grâce aux chèques Huon, avec le concours des commerçants mis en garde par la distribution d'affichettes. Mais Marie Brossy-Patin ne se fait guère d'illusions. Le semeur de chèques a douze jours d'avance sur elle.

3 février. Décidément l'affaire de la R 5 Alpine n'en finit pas de faire des vagues. Ce jour-là, le patron du Clermotel reçoit la visite du capitaine Pineau et de plusieurs de ses gendarmes. Colombo présente au restaurateur ainsi qu'à son personnel une vingtaine de photos parmi lesquelles il a astucieusement glissé celle d'un fonctionnaire de Beauvais qui, arrêté devant son domicile dans le plus simple appareil, a déclaré aux gendarmes qu'il était le deuxième tueur de l'Oise. Le visage de ce fonctionnaire offre-t-il quelque ressemblance avec celui du conducteur de l'Alpine ? C'est *officiellement* le seul motif de la présence de Colombo au Clermotel ce jour-là. Beau prétexte pour mener à bien ses investigations tout en respectant à la lettre le code de procédure pénale.

Personne ne reconnaît le fonctionnaire comme pouvant être le tueur. En revanche, serveurs et serveuses se déclarent tous frappés par une certaine ressemblance entre le conducteur de la R 5 Alpine et un ex-gendarme de Pont-Sainte-Maxence… Le capitaine rédige aussitôt un procès-verbal de renseignement judiciaire à l'intention du procureur de la République de Beauvais.

En réalité, Pineau a une autre idée derrière la tête. Comment le commissaire Jacob a-t-il remonté jusqu'à la R 5 Alpine ? Ce qui intéresse le capitaine, c'est de l'apprendre de la bouche du patron :

— Un chèque Huon, lui dévoile celui-ci, mais je ne vous ai rien dit, que cela soit bien entendu : les inspecteurs de Lille m'ont ordonné de ne révéler en aucun cas l'existence de ce chèque à la gendarmerie.

Le capitaine quitte le restaurant hors de lui. C'est bien ce qu'il pressentait : la PJ continue de travailler dans son dos.

Selon le patron du Clermotel, l'inconnu s'est présenté vers 20 heures. À partir de cette précision, le capitaine n'a pas de mal à reconstituer le parcours du client suspect. Arrivant de Gamaches par des routes départementales, la R 5 Alpine a dû forcément déboucher sur la RN 31 au milieu de la forêt de Hez-Froidmont pour éviter un barrage installé plus au nord. Son conducteur a alors aperçu de loin, à l'entrée de Clermont, le barrage établi par les gendarmes à cette heure précise. Il ne s'est pas affolé et a pris une rue sur la gauche pour rejoindre le Clermotel, attendant tranquillement que la « couverture en surface » soit levée.

Ce prodigieux sang-froid s'expliquerait parfaitement si le meurtrier était un ancien gendarme de la compagnie de Clermont.

Dimanche 4 février. Cette journée de repos dominical commence très mal pour le commissaire Jacob. Ayant appelé le patron du Clermotel pour obtenir quelques précisions supplémentaires, il apprend incidemment par celui-ci la visite du capitaine Pineau. Ainsi ce petit officier de gendarmerie a bel et bien essayé, une fois de plus, de le doubler ? Hé bien ! On va voir ce que on va voir ! décide ulcéré Jacob qui obtient de Mme Brossy-Patin qu'une réunion de coordination ait lieu le lendemain même à 14 heures au tribunal de grande instance de Senlis en présence du capitaine Pineau. Une véritable conjuration s'établit alors entre le commissaire et ses inspecteurs avec la complicité de Colson et de Citerne pour intoxiquer la jeune juge. L'objectif des conjurés : mettre au tapis ce gêneur de Pineau.

Colombo n'est pas dupe. Ça va être sa fête. Aussi se rend-il à cette « séance de travail » avec le code de procédure pénale dans la poche gauche de sa veste, le Code pénal dans la poche droite. Marie Brossy-Patin achève de faire le point de l'enquête lorsque le capitaine fait son entrée avec une demi-heure de retard. Autour de la longue table rectangulaire, l'inspecteur Neveu, le commissaire Jacob, un sexagénaire barbichu inconnu de Pineau, la jeune juge, le commandant Colson, le commandant Mathiot, les capitaines Pottier et Fournaise, le chef Sapin de la section de recherches de la gendarmerie d'Amiens, l'adjudant Citerne et M. Gérard, substitut du procureur de la République de Senlis. Malgré les regards des onze participants braqués sur lui, le retardataire jubile. Ils risquent d'être déçus. Marie Brossy-Patin passe à l'attaque :

— Capitaine Pineau, avez-vous oui ou non établi des pièces de procédure dans le cadre de l'affaire du Clermotel à la suite de la découverte du chèque Huon tiré par le tueur il y a quinze jours dans cet établissement ? lui demande le magistrat de sa voix toujours aussi douce.

— Apprenez, Madame la Juge, qu'en tant qu'officier de police judiciaire, rétorque le capitaine hors de lui, je ne dépends pas du parquet de Senlis ou de vous mais uniquement du parquet de Beauvais. C'est pourquoi je ne vous connais pas aux yeux de la loi...

— Capitaine Pineau, on ne va pas tourner autour du pot, s'insurge le sexagénaire barbu. Avez-vous, oui ou non, interrogé des membres du personnel du Clermotel à propos du chèque Huon ?

— Mais, Monsieur, qui êtes-vous ? demande fort civilement l'officier de gendarmerie.

— Je suis monsieur Gourraud, procureur de la République de Senlis, réplique le magistrat visiblement exaspéré tandis que l'assistance retient son souffle.

— Monsieur le procureur de la République de Senlis, si vous avez des reproches à me faire, adressez-vous directement à mon seul supérieur en matière de police judiciaire, votre collègue le procureur de la République de Beauvais. Sachez cependant, ajoute Pineau qui martèle ses mots sans hausser le ton, que je suis assez ancien dans la profession, contrairement à certains, pour connaître mes devoirs et mes droits. Je veille scrupuleusement à ne pas les dépasser et j'ai une conception non restrictive du code de procédure pénale, qui ordonne à la gendarmerie de prévenir les autres services de police en cas de crime ou délit se produisant sur sa zone de compétence. Je me permets toutefois de vous faire remarquer que ce même code prévoit cet échange d'informations en sens inverse. Voilà tout ce que j'avais à vous dire.

Cette défense du commandant de la compagnie de Clermont ressemble bien à une attaque à peine voilée à l'adresse de la PJ de Lille. MM. Gourraud et Gérard ainsi que Marie Brossy-Patin ne s'y trompent pas, qui restent bouche bée, tandis que Mathiot et Pottier s'efforcent de calmer leur collègue.

Poursuivant cette séance houleuse, parfaitement inefficace en ce qui concerne « l'affaire », le magistrat désabusé souligne les principaux points de l'enquête :

1. Le PSIG de Chantilly est prié de reprendre la planque d'Orry-la-Ville.

2. C'est la PJ de Lille qui doit être prévenue de jour comme de nuit en cas de voiture volée avec clé de contact au tableau de bord.

3. Il est interdit à quiconque de toucher au véhicule avant l'arrivée des policiers de ce service sur les lieux.

4. Enfin, la liste spéciale des voitures volées englobe désormais non seulement les trois départements picards, mais également le Val-d'Oise, l'Eure, la Seine-Maritime, le Pas-de-Calais et la Seine-et-Marne.

De son côté, le commissaire Jacob rappelle que la PJ de Lille a envoyé un télex à tous les services de police leur demandant d'interpeller avec la plus grande prudence le tueur, c'est-à-dire le conducteur de la R 5 Alpine 6852 KA 76.

Pineau a tendu l'oreille. Il sort placidement de sa poche un petit bout de papier sur lequel est inscrit le numéro 6853 KA 76…

Le capitaine préfère se taire. On va l'accuser de vouloir encore ridiculiser la PJ de Lille ! Pourtant, il a sous les yeux la preuve que ces fonctionnaires se sont révélés incapables de relever correctement le numéro qu'il leur avait donné. Il quitte la salle avant la fin de la réunion, ne salue personne. Son procès a avorté. La séance de travail sombre ensuite dans l'énoncé de généralités, de vœux pieux.

Vendredi 9 février : malgré la poursuite des recherches, la R 5 Alpine reste la voiture fantôme. La gendarmerie, croyant tenir un suspect à Compiègne, a fait appel de son propre chef au

GIGN. Interpellé à 13 heures, l'individu est rapidement mis hors de cause et libéré. Ce n'est que lorsque cette piste se sera effondrée que la PJ et la juge seront informées de « l'affaire ». Ce nouvel espoir déçu aboutit à une belle recrudescence de la guerre des polices, ce qui n'étonne guère Marie Brossy-Patin, bien obligée de constater que les gendarmes s'acharnent à faire le contraire de ce qu'elle attend d'eux.

Mardi 13 février, la R 5 Alpine est découverte dans la rue centrale de l'agglomération de Creil-Nogent-sur-Oise par la gendarmerie qui avertit, en début d'après-midi, Marie Brossy-Patin. La version qu'on lui donne est la suivante : alertés par un coup de téléphone signalant cette voiture comme suspecte, les policiers de Creil, débordés de travail, ont appelé à la rescousse leurs collègues de la gendarmerie. Rendus aussitôt sur place, ceux-ci ont constaté que le numéro minéralogique de la R 5 Alpine était en fait celui d'une banale R 5 appartenant à un postier de Rhuis, commune située près de Verberie.

La vérité est toute différente mais ni la juge, ni le procureur de la République de Senlis, ni la gendarmerie, n'en ont été avertis par la PJ. En réalité, la veille, vers 11 heures du matin, quai d'Amont, un véhicule de la police parisienne a poursuivi la R 5 Alpine. Très vite le petit bolide a réussi à semer la grosse berline en prenant des rues étroites en sens unique et les policiers ont dû abandonner. Ils n'ont pas réussi à relever le numéro de la mystérieuse R 5 Alpine noire, maculée de boue et de poussière, méconnaissable. La suite ? Les autorités judiciaires et policières la connaissent.

Ce même mardi soir, Gréco bombe le torse : ses gars ont réussi à relever les empreintes digitales du tueur derrière les autocollants du faux numéro. Et tous les objets et indices découverts à bord de la voiture relient ce vol aux précédents. Toutefois, l'ensemble des factures de restaurants parisiens retrouvées sur la banquette arrière laisse à penser au commissaire que l'assassin habite Paris et qu'il utilise le train pour se rendre sur les lieux où il commet ses forfaits. Gréco ne change pas d'un iota sa direction d'enquête.

Quant à l'inspecteur Neveu, il voit ses convictions progresser singulièrement. En outre, un fait, anodin aux yeux de ses collègues, trouble Maigret : il s'agit de la découverte dans la R 5 Alpine d'un paquet de Gitanes filtre blanches contenant encore douze cigarettes. Un fumeur, selon l'inspecteur, n'oublie pas un paquet à moitié plein dans une voiture, pas plus qu'il n'y laisse des paquets vides et intacts. En bref, Maigret est définitivement convaincu que le tueur n'est pas un fumeur. Un simulateur, oui.

Autre raisonnement de Maigret : la R 5 Alpine est la quatrième voiture de cet assassin découverte dans l'agglomération de Creil. Trois autres véhicules ont été abandonnés par lui sur le parking d'Orry-la-Ville. Enfin, la 504 Prigent, *elle*, a été retrouvée juste à mi-distance entre Creil et Orry-la-Ville, c'est-à-dire Chantilly, très exactement au carrefour des Ripailles. Or, curieusement, cette voiture est la seule à ne pas être revendiquée par l'assassin. Pourquoi s'en serait-il privé ? À moins d'être un gendarme domicilié à Chantilly ? Pure question de mathématique pour l'inspecteur : la cité des Condés se trouve à 8 kilomètres au sud de Creil et à 9,5 km au nord d'Orry-la-Ville, avec une gare pour chacune de ces trois villes, sur la ligne Paris-Lille.

Huit véhicules sont abandonnés sur cet axe. Un neuvième à Compiègne. Un dixième à Gamaches : c'est logique. Un onzième, enfin, près de Verberie, juste avant la battue. Maigret est sûr de lui, mais Maigret préfère se taire, toujours pour les mêmes raisons. Condamné depuis sept mois par l'administration à rester passif.

5

Jeudi 15 février. Les titres à la une des journaux et les photos à l'appui, montrant avec quel luxe de précautions les démineurs ont ouvert la voiture, portent Alain au comble de l'euphorie. Hormis le cadeau – involontaire – de ses empreintes aux enquêteurs, il a réussi à brouiller les cartes en envoyant les services de police sur de fausses pistes et jusque dans l'est de la France. Le jeune homme est à cent lieues de se douter de la progression des déductions de l'inspecteur Neveu. À la conviction, hier, que le tueur est un gendarme s'ajoute aujourd'hui pour Maigret celle qu'il habite Chantilly.

Sur le calendrier BNP accroché au mur du séjour, des dates cochées, deux inscriptions. Jeudi 15 février : régler premier tiers provisionnel. Vendredi 16 février : voir Corinne.

C'est la première fois depuis quatre ans qu'Alain paye ses impôts, et de faire face ainsi à ses obligations de citoyen lui procure un sentiment de fierté. Il est moins fier en revanche du capharnaüm qui règne chez lui. Dans l'appartement 176 de la cité Lefébure, le désordre jusque-là réservé à sa chambre secrète a contaminé chaque mètre carré. Pas un pouce de sol propre. Verres et assiettes sales, tas de journaux sont partout répandus. Mais c'est la quantité de canettes vides qui impressionne particulièrement Alain. Il observe quotidiennement, avec une sorte de détachement lucide, sans pouvoir y mettre fin, cette image de sa déchéance : lui qui buvait peu, si rarement, et qui montrait du doigt les alcooliques en uniforme. Corinne lui manque à bien des égards.

Vendredi 16 février. Alain et Corinne déjeunent en tête à tête à Compiègne à l'Hôtel de Flandres, à quelques mètres de la « planque » de la PJ. Le jeune homme, qui observe son invitée en douce, est bien obligé de reconnaître qu'avec son visage sans fard d'adolescente sage, elle est loin de ressembler à ces « louves affamées et peintes », fustigées avec un si cinglant mépris par son maître à penser. Aussi lorsque la jeune fille, avec l'audace des timides, encouragée peut-être aussi par deux verres de brouilly, lui pose tout de go la question : « Et si je te demandais de m'épouser ? Est-ce que tu accepterais ? », Alain répond « Oui » sans la moindre hésitation. Dr. Jekyll a envie de se débarrasser de Mr. Hyde. Le succès de sa dernière équipée est difficile, voire dangereux à égaler. Alain s'est au fond prouvé à lui-même de quoi il était capable. Que peut lui apporter de plus sa guerre sinon le plaisir de se faire arrêter pour que le reste du monde sache enfin...

Mais pour mettre un terme à ce jeu de cache-cache avec la mort qui l'entraîne toujours plus avant, il lui faut franchir un obstacle. Or curieusement, aujourd'hui, pour mériter une compagne comme Corinne, il se sent le courage d'affronter ce qui l'a toujours empêché d'être un homme : son infirmité sexuelle. Ils n'ont, jusque-là, depuis deux ans, échangé que de chastes baisers. Ensemble, ils échafaudent des projets, découvrent dans l'après-midi en visitant un supermarché de l'ameublement à Rantigny leur goût commun pour les meubles rustiques. Avec Corinne appuyée contre son épaule, il contemple les étoiles à la nuit tombée au-dessus de la forêt de Hez-Froidmont, sur fond musical grâce à l'autoradio de la voiture. Sur le chemin du retour, Alain pose sa main droite un peu au-dessus des genoux de la jeune fille. Une main plus sûre d'elle qu'il y a neuf mois. Une main qui voudrait caresser et qui pourtant n'ose pas encore.

Samedi 17 février, 2 heures du matin. Reprise du service. Le rêve se brise, les châteaux en Espagne s'écroulent. Et ce, à la lecture d'une note interne de la gendarmerie diffusée la veille. Sous le titre : « Rechercher auteur agression Oise », ce message donne des instructions très précises sur les mesures à observer en cas de découverte d'un VL[1] volé avec clé sur le tableau de bord. Alain y voit immédiatement la main de la PJ, la réaction de celle-ci à son raid du 22 janvier, ainsi qu'à la bavure liée à la R 5 Alpine. Non seulement ses

1. Véhicule léger.

collègues et lui-même doivent servir de chair à pâté au tueur en multipliant les couvertures en surface, mais on les prend ouvertement pour des demeurés, ils sont dorénavant considérés tout à fait officiellement comme les « boys » de la PJ. Un vent de révolte souffle ce matin-là, au retour de patrouille, parmi ses collègues.

Une idée, encore une, germe d'un coup dans la tête de Lamare, repris corps et âme par ses démons.

Couler des jours heureux auprès de Corinne, ce n'est pas pour tout de suite. Il repousse à plus tard cette tentation de marcher vers sa libération. À la brigade et au PSIG de Chantilly, le laisser-aller a également dépassé les bornes. C'est à Lamare de faire le ménage. L'idée est simple comme bonjour : il lui suffit de créer une situation qui corresponde aux consignes de la note n° 231 M : la découverte d'un VL volé, clé de contact au tableau de bord. Persuadés qu'ils sont de pouvoir prendre le tueur au collet tout seuls comme des grands, Colson et Citerne ne respecteront pas un seul instant les consignes. De cela, Alain est sûr. Il en résultera une nouvelle bavure qui, à son tour, provoquera une enquête interne de Cavalier au sein du PSIG. Grâce à quoi pourra enfin se faire ce resserrement indispensable de la discipline. Toujours cette vieille marotte de Lamare : redorer le blason de la gendarmerie.

L'opération se fera le *19 février*, jour choisi en fonction de celui qui sera ce soir-là son chef de patrouille, Yves Locray, un colosse rondouillard qui aime un peu trop la bière blonde. Parce qu'il représente tout ce que Lamare abhorre chez certains gendarmes, tout ce qui abaisse l'homme et le rend indigne de porter l'uniforme, c'est lui, Locray, qui fera les frais de l'opération.

Samedi 17 février, 16 heures. Gisors, dans l'Eure. *Douzième vol de voiture*, une 604 verte, abandonnée en double file, moteur tournant, par sa propriétaire. Plein d'essence à Écouen, dans le Val-d'Oise. Au mur de la station Shell, une affichette met en garde les commerçants contre une escroquerie aux chèques volés « liée à une importante affaire criminelle ». Alain décide alors d'inscrire le numéro de la 604 au dos du *dix-huitième chèque Huon*.

Alain file maintenant sur Senlecques où se marie aujourd'hui Pascal Bernard, un cousin germain de son âge. Non qu'Alain ait l'intention d'assister à la noce, mais il tient quand même à passer devant l'auberge où a lieu le repas de cet ami d'enfance qui lui ressemble tant au physique qu'au moral. Il dort ce soir-là au mont Sinaï, lieu magique que lui a fait découvrir Pascal Bernard.

Le lendemain, *dimanche 18 février*, notre voyageur est à Fruges, là où il est né. Il fait le guet pendant une heure devant le domicile d'une vieille parente jusqu'à ce que la mémé tout de noir vêtue mette le nez à la porte. Elle a l'air solide comme un roc malgré ses quatre-vingts ans passés, remarque Alain, fier d'elle. C'est bien une Lamare.

Dernière étape : la plus importante de ce voyage sentimental : 79, rue Roger-Salengro, à Desvres. Ici habite Maryse Cousin. Ici surgit tout un pan de son passé : un passé propre où sa colère contre l'homme et la société n'avait pas encore lieu d'être. Pas le moindre signe de vie 79, rue Roger-Salengro. Maryse n'a pas l'air d'être chez elle. Alain s'en va. Où clore ce soir ce pèlerinage aux sources de son adolescence, sinon au mont Sinaï ? Et courir, tirer, courir et tirer encore jusqu'à bout de souffle pour se dépêtrer de ses souvenirs d'adolescence qui lui oppressent le cœur et retrouver sa peau de guerrier pur et dur.

À 21 h 30, Alain abandonne la 604, toutes portes verrouillées, à la gare de Chantilly, après avoir vérifié en chemin la présence de la PJ à Abbeville et à Compiègne. Sur le parking désert, la berline se voit comme le nez au milieu de la figure. La voiture sera découverte, si Dieu le veut, juste après le casse-croûte de la patrouille Pottiez. Le jeune homme rejoint Creil, par le train, où il récupère sa R 4. De là il regagne son domicile, tue le temps qui le sépare de la reprise de son service en se plongeant dans la lecture.

Lundi 19 février, 2 h 15 du matin. La patrouille Lamare-Locray a ordre de « planquer » toute la nuit sur la 604, immatriculée 6363 RE 60, découverte à minuit dix par Pottiez, comme prévu, et dont le vol, deux jours auparavant, peut être attribué au deuxième tueur de l'Oise.

Tout est calme. Visiblement ce n'est pas l'affolement dans les bureaux de la PSIG. Alain jubile en découvrant le reste des instructions. Le vol a été signalé à tous les services de police de Picardie et des départements limitrophes soixante-cinq minutes après la disparition du véhicule. Bravo pour la rapidité du message. Mais ce qu'il apprécie plus encore ce sont les ordres verbaux laissés par Colson. Ne pas prévenir la PJ de Lille avant 8 heures du matin. Surveiller le véhicule jusqu'à cette heure afin d'arrêter le deuxième tueur s'il tente de récupérer sa voiture. Le propriétaire, M. Edmond Desutter, a promis d'envoyer son fils pour récupérer le véhicule à 8 heures demain matin.

2 h 30 du matin. La patrouille Locray-Lamare-Carpentier-Alizier a rejoint le parking de Chantilly. Locray, le chef, coupe le moteur :

— Cela ne sert à rien de « couver » toute la nuit cette 604. Et d'abord personne n'est sûr qu'elle a été utilisée par le deuxième tueur.

Pressé de questions par son chef, Lamare se garde bien d'émettre un avis sur ce sujet.

— C'est toi le chef de patrouille, lui répondit-il. Tu fais comme tu veux et on t'obéit.

— Moi, je pense qu'il serait plus utile de faire la patrouille prévue à l'origine et d'aller surveiller le relais de télévision menacé de sabotage.

Demander l'avis de Cavalier, le chef du PSIG ? Personne n'y songe ! On ne va tout de même pas le réveiller pour si peu !

Alain est fou de joie. Jusque-là son stratagème a parfaitement réussi, tant auprès du commandant Colson que de Locray. Les militaires inspectent pendant plus d'une heure les abords du relais, puis ils s'installent pendant une heure également sur le parking d'Orry-la-Ville avant de regagner la gare de Chantilly. Sur le parking de stationnement, la 604 est toujours là. Il est 6 heures du matin. Locray décide de faire une pause-café. Les deux gendarmes auxiliaires sont d'abord conduits jusqu'au dortoir du PSIG, puis Lamare et Locray retournent, à bord de la 504 break, cité Lefébure.

À partir de là, Alain prend un risque énorme, mais calculé, en tablant sur le fait que Locray va somnoler jusqu'à 8 heures du matin comme d'habitude. Il ôte son uniforme pour enfiler à toute vitesse son survêtement, attrape son Beretta. Il dévale l'escalier de l'immeuble et au volant de sa R 4, gagne en cinq minutes la gare de Chantilly. Le parking et ses abords sont déserts. Dans quelques secondes les deux cafés de la place vont ouvrir. Alain a garé sa voiture dans une rue toute proche. Au volant de la 604 il reprend le même chemin en sens inverse, abandonne la voiture au bas d'un immeuble de la résidence du Coq-Chantant, située à 200 mètres seulement à vol d'oiseau de la cité Lefébure.

Le temps presse : pas de mise en scène à l'intérieur de la voiture. Simplement la trace volontaire cette fois de ses empreintes digitales sur le montant de la portière avant gauche. Puis Alain regagne à petites foulées son immeuble sans avoir rencontré âme qui vive. Les fenêtres de Locray sont plongées dans l'obscurité. La 504 break du PSIG garée à la même place. Rejoignant la voie ferrée à 200 mètres de son immeuble, il la suit pendant 1 500 mètres jusqu'à la gare. Là il récupère sa R 4 et regagne immédiatement la cité Lefébure. Toujours pas la moindre lumière aux fenêtres de Locray. Lamare revêt son uniforme, se présente un peu avant 8 heures dans les locaux du PSIG où, conformément à ce qu'il espérait, on se montre très étonné de le voir. Mis au courant de l'arrêt de la surveillance, l'adjoint au commandant du PSIG, Jean Ossart, lui ordonne d'aller chercher immédiatement Locray et de foncer vers la gare de Chantilly.

8 h 15, parking de la gare : les deux gendarmes jurent à qui mieux mieux en découvrant que la 604 a disparu.

— Y a pas, lance Locray, faut qu'on aille prévenir Ossart à la brigade. On peut parler de ça à la radio...

Lamare acquiesce sans faire le moindre commentaire. Ossart, informé, craignant les sanctions disciplinaires, n'a qu'une seule idée en tête : camoufler l'affaire. Il n'y va pas par quatre chemins et ordonne aux deux militaires de se rendre sur le parking de la gare et de simuler une poursuite avec la 604 :

— Allez, filez ! Vite ! avant que Colson ne prévienne l'antenne de Creil.

Sur place, Alain entame un étrange dialogue avec le chef Ossart tandis que Locray accélère en direction de Paris à la poursuite d'une 604 fantôme, gyrophare allumé, deux-tons en marche, au milieu d'une circulation très dense.

— Ici 355 mobile, hurle Lamare dans le micro de la radio. Vous m'entendez 355 unité ?

— Oui, je vous reçois 5 sur 5, crache presque immédiatement la radio de bord. Ici le chef Ossart. Qu'est-ce qui vous prend, Lamare ?

— Chef, la 604 verte vient de nous filer sous le nez, explique le gendarme Lamare d'une voix haletante. On la poursuit en direction de Paris mais « il » roule comme un dingue !

— Foncez, foncez ! ordonne l'adjoint au commandant du PSIG, et ne le perdez pas de vue. Je demande une couverture en surface à la compagnie.

— Il tourne dans la première rue à gauche du feu rouge après le pont SNCF, crie Lamare, mais on ne le voit plus.

Et au bout d'une dizaine de minutes, il annonce par radio qu'il a perdu toute trace de la 604 dans le quartier du Bois-Saint-Denis, au sud de la ville.

Autant Lamare s'est amusé à *se* poursuivre, autant l'acharnement avec lequel Locray fouille maintenant tous les moindres recoins de la cité des Condés ne lui dit rien qui vaille. Que l'on découvre la 604 au Coq-Chantant n'arrangerait pas du tout les affaires d'Alain. Le carrefour des Ripailles n'est pas loin. La proximité de ces deux lieux risque de mettre la puce à l'oreille de Pineau... comme à celle de Neveu. Lamare prend l'air faussement détaché, il invente mille prétextes, sur le ton de la plaisanterie pour décourager son petit camarade. Peine perdue ! Locray, ce matin, est sourd. Pris en flagrant délit de faute professionnelle, il veut à tout prix limiter les dégâts. Un seul moyen : retrouver la 604. Il la retrouvera. Sous les yeux d'Alain impuissant, gagné par l'anxiété, Locray s'attaque méthodiquement à tous les parkings d'immeuble. Il chauffe, il brûle comme au jeu de cache-tampon. Et lorsque la 504 se dirige vers les immeubles de la résidence du Coq-Chantant, Alain sait qu'il est refait, qu'il a commis une bêtise d'enfant de chœur. La voiture fantôme est découverte à 10 heures par la patrouille Locray-Lamare qui alerte immédiatement ses collègues par radio.

Lamare, beau joueur jusqu'au bout, félicite son partenaire mais n'en mène pas large. Une enquête interne de la gendarmerie ? Alain ne la craint pas. Bien au contraire, il a tout fait pour la provoquer. En revanche, si des rapprochements avec la 504 des Ripailles conduisent policiers et gendarmes à prospecter sérieusement le quartier nord de Chantilly, cela peut amener tout bêtement le capitaine Pineau ou l'inspecteur Neveu à constater que l'immeuble du PSIG se trouve en plein milieu de ce quartier.

19 février, 11 heures du matin. Ils sont venus, *ils* sont tous là qui se pressent autour de la 604 : les inspecteurs Neveu et Pelfort, le commandant Colson, l'adjudant Citerne, un tas de képis, de parkas, d'imperméables. Que savent-ils au juste de la découverte hier soir de la 604, de la course-poursuite de ce matin ? Quelles vont être les conséquences, dans les jours à venir, de sa faute stratégique ? s'interroge Alain. Demain doit rentrer de permission l'adjudant Cavalier. Va-t-il au moins déclencher une enquête interne au sein du PSIG de Chantilly et exiger des sanctions ?

6

Colson croyait pouvoir terminer sa carrière sur un coup d'éclat en arrêtant dans la nuit du 19 février le deuxième tueur de l'Oise sur le parking de la gare de Chantilly. C'était compter sans la faculté d'invention du criminel, sans la désinvolture de ses hommes. Pour avoir sous-estimé l'une et l'autre, il se retrouve avec une énorme bavure sur les bras. La note interne de la gendarmerie l'obligeait à alerter la PJ de Lille dès la découverte de la voiture. Or, il a attendu dix longues heures avant de le faire. Comment parer le scandale en face des magistrats et de ses supérieurs ?

Premier coup dur pour le commandant de la compagnie de Senlis en fin de matinée. Les inspecteurs de la PJ de Lille réussissent, en sa présence, à relever les empreintes digitales du tueur sur le montant de la porte avant gauche. Deuxième coup dur avec l'arrivée sur place d'un collaborateur de M. Edmond Desutter, propriétaire de la 604. Pourquoi lui a-t-on téléphoné à 1 h 40 du matin pour lui demander de venir récupérer à 8 heures la voiture au parking de la gare de Chantilly alors que celle-ci se trouve à 10 heures à l'autre bout de la ville ? Que peut faire Colson sinon avouer, le rouge aux joues, la « planque » ratée et la course-poursuite ? Neveu et Pelfort se mordent les lèvres pour ne pas éclater de rire au nez de l'officier et de ses gendarmes.

Les policiers essayent désespérément pendant tout l'après-midi de trouver d'autres indices à l'intérieur du véhicule. Une seule bonne nouvelle ce jour-là : pour la première fois, un commerçant a fait, grâce à l'affichette, le rapprochement avec un chèque Huon. Ainsi Pelfort a en main deux jours plus tard un chèque daté du 17 février, remis au pompiste de la station Shell d'Écouen. Au dos du chèque, le numéro minéralogique de la 604 inscrit par le tueur sans que le pompiste le lui ait demandé. Ce qui prouve bien que l'assassin joue toujours au Petit Poucet.

Pourtant, le commissaire Gréco s'obstine toujours à chercher une explication à la percée vers l'est des 8 et 9 février, confirmée par une note d'hôtel du Sofitel de Nancy laissée dans la R 5 Alpine. L'inspecteur Pelfort reste persuadé que le deuxième tueur de l'Oise peut être également le tueur du BHV, qu'il habite Paris et qu'il se rend en train à la limite du département de l'Oise pour commettre ses délits. L'effort essentiel de la PJ demeure concentré, comme auparavant, sur Abbeville et Compiègne. Tous les policiers semblent avoir oublié l'affaire de la 504 des Ripailles.

Tous, sauf Neveu, qui s'en souvient parfaitement en remettant à jour ses statistiques : sur un total de douze voitures volées, neuf ont été abandonnées sur l'axe Orry-la-Ville-Chantilly-Creil.

Aussi est-il plus que jamais convaincu que l'assassin habite Chantilly. Pourtant un détail le dérange : le lieu où a été retrouvée la 604. À 500 mètres à peine de l'immeuble de la cité Lefébure, là où habitent un grand nombre de militaires du PSIG. Comment continuer à croire, dans ce cas, que le deuxième tueur soit un gendarme et qu'il s'attaque ainsi de front à son unité en la ridiculisant, qu'il attire de cette manière l'attention sur l'immeuble où sont logés un grand nombre de ses collègues ?

Conclusion : l'assassin est forcément un policier domicilié à Chantilly et non plus un gendarme.

Pour Colson, la nuit a porté conseil. S'il ne siffle plus dans les couloirs de la compagnie de Senlis, il a trouvé le moyen d'acheter le silence de la PJ. L'officier est parfaitement au courant des circonstances exactes de la poursuite manquée, le 12 février à Creil, de la R 5 Alpine par les policiers de Lille. Depuis une semaine, il a fait preuve de la plus extrême discrétion. Il n'est dans l'intérêt de personne que les magistrats soient au courant de la poursuite de Creil, pas plus que de celle de Chantilly. Colson continuera de se taire si les policiers de Lille en font autant. L'officier est sûr d'être entendu... Quant à la direction de la gendarmerie, il l'imagine soucieuse d'éviter des fuites. Il lui a envoyé un message précisant les circonstances des huit heures de « planque » sur la 604, puis de la course-poursuite et enfin de la découverte de cette voiture à 10 heures du matin.

Aussi a-t-il l'impression que le ciel lui tombe sur la tête lorsqu'à la fin de la journée du mardi 20 février l'adjudant Cavalier se présente dans ses bureaux. Ossart, Locray et Lamare plus les deux gendarmes auxiliaires ont tout avoué. Que ses hommes se soient non seulement rendus coupables d'un grave manquement à la discipline mais qu'ils aient tenté de le camoufler par un mensonge éhonté, c'est parfaitement inadmissible pour le chef du PSIG, qui demande à son supérieur d'ouvrir une enquête interne et officielle et conclut en souhaitant que de lourdes sanctions soient infligées aux coupables. La réponse de Colson est lapidaire. Il refuse. Il est hors de question que la « vérité » sur cette affaire revienne aux oreilles de la direction de la gendarmerie, pas plus qu'à celles des magistrats. Le commandant, toute honte bue, exige de Cavalier un silence total. En revanche, il l'autorise, bien sûr, à sermonner fortement les fautifs, l'invite à surveiller de plus près ses gendarmes. Avant de lui poser pour finir la question qui lui brûle les lèvres depuis le début de l'entretien. Comment a-t-il *su* ?

Par les gendarmes de Creil, lui répond sèchement l'adjudant. Ils roulaient à bord d'une R 4 à l'entrée sud de Chantilly, à l'heure précise où se déroulait la fausse poursuite. En écoute radio, ils ont entendu tout le dialogue entre Ossart et la 504 break du PSIG. Mais ils n'ont *jamais vu* de 604 verte « tourner au feu rouge dans la première rue à gauche après le pont SNCF ». Au fil de la journée cette course-poursuite leur a paru de plus en plus suspecte et, dès mardi matin, ils en informaient par téléphone l'adjudant, qui a aussitôt convoqué les intéressés, commencé ses investigations.

À peine Cavalier a-t-il tourné les talons que Colson réunit dans son bureau ses principaux adjoints et exige d'eux le silence absolu sur cette affaire. Dévoiler maintenant la vérité, c'est courir au-devant de sanctions ou de mutations à tous les échelons de la compagnie de Senlis. « Faites comme si cette histoire n'avait jamais existé », conclut le commandant. Tous les sous-officiers lui donnent leur parole. La boucle est bouclée. Colson sait qu'il peut compter sur la solidarité du corps. Ce n'est pas pour rien que l'armée est surnommée « la Grande Muette ».

Jeudi 22 février, soit deux jours plus tard, c'est avec la plus parfaite sérénité que le commandant Colson se présente au siège de l'antenne de Creil de la PJ de Lille pour participer à une conférence de presse sur l'affaire du deuxième tueur de l'Oise. Une quinzaine de journalistes s'entassent à l'heure dite dans un bureau de trois mètres sur deux. Le but officiel de cette conférence ? Diffuser un nouveau portrait-robot sommaire du tueur et communiquer aux journalistes le numéro minéralogique de dix des onze voitures volées. C'est le commissaire Pruvost, chef de l'antenne d'Amiens de la PJ, qui prend la parole, en l'absence de Jacob parti pour quelques jours :

— L'assassin, âgé de vingt à trente ans, porte les cheveux très courts, est soigné de sa personne. C'est un gourmet qui vit sans doute seul. Un amoureux de la nature qui passe ses loisirs à se promener dans les forêts de la région. C'est un fumeur de Gitanes filtre blanches, un consommateur de bonbons, de chewing-gum et d'Aspro. Le tueur gare ses voitures volées soit dans un box, soit dans une rue de Paris ou de la région parisienne, soit encore dans la cour de sa maison située dans un petit village isolé de Picardie.

— Cette dernière certitude nous laisse à penser, ajoute le commissaire Pruvost, qu'un voisin ou un proche de l'assassin a pu remarquer ces fréquents changements de véhicule.

Et le policier de conclure en communiquant aux journalistes le numéro minéralogique des dix voitures volées.

Il s'agit, en somme, d'un aveu d'échec de la part des services de police qui font appel, pour la deuxième fois, à la délation auprès de l'opinion publique tout en s'efforçant de camoufler au maximum les dessous de cette affaire, devenue un véritable catalogue de bavures en tout genre. Les journalistes présents le comprennent vite lorsqu'à chacune des questions posées ils se heurtent à des fins de non-recevoir.

Vendredi 23 février, au lendemain de cette conférence de presse, troisième coup dur pour Colson : un journaliste parisien lui récite presque mot pour mot au téléphone le message sur la 604 que le commandant a transmis lui-même cinq jours plus tôt à la Direction de la gendarmerie. Son interlocuteur lui demande de confirmer les faits, Colson, fou de rage, refuse et raccroche, confronté à une situation qu'il n'avait pas prévue. Si des journalistes ont eu vent de la planque et de la course-poursuite, ils vont inévitablement en demander confirmation à Mme Brossy-Patin ou au procureur de la République de Senlis. Or, l'officier s'est bien gardé de les mettre au courant de cette version, pourtant édulcorée.

Samedi 24 février. La nuit porte conseil. Le commandant appelle Mme Brossy-Patin à son domicile et plaide coupable en quelque sorte, prétendant avoir, jusqu'à ce matin, complètement « oublié » la surveillance de la 604 et la course-poursuite de ce véhicule. Cette fois encore, il se garde bien de lui dire toute la vérité, raccroche le téléphone, tranquillisé. La direction de la gendarmerie, la PJ, les magistrats chargés de l'affaire du tueur et les journalistes sont tous au courant de la même version : tronquée, fausse certes, mais peu importe. La vérité sur cette affaire de la 604, c'est un secret qui ne sortira jamais de la compagnie de Senlis, qui ne regarde qu'elle.

Marie Brossy-Patin revient de loin. Jusque-là convaincue que la 604 avait été retrouvée par les gendarmes en bas d'un immeuble de la résidence du Coq-Chantant à Chantilly, elle constate six jours plus tard qu'on lui a menti pour couvrir une triple bavure. Elle téléphone immédiatement à M. Gourraud, le procureur de la République de Senlis qui, lui aussi, tombe des nues en apprenant cette nouvelle version et lui promet de prendre des sanctions.

C'est le *mardi 27 février* à 1 heure du matin que la dépêche AFP n° 0075, datée de Senlis, tombe sur les télescripteurs. Sous le titre : « Le deuxième tueur de l'Oise s'échappe sous les yeux des gendarmes », la dépêche relate la version de l'affaire transmise par Colson à ses supérieurs ainsi qu'à la magistrature. Ces révélations ne font que tendre un peu plus les relations entre la gendarmerie et la police judiciaire, la première accusant la seconde d'être à l'origine de cette nouvelle fuite dans la presse. Le moral s'en ressent dans les brigades où les militaires s'alitent à tour de rôle, grippés, épuisés à force de battre la semelle au bord des routes.

À quand la prochaine bavure et les trous de mémoire qui lui sont liés ? Et pour quel service de police ? On se blâme, on s'accuse et se suspecte.

QUATRIÈME PARTIE

La poursuite de la police

1

Vendredi 23 février : la grande salle de réunion du PSIG est le théâtre d'un spectacle qu'Alain a tout fait pour provoquer. Face à ses huit gendarmes, l'adjudant Cavalier ne mâche pas ses mots :

— Trois d'entre vous se sont conduits comme des gangsters ! J'ai nommé mon adjoint le chef Ossart, le chef de patrouille Locray et le gendarme Lamare. Vous êtes tous les trois des canailles indignes de porter l'uniforme. Vous avez déshonoré l'unité. À votre place, je démissionnerais. En seize ans de service, personne ne m'a déçu comme vous.

Ces derniers mots, Alain s'y attendait mais il ne pensait pas qu'ils puissent lui faire mal à ce point.

— Je voulais qu'une enquête interne soit ouverte. Le commandant Colson me l'a refusée. Surtout pas d'éclaboussures au sein de la hiérarchie. Vous avez beaucoup de chance, conclut, amer, l'adjudant. Sachez, ajoute-t-il cependant, que dorénavant je prendrai ma voiture personnelle – vous la connaissez, c'est une 504 blanche – et tournerai la nuit pour contrôler vos patrouilles.

Pas d'enquête interne. Soit ! Alain enrage. Pourtant, à dater de ce jour, le laisser-aller qui caractérisait le PSIG a disparu comme par un coup de baguette magique. L'adjudant a tenu ses promesses. Mais est-il uniquement préoccupé de reprendre en main son unité ? Un fait trouble Alain : Cavalier semble considérer que « son meilleur » a été embarqué malgré lui dans cette affaire, et c'est toujours Alain qui, de temps à autre, va chercher la fille de l'adjudant à l'école, comme si rien ne s'était passé. Son chef a-t-il véritablement redonné sa confiance au gendarme Lamare ou bien nourrit-il des soupçons à son égard et s'agit-il là d'une feinte pour endormir la vigilance de son subordonné et le prendre sur le fait ? La présence de cette sentinelle à ses côtés ainsi que le rapprochement, inévitable, qui est fait entre l'affaire des Ripailles et la découverte de la 604 sur le parking de Chantilly poussent Alain à se montrer prudent et à remettre à plus tard de nouvelles offensives.

Samedi 17 mars. Vingt-sept jours de trêve, c'est assez pour Alain qui décide de reprendre l'initiative. Son objectif : détourner de Chantilly les recherches des enquêteurs pour les orienter vers le sud de la région parisienne.

Rambouillet, dans les Yvelines, 11 heures, centre ville. *Treizième vol de voiture* : une R 30 TX noire, neuve. Alain file sur Paris avec l'intention de s'offrir une séance de cinéma suivie d'un déjeuner dans un snack du quartier de l'Opéra. C'est une des premières journées de soleil de l'année. Trois détails l'enchantent : une petite plaque argentée fixée sur le tableau de bord lui révèle le nom du propriétaire : M. Georges Gorse, député-maire de Boulogne-Billancourt, ancien ministre. Plus deux gadgets : une cafetière mobile branchée sur l'allume-cigares et un radio-téléphone que le jeune homme utilise pour avoir le plaisir d'entendre la voix de sa mère avant de raccrocher aussitôt.

Lorsque au retour, sur l'autoroute du Nord, Alain, qui roule à plein régime avec l'intention de déposer la R 30 TX à Creil, tombe en panne à 16 heures et aperçoit au même moment deux motards CRS qui roulent en sens inverse, c'est à peine s'il hésite avant de leur faire signe. Le risque d'être pour la première fois observé de face et de près, bien loin de lui échapper, au contraire l'excite ! Alain se présente comme l'un des fils de l'ancien ministre, aux deux CRS qui rivalisent alors d'ardeur pour lui venir en aide. Ayant constaté, après un rapide examen, que la courroie du ventilateur est cassée, l'un des motards appelle par radio son central et le charge d'avertir le garage Renault de Senlis. Qu'ils viennent récupérer au plus vite une R 30 TX, immatriculée 6299 HC 92, tombée en panne juste avant le péage de Survilliers dans le sens Paris-province.

Mission accomplie, les deux CRS saluent respectueusement « le fils de l'ancien ministre » qui les regarde s'éloigner, l'œil sarcastique : son aplomb et son sang-froid ont fait merveille. À aucun moment, les deux policiers n'ont eu l'idée de vérifier son identité ou d'appeler discrètement par radio le fichier informatique des voitures volées.

Le jeune homme rafle alors tous les papiers de la voiture, débranche le téléphone et la cafetière mobile, qu'il glisse dans son sac avant d'effacer soigneusement ses empreintes. Lorsque, un quart d'heure plus tard, ayant garé son véhicule juste devant la R 30, le dépanneur s'avance vers lui, Alain flaire immédiatement le danger. L'homme, de type méditerranéen, âgé d'une vingtaine d'années, n'a pas l'air d'avoir les yeux dans les poches ! Le type même du petit mécanicien astucieux et roublard. Ce qui n'empêche pas Alain de démonter, sous les yeux de ce témoin, l'antenne du radio-téléphone pour éviter tout appel. La voiture est chargée sans difficulté sur le plateau de la dépanneuse. Pendant le trajet, le dialogue entre les deux hommes est extrêmement restreint.

Pour y être venu plusieurs fois en service et en uniforme, Alain connaît parfaitement la topographie des lieux : à peine arrivé au garage, il demande à téléphoner et file immédiatement vers les bureaux, se souvenant que de l'atelier ils ne sont pas visibles. De là, il prend la clé des champs, son sac à la main, rejoint quelques minutes plus tard le centre de Senlis. Il y a foule sur les trottoirs étroits en cette fin d'après-midi lorsque Alain prend le volant d'une GS marron : *quatorzième vol de voiture*.

Pour d'évidentes raisons, Alain n'a, jusque-là, jamais emprunté un véhicule dans un périmètre qui soit du ressort du PSIG de Chantilly. Parce qu'il prend son service dans quelques heures mais aussi parce qu'il veut effacer sur-le-champ l'échec de la CX, le jeune homme a dérogé pour la première fois à ce principe, depuis le début scrupuleusement observé.

La GS est abandonnée dans la soirée, rue Robert-Schumann, sur les hauteurs de Creil, en pleine zone de police mais à un endroit où le PSIG de Chantilly passe souvent. Sur la glace avant gauche de la GS, une belle empreinte digitale. À l'intérieur, la mise en scène traditionnelle.

À la prise de son service, Lamare constate avec satisfaction que la GS figure sur la liste spéciale des voitures volées par le « deuxième tueur de l'Oise ».

20 mars. La GS est repérée vers midi par Hourdé au cours d'une patrouille. Alain, astucieusement, a cédé à son chef le privilège de cette découverte. Ce jour-là, la surveillance est faite sérieusement. Lamare et Hourdé ont droit aux félicitations de Cavalier qui a pris la peine de se rendre sur les lieux. Belle revanche sur l'affaire du parking de Chantilly, grâce à quoi le PSIG de Chantilly est réhabilité.

Alain se trouve dans le bureau de Cavalier à l'instant où celui ci raccroche le téléphone.

— Il y a du nouveau, Lamare, lui dit son chef d'un ton sarcastique. Je viens d'avoir Pineau : il m'appelait encore à propos du deuxième tueur de l'Oise. Cela ne lui suffit plus que ce soit un policier ou un gendarme. Il a décrété que c'était un homosexuel ! Il tient cette nouvelle lubie de psychiatres éminents de l'hôpital de Clermont. Je n'y crois pas, mais on ne sait jamais : allez patrouiller tout de même une fois ou deux en forêt de Chantilly du côté du carrefour de la Table ronde...

— N'importe quoi ! maugrée Alain. On a vraiment l'impression qu'ils ne veulent surtout pas mettre la main sur ce salaud ! Bien chef, j'irai voir les pédés de la Vieille Route.

Entretien riche d'enseignements qui apporte à Alain la preuve que le capitaine Pineau et l'adjudant Cavalier ne se voient jamais, bien qu'ils aient travaillé deux ans ensemble à Beauvais. Pourtant le commandant du PSIG tient en haute estime son ancien supérieur. Pourquoi cette absence de contacts ? Peut-être, pense Alain, parce que son chef a honte de se trouver à la tête d'une unité du type de celle du PSIG, alors qu'il reste passionné de police judiciaire comme le commandant de la compagnie de Clermont.

Quoi qu'il en soit, Alain ne se leurre pas : le jour où ces deux hommes se rencontreront, son arrestation sera une question d'heures. Car la majorité des hommes de Pineau ont connu le gendarme Lamare lors de son affectation à Clermont.

De quelle manière quitter la scène ? Le temps est venu, pour Alain, de s'interroger. Deux solutions s'offrent à lui : la mort les armes à la main ou la prison. De plus en plus étranger au monde des autres et à la vie concrète, le jeune homme se replie sur lui-même, revoit parfois Corinne pour donner le change. Il boit beaucoup, n'écoute plus la radio en langue française mais seulement des émissions de langue russe ou polonaise, passe ses nuits assis dans la position du lotus. Alain envisage désormais la prison comme une délivrance. Enfin libéré de cette insupportable promiscuité quotidienne avec ces « immondes crétins », ayant exorcisé sa volonté de mal jusqu'au meurtre, épuré en quelque sorte, il sera libre enfin de vouer sa vie au silence et à la méditation, à l'étude et à la lecture.

Pourtant si le jeune homme souhaite son arrestation, il décide d'en reculer néanmoins l'échéance et de justifier du même coup les récentes décisions de la PJ de Lille dont la « liste spéciale » inclut désormais une douzaine de départements du nord de la France. Décisions prises de toute évidence à la suite de l'affaire de la R 30 TX. Alain cède à la tentation de tester le fonctionnement de cette nouvelle logistique.

Mardi 27 mars, 11 heures. Étampes, dans l'Essonne : *quinzième et dernier vol de voiture,* place Notre-Dame, à cinq minutes à pied de la gare, à 300 mètres environ du commissariat. Une CX 2400 marron appartenant à M. Gérard Gillot, assureur. Lamare file sur Paris, voit encore un film de Bruce Lee et achète un paquet de revues militaires. Sur le chemin du retour, il fait l'inventaire de la voiture en forêt d'Halatte, abandonne en bordure d'un sentier un manteau de daim, un foulard et les papiers du véhicule. Puis, ce nettoyage terminé, Alain organise une mise en scène particulièrement fignolée. Il jette sur le tapis de sol les cartes grises de la CX « Depeyre », de la R 15 « Profeta », de la 604 « Desutter », remplit les cendriers avec des mégots de cigarettes Gitanes filtre, couvre les sièges d'emballages vides de chewing-gum Hollywood. Parvenu à ce point de son scénario, Alain hésite. La PJ a fait établir, sans aucun doute, un portrait-robot à partir des déclarations des quatre témoins de la panne de la R 30 TX, dont deux policiers. Jusque-là toutefois, aucun indice précis ne permet aux policiers d'attribuer officiellement la paternité de ce vol au deuxième tueur de l'Oise. *Le Courrier picard* a soulevé l'hypothèse. Pineau doit y penser. L'inspecteur Neveu également. Pour le reste des services de police, cela paraît beaucoup moins probable. Alain seul est en mesure d'authentifier ce portrait-robot. Tentation dangereuse certes mais séduisante, qui lui permet de choisir le service de police qui l'arrêtera, de quelle manière et quand.

Il fait nuit noire sous les pins Douglas de la forêt de Halatte. La décision d'Alain est prise : à lui de diriger l'enquête jusqu'à son identification en offrant aux policiers le seul indice qui leur permettra d'authentifier le portrait-robot. C'est ainsi qu'il abandonne dans la CX « Gillot » l'élément déterminant de sa dernière mise en scène : le porte-clés de la R 30 TX à l'intérieur duquel il glisse une touffe de ses cheveux ainsi qu'un petit mot doux à l'adresse des policiers. Il abandonne également des bons d'essence Cofiroute trouvés dans la R 30 TX et une petite sacoche – celle qu'il a volée dans la CX « Huon » – contenant deux flacons de produits légèrement inflammables qui ressemblent à de la nitroglycérine.

Jeudi 29 mars vers minuit, la CX « Gillot » est abandonnée dans le quartier du quai d'Amont à Creil, 22, rue Benjamin-Raspail. Quelques minutes plus tard, au volant de sa propre voiture, il constate que la CX a été repérée. De quelle manière le commissaire Gréco va-t-il se servir du portrait-robot ? Quand cette pièce maîtresse sera-t-elle présentée à la gendarmerie de Clermont ? Car son identification ne peut venir que de là. À Chantilly, Lamare est insoupçonnable. Un père ne suspecte pas son fils meurtrier…

À partir de là, le scénario va se dérouler, implacable ; la mémoire de ses anciens collègues va se réveiller par ce portrait-robot, va se mettre en branle : ils sont une dizaine là-bas à connaître sa passion pour les armes et l'existence de son Beretta, ses problèmes avec les femmes et son goût de la solitude. L'un d'entre eux ira voir le capitaine Pineau. Lequel n'alertera pas le commandant Colson, avec qui il n'entretient pas les meilleurs rapports, mais l'adjudant Cavalier. Alain n'a plus qu'à surveiller dans les deux jours à venir les allées et venues de son chef.

2

Dimanche 18 mars. Le chef d'atelier du garage Renault à Senlis appelle le commandant des CRS du poste de Survilliers. Pourquoi le fils de M. Gorse « a-t-il pris la poudre d'escampette hier après-midi, plantant là son dépanneur sans un mot d'explication » ? Étonnement partagé à l'autre bout du fil par le commandant des CRS qui fait sur-le-champ les vérifications nécessaires. Passée au fichier, la R 30 TX immatriculée 6299 HC 92 se révèle effectivement être la voiture de M. Gorse. Volée avec clé de contact au volant, précise le commissariat de Rambouillet contacté par ce policier scrupuleux qui, sensibilisé à l'« affaire » par ses collègues de Creil, communique dix minutes plus tard ces nouveaux éléments à l'inspecteur de permanence ce dimanche-là, 10, rue Marcel-Philippe.

Bruno Dewailly, formé à la rude école de Neveu, ne se le fait pas dire deux fois. Rendu un peu avant midi au garage Delacharlery en compagnie d'un collègue de l'identité judiciaire, il reçoit, à 12 h 30, confirmation de ce qu'il pressentait. Malgré l'absence totale d'empreintes digitales exploitables et de mise en scène traditionnelle, il n'y a pas de doute possible : les déclarations du dépanneur et du chef d'atelier ainsi que celles des deux CRS convoqués sur les lieux, le signalement que donnent les quatre hommes de l'auteur présumé du vol, enfin et surtout la maestria incroyable avec laquelle celui-ci a mené son jeu, autant de preuves que la police se trouve en présence d'une nouvelle performance du deuxième tueur de l'Oise.

C'est Neveu qui avait raison depuis le début, admet en présence de ses inspecteurs, à la fin de la journée, le commissaire Jacob dont les dernières réticences cèdent, curieusement, sous le coup de l'affaire de la R 30 TX. Pour se conduire de cette manière, le tueur ne peut être qu'un policier ou un gendarme. Gréco, de son côté, se range enfin de son avis, officieusement tout au moins. Mais qu'un ancien ministre, membre du RPR de surcroît, soit mêlé à cet épisode et que *Le Courrier picard* se soit empressé de s'en faire l'écho, voilà ce qui contrarie en réalité les deux hommes.

Contrariés, ils le sont davantage encore lorsqu'ils apprennent, le mardi 20 mars, la découverte à Creil, par le PSIG de Chantilly, de la GS volée à Senlis. Enfin le rapport établissant le profil psychiatrique du criminel qui leur est communiqué ce même jour par la juge d'instruction, assombrit encore leur humeur. La conclusion des trois experts est claire : le deuxième tueur de l'Oise est un individu « qui se crée un personnage de A jusqu'à Z, aussi bien dans ses lettres à la police qu'à travers ses actes », en particulier dans le jeu de piste des voitures volées lié à une gigantesque mise en scène. Toujours selon ces experts, l'objectif principal du criminel consiste « à mettre en pièces l'enquête des services de police d'une manière tout à fait volontaire et non pas pathologique ».

Ordre est donné en conséquence par Marie Brossy-Patin d'abandonner toutes investigations lancées à partir des éléments contenus dans la deuxième lettre du tueur. Que celle-ci ne soit qu'un élément de la vaste machinerie mise en place par ce truqueur, voilà qui fait vaciller la belle assurance de l'inspecteur Pelfort, et accentue encore davantage l'amertume des deux commissaires.

Un dernier coup de théâtre parachève cette journée de mardi déjà riche d'incidents. Le procureur de la République de Senlis s'est dessaisi du vol de la R 30 TX, faisant cadeau de ce dossier délicat au parquet de Versailles. Il argue du principe que le délit ayant été commis à Rambouillet, dans les Yvelines, n'est plus de son ressort, et qu'aucun indice sérieux ne permet d'attribuer le vol de cette voiture au deuxième tueur de l'Oise. Les déductions de l'inspecteur Dewailly ? De vagues hypothèses qui ne se fondent sur aucun élément crédible.

Et le témoignage des quatre hommes qui ont vu « le lascar » de face, les premiers depuis dix mois ? Avec l'appui tacite de Gréco, le commissaire Jacob obtient l'autorisation de Marie Brossy-Patin de faire réaliser un portrait-robot. Établi dans les jours qui suivent l'audition des quatre témoins convoqués au siège de la PJ à Paris, ce portrait arrive le lundi 26 mars entre les mains des policiers de l'antenne de Creil, qui y décèlent quelques différences essentielles par comparaison avec les deux précédents et le jugent en définitive excellent. Le tueur a des cheveux très courts, les oreilles découvertes. Il ne porte pas de pattes, le front apparaît complètement dégagé. L'ovale du menton est moins prononcé. Le visage semble beaucoup moins expressif, les yeux en particulier. Mais pour pouvoir l'utiliser soit par la voie de la presse, soit au moyen d'une opération de porte-à-porte, une nouvelle manifestation du tueur est nécessaire, qui permette de lui attribuer formellement le vol de la R 30 TX. En attendant, le portrait est condamné à rester dans les dossiers, les policiers réduits à ronger leur frein.

Pas longtemps : le *jeudi 29 mars* vers 1 heure du matin, c'est au tour des inspecteurs de Creil de découvrir une CX marron, volée deux jours auparavant à Étampes (Essonne) avec la clé de contact au tableau du bord. Le véhicule est stationné à une centaine de mètres du lieu de découverte de la CX « Depeyre » et de la 304 « Lozach », à 300 mètres de celui de la R 12 break « Doucet ». Le lendemain, à 16 heures, au terme de la fouille effectuée par les spécialistes, un large sourire éclaire le visage du commissaire Jacob. Ont été retrouvés, entre autres objets, le porte-clés de la R 30 TX et les bons d'essence Cofiroute Shell. Avec, en prime, de belles empreintes digitales et un message du tueur à l'adresse des policiers : « Au plaisir de vous revoir, messieurs ! » Le lascar ne manque pas d'humour, note Jacob, mi-figue, mi-raisin. Belle revanche pour Bruno Dewailly et tous les inspecteurs de Creil sur le procureur de la République de

Senlis qui n'a plus qu'à s'exécuter et à avertir le parquet de Versailles. Ce qu'il fait le *samedi 31 mars*.

Il faut battre le fer pendant qu'il est chaud : rue Marcel-Philippe, la photocopieuse marche à plein régime tout au long de ce week-end. Une cinquantaine de dossiers sont établis, une opération de porte-à-porte mise sur pied, sur le modèle de celle qui avait permis d'arrêter Barbeault. Celle-ci consistera à visiter les 2, 3 et 4 avril l'ensemble des 10 000 habitants de Pont-Sainte-Maxence et les quelques milliers de Creillois domiciliés dans le quartier de la gare ainsi que dans celui du quai d'Amont, à leur présenter les trois portraits-robots, la description et les numéros minéralogiques de la quinzaine de voitures volées par le tueur ainsi que des fragments de l'écriture de l'assassin. Afin de ménager les susceptibilités de chaque service de police et pour rassurer la population concernée, ce porte-à-porte sera effectué par une cinquantaine de couples, chacun étant composé d'un gendarme et d'un inspecteur de la PJ de Lille.

Dès *lundi matin, 2 avril*, Neveu, véritable responsable de l'opération « porte-à-porte » réalisée en 1976 et qui cette fois pourtant n'a même pas été sollicité pour participer à la réunion de mise au point, entame sa tournée, flanqué d'un partenaire en uniforme dont la présence est difficile à admettre pour cet homme habitué à travailler en solitaire. D'autant qu'aux yeux de l'inspecteur, tout policier ou gendarme reste le suspect n° 1 dans cette affaire. Aussi, pendant ces trois jours, il garde par mesure de prudence son revolver à la ceinture, et s'arrange pour avoir constamment son compère devant lui ou à ses côtés, jamais derrière lui.

Maigret, ce premier jour, va et vient entre le quai d'Amont et le 10 de la rue Marcel-Philippe sous une pluie battante. Il additionne les kilomètres, accumule les renseignements et empile les fiches, montant et descendant des dizaines d'escaliers, avec le sentiment d'accomplir une mission parfaitement inutile, comme Sisyphe poussant son rocher.

Aussi dès le lendemain Neveu prend-il deux décisions : celle d'effectuer sa tournée en voiture, avec sa petite Coccinelle rouge. Et puis celle d'abandonner son acolyte à l'heure du déjeuner pour filer vers le haut de Chantilly, convaincu que c'est là que s'impose le porte-à-porte. L'inspecteur en a touché un mot bien sûr au commissaire Jacob qui a fait la sourde oreille. Eh bien, soit ! Puisque chacun dans cette affaire pratique la politique de l'autruche, il mènera sa propre enquête parallèle. Pour bien faire, il faudrait se procurer discrètement les adresses de tous les policiers domiciliés à Chantilly et passer au crible leur emploi du temps. Mais comment y parvenir seul ? De quelque côté qu'il se tourne Maigret ne voit aucune issue.

Pineau, de son côté, ne décolère plus. Depuis le 3 avril, le troisième portrait-robot du tueur s'étale en première page de tous les journaux, alors que la brigade de Clermont ne l'a pas encore reçu. Ainsi la PJ de Lille persiste à vouloir arrêter le coupable avec la seule complicité du commandant de la compagnie de Senlis ? Et puis, que signifie cette absurde opération de porte-à-porte décidée au petit bonheur la chance dans deux zones aussi restreintes par rapport à l'ensemble de la région picarde ? Ne serait-il pas infiniment plus efficace de distribuer des portraits-robots de format 21 × 27 à tous les services de police de Picardie ?

Car pour Colombo, l'identification du tueur ne peut provenir que du rapprochement que fera un fonctionnaire de police avec l'un de ses collègues, d'autant que ce troisième portrait-robot lui paraît excellent.

3

Meilleur que les deux précédents, ce troisième portrait-robot ? C'est bien l'avis de Lamare à un détail près cependant, celui des oreilles : celles d'Alain sont en feuille de chou alors que celles du meurtrier sur la photo sont simplement dégagées. Différence non négligeable qui explique peut-être que pas un des policiers ne fasse le rapprochement entre le portrait qu'ils ont dans les mains et leur collègue en uniforme dont ils apprécient, tout au long de ces interminables journées, le zèle et la collaboration.

Cette ressemblance ne frappe pas davantage les personnes interrogées, si peu concernées en réalité par cette affaire qu'elles confondent Barbeault avec le deuxième tueur malgré les efforts des policiers pour tenter d'expliquer la différence entre les deux dossiers criminels, en présence du gendarme Lamare qu'enchante l'ambiguïté de la situation. Efforts d'autant plus méritoires de la part de ces jeunes policiers qu'ils ne croient pas un instant à l'efficacité de leur mission, convaincus qu'ils sont d'être manipulés par des supérieurs bornés. Ils n'en veulent pour preuve que cette piste du BHV sur laquelle Pelfort continue à s'escrimer et dont Alain entend parler pour la première fois.

De ce porte-à-porte, un seul homme retire une incroyable jouissance, jusque-là inconnue de lui, infiniment supérieure à celle qu'ont pu lui apporter ses performances précédentes, même les plus spectaculaires. Face aux personnes interrogées, ayant à ses côtés un représentant de ceux qui le pourchassent depuis dix mois, jamais Alain n'a eu la sensation aussi aiguë de vivre deux vies dans le même corps au même moment. Jamais il n'a été avec autant de *réalité* Dr Jekyll et Mr Hyde, avec un atout supplémentaire sur le premier : celui de participer à l'enquête sur ses propres crimes. Et tandis que s'amenuisent les jours qui le séparent de son arrestation, Alain y puise une intensité croissante de plaisir et d'angoisse mêlés.

Au soir du *4 avril*, pour célébrer trois jours d'une fraternelle collaboration, ces chers collègues de la PJ offrent l'apéritif, 10, rue Marcel-Philippe, à leurs camarades gendarmes. Et là, au milieu du brouhaha de cette salle trop exiguë pour une quinzaine d'hommes que la fatigue et l'alcool rendent tapageurs, Alain, un Ricard à la main, observe, impassible, une grande carte du nord de la France appliquée au mur. Des dizaines de punaises de couleurs différentes balisent le jeu de piste du deuxième tueur de l'Oise, le réseau de ses crimes et délits. Alain, le regard froid, a vite fait le compte : y figurent tous les chèques Doucet ainsi que les chèques Huon, chaque lieu de vol de voiture, chaque lieu de découverte, à l'exception de la 304 « Lozach ». Au rayon des agressions manquent la cyclomotoriste Patricia Cieslak et la cycliste de Compiègne. Dans le domaine des hold-up, en revanche, il en note plusieurs dizaines de plus : on ne prête qu'aux riches, c'est bien connu ! Ce tableau de ses exploits est instructif puisqu'il permet à Alain de savoir exactement ce qu'il aura à confirmer, à taire ou à révéler au juge d'instruction le jour de son arrestation.

Jeudi 5 avril : retour de patrouille, 7 heures du matin. Du pain sur la planche pour Alain ce matin : l'élaboration de son troisième et dernier message à l'adresse de ses adversaires. Rédigé dans un style télégraphique, de sa deuxième écriture, il se présente sous la forme d'un carnet de bord de format de poche. Cadeau empoisonné à l'intention de Gréco que ce catalogue de devinettes remplies d'indications dont seuls les gendarmes seront capables de déchiffrer le sens : puisque le commissaire s'est jusque-là soigneusement gardé de leur communiquer la moindre information, pourquoi changerait-il brusquement son comportement ? Alain, dans ce carnet, figure sous un nom de code : Jean-Marc. Tout au long de ces pages, Mr. Hyde s'adresse au Dr. Jekyll, alias Jean-Marc, un délinquant, un héroïnomane exerçant néanmoins la profession de gendarme et qui, à ce titre, est tenu d'aider la police à mettre la main sur celui qu'elle traque. Jean-Marc n'est pas un tueur : cet aspect de son personnage, le jeune homme le gomme, incapable de l'admettre encore à ce jour.

À plat ventre sur le plancher de sa chambre secrète, un tube de lait concentré Nestlé à portée de la main, Alain entame la rédaction de cette sorte de testament. Sur la première page ces mots :

« Jusqu'à ce que dans mon tombeau, je gise, je t'aimerai

Ô ! ma Maryse. »

Alain révèle ici le vrai prénom de celle qu'il a aimée, faisant allusion à la fausse piste de sa fiancée tuée par un chauffard.

Le véritable carnet de bord commence alors à la date du :

4 janvier : Aller chercher 504 garage. Vérifier batterie. Et puis au hasard des jours :

21 janvier : avenue Paul-Signac à Montreuil-sous-Bois, porte de Montreuil par rue Galliéni, rue de Rosny.

Mr. Hyde livre ici aux enquêteurs la profession de Jean-Marc. Le fort de Rosny est le centre de télécommunications pour toute la Gendarmerie nationale. Là se trouve le fichier national des voitures volées, comprenant un fichier spécial réservé au deuxième tueur de l'Oise. Enfin, c'est le siège du STRJD[1] qui dispose d'un appareil baptisé le « criminostat » qui permet d'identifier un criminel en fournissant à un ordinateur tous les éléments du dossier. Mr. Hyde n'est pas peu fier d'avoir tenu en échec cette sorte de super-robot autrement plus redoutable que les pieds nickelés

1. Service Technique du Rapprochement Judiciaire et de Documentation.

qui, avec ou sans uniforme, sont lancés à sa poursuite.

24 janvier : Villers-Cotterêts, 11 h 30, Noyon. Bazar Paris, Samaritaine, Galeries Lafayette.

Allusion à la piste chère à l'inspecteur Pelfort, celle du tueur du BHV.

24 février : il ne reste plus de morphine. Jean-Marc s'en occupera.

9 mars, Paris. Plan de la Samaritaine et du Bazar de l'Hôtel-de-Ville.

Nouveau clin d'œil à Pelfort.

13 mars, Patricia, une balle, rue de Gournay, rue Auber à Vitry-sur-Seine.

Alain fait ici allusion à l'agression commise contre Patricia Cieslak sur le pont de l'Oise. Et il cite deux rues de Vitry-sur-Seine qui aboutissent au fort d'Ivry, l'un des lieux de cantonnement les plus importants de la gendarmerie mobile en région parisienne. N'importe quel gendarme le sait. Pas un policier.

27 mars : la BMW à Beauvais, la moto est réparée. Passer chez Herlin.

Le major Herlin commande à Beauvais le peloton des motards de l'Oise, avec une brigade dans cette ville, deux autres à Compiègne et à Creil. Les gendarmes sont uniquement équipés de motos de marque BMW. À cette même date sont également mentionnées un chapelet de villes de l'ouest, du sud et de l'est de la région parisienne, ainsi que les noms des gares permettant de s'y rendre. Ce qui tend à accréditer la thèse selon laquelle l'assassin habite Paris et utilise le train pour commettre ses méfaits.

29 mars. Appeler Jean-Marc. Les chambres sont retenues.

Ainsi s'achève brutalement la première partie de ce carnet de bord. Commence alors la seconde partie où Alain, pour confirmer à ses propres yeux le dédoublement de sa personnalité autant que pour en souligner le phénomène à l'attention des policiers, se lance dans des confessions où Mr. Hyde dialogue avec le Dr. Jekyll :

« *Horreur, folie, vision atroce de la mort que l'on découpe. Visage sans vie, aux traits déformés et monstrueux. Est-ce cela que provoque la haine, qui s'est déchaînée ? L'entité de ce corps a-t-elle existé ? Où est-elle désormais. Elle me regarde et me juge et sans doute ne comprend pas. Je suis astreint et je demeure esclave de sentiments, de sensations, qui m'entraînent aux actions néfastes et irréversibles. Je ne sais pas même pourquoi, cela ne peut s'appeler que vengeance, implacable et démesurée. Folie meurtrière, qui s'acharne sur l'innocence de l'être inconnue. Pire que la guerre, où la folie est le résultat d'un état d'esprit général que l'on subit, et auquel on s'habitue.*

Ne pas laisser transparaître ses sentiments. Dissimuler son cœur, diriger ses gestes afin qu'ils semblent naturels. Un corps vide de tout sentiment humain, ou un être démoniaque dirigé par un être malfaisant. Pourtant la joie est parfois près de moi, mais je ne sais pas l'exploiter et la provoquer. Je n'aime pas la cruauté. Je suis sensible et pourtant ! Je ne parviens pas à me souvenir parfaitement, à réaliser pleinement mes actes, la situation que je me suis créée, les conséquences grandioses de mes instants d'égarement. Il est probable que la liberté totale de la pensée, ainsi que le temps qui est consacré, soient néfastes au plus haut point pour l'individu ainsi que pour la société. J'ai pourtant peur de la mort ; ignorant ce qu'elle cache réellement. J'aimerais posséder une preuve quelconque de ce que certains affirment. »

Puis, Mr. Hyde s'adresse alors directement à son double, le Dr. Jekyll/Jean-Marc, qui exerce la profession de gendarme.

« *Toi, mon ami, mon frère, qui chaque jour m'aides encore, dont la parole guide mes pas, je ne voudrais pas que tu sois un jour mêlé à ma folie. Toi qui n'es qu'un petit brigand pas méchant, qui ne cherches qu'à survivre raisonnablement, t'emparant de l'argent de ces gens imprudents, je ne voudrais pas te nuire durement. Nous sommes tous deux égarés, mais moi je le suis plus que toi. Nous nous aidons mutuellement pour vivre matériellement en empruntant des voitures, en volant de l'argent aux banquiers, en escroquant la société. Mais, toi tu ne veux pas tuer, tu respectes trop la vie. Moi aussi, je la respecte et tu le sais, mais cette folle impulsion qui m'assaille parfois m'empêche de raisonner et je commets l'impossible. Combien de temps encore pourrons-nous jouir de notre liberté, avant de nous faire massacrer par les flics. Toi aussi, parfois tu es seul, sinon pourquoi te perdrais-tu dans la drogue. Ensemble, nous sommes riches, espérons que cela dure longtemps encore.* »

Enfin, le Dr. Jekyll/Jean-Marc prend la plume à son tour pour mettre un point final à ces confessions.

« *J'ai l'impression que ce crâne va exploser, tant la douleur s'appuie sur les parois osseuses. Et je ne comprends toujours pas d'où vient cet état d'être, qui ne cesse de me questionner. Pourtant le ciel est bleu, le soleil donne toute sa lumière, toute sa clarté de temps d'hiver. Les drogues peuvent-elles aider à supporter cette horrible sensation ? Pourquoi le remords ne m'assaille-t-il pas ? Je devrais être plongé dans ce remords, mais je ne puis me résoudre seulement à croire que j'ai agi. Tout cela n'est qu'un théâtre empli d'acteurs, mais j'ai horreur du théâtre. Il est midi et mes doigts tremblent. La folie peu à peu me pénètre et s'empare de moi. Que puis-je faire ? La lutte est inégale. Je dois rapidement trouver une solution.* »

Puis Alain couvre littéralement de ses empreintes digitales toutes les pages du carnet qu'il glisse dans une petite sacoche de cuir noir, en même temps qu'une kyrielle de témoignages sur ses diverses « performances ». S'y retrouvent ainsi pêle-mêle : quatre tickets de métro, deux clés de voiture, 2,15 F en menue monnaie, une petite boîte d'allumettes, trois bons d'essence Shell destinés à la R 30 TX de M. Gorse, 9 balles de calibre 7,65, cinq chèques Huon vierges, un plan des autobus parisiens, une carte IGN de la région Ile-de-France-Champagne, comportant la plupart de ses itinéraires fléchés au marqueur ainsi que des numéros de téléphone, pris au hasard dans des annuaires et notés sur des petits bouts de papier.

Le jeune homme, à midi, prend le volant de sa voiture en direction du nord. Et, à 13 h 15, il « oublie » la petite sacoche noire sur la banquette d'un café, à Longueau, à quelques kilomètres au sud d'Amiens, après avoir déjeuné sur le pouce d'un sandwich accompagné du rituel Vittel-cassis. Dans la petite salle bondée, nul n'a remarqué la distraction de ce client qui poursuit maintenant sa route plus au nord, vers Senlecques.

Un fils condamné qui va vers une mère qu'il n'a pas vue depuis deux mois, à qui il n'écrit plus depuis longtemps. Une mère assez fine pour s'interroger sur cette absence de lettres et de visites, en pressentir la signification, une mère qui nourrit sûrement des soupçons au fond d'elle-même, mais sait retenir les questions qui se pressent au bord des lèvres. Parce qu'il lui reste une poignée de jours avant son arrestation, sa mort peut-être, Alain se sent la force d'aller au-devant de cette confrontation. L'important pour le jeune homme, ce soir, c'est d'écouter la voix de sa mère et ses silences, de saisir ses regards et d'observer ses gestes, toujours les mêmes. Il veut une fois encore s'asseoir à la table familiale pour partager un repas qui lui est particulièrement destiné. Il veut ensuite, comme d'habitude, lire ses revues tandis que ses parents à côté de lui sont occupés à regarder la télévision. Ces images de toujours et les sentiments qui leur sont liés, voilà ce qu'Alain veut imprimer au plus profond de son cœur, emporter avec lui derrière les barreaux.

Mais il s'y mêle une blessure, l'échec d'une espérance, celle de provoquer l'admiration de sa mère grâce aux exploits accomplis par son unité de

Chantilly dans l'affaire du deuxième tueur de l'Oise. Que le chemin parcouru par lui depuis onze mois et qui a fait de lui un autre homme modifie enfin le regard de sa mère sur ce fils pas comme les autres. Or il n'en est rien. Comme si, chaque fois qu'il franchissait le seuil de la maison, il laissait au-dehors sa peau d'homme nouveau et redevenait entre ces murs l'adolescent taciturne et si peu sûr de lui. Un fils considéré par ses parents avec une indulgence résignée et dont l'avenir semble plutôt incertain. Un fils qui fait naître l'angoisse soupçonneuse bien plus que la fierté tranquille.

Le lendemain, c'est au mont Sinaï qu'il passe sa dernière journée de permission, persuadé qu'il n'y reviendra plus. Que sa « propriété » puisse continuer à exister, à se métamorphoser au fil des saisons tandis qu'il passera des jours entre les murs morts d'une cellule lui est parfaitement intolérable. Il fait partie de ce lieu comme les oiseaux, tous les animaux et les végétaux qui le peuplent. Il se glisse encore une fois à l'intérieur de la rampe de lancement de V1, là où, dans l'obscurité de cet antre humide, à l'abri de la vilenie du monde, il peut rêver à des jours d'innocence qu'il n'a jamais connus.

Ce soir-là, avant de monter se coucher, c'est à Bertrand qu'Alain confie le mont Sinaï. Il raconte à son jeune frère qu'il a découvert de nombreux pièges à animaux, lui recommande impérativement de tous les détruire, lui donne des instructions précises sur la manière de s'y prendre. D'avoir en quelque sorte légué sa propriété à Bertrand, Alain s'endort un peu rasséréné.

Sur le chemin du retour, Alain, qui a ralenti à la hauteur du café de Longueau, jouit littéralement de la présence de plusieurs voitures de la PJ de Lille. Le jeune homme poursuit sa route le sourire aux lèvres, malgré la terrible échéance qui l'attend.

4

Alertés par le propriétaire du café de Longueau, les policiers d'Amiens récupèrent la petite sacoche de cuir noir qu'ils remettent entre les mains des inspecteurs de Creil au début de l'après-midi du *vendredi 6 avril*. Dans le bureau du commissaire Jacob, en présence de Marie Brossy-Patin, chacun manipule au bout d'une pince à épiler les objets pour le moins hétéroclites du petit sac.

Lecture est faite, par téléphone, au commissaire Gréco des notes de l'agenda ainsi que de la liste des objets trouvés. Seuls retiennent l'attention de Gréco les numéros de téléphone griffonnés sur des bouts de papier et la carte routière fléchée. Une mise en scène, « l'oubli » de cette précieuse sacoche ? Vous n'y pensez pas ! Involontaire, bien sûr, et son malheureux propriétaire ne va pas manquer de venir la récupérer. La suite, on la devine : ordre est donné par Gréco de surveiller le café de Longueau.

Qu'il puisse se produire une fuite et que les gendarmes aient vent de cette découverte, voilà en réalité ce qui tracasse Gréco, qui obtient de Marie Brossy-Patin que le silence soit fait sur cette histoire de sacoche. Toujours soucieuse de ménager les susceptibilités des services de police, le magistrat annonce cependant à ses interlocuteurs qu'elle préviendra l'adjudant Citerne sans lui donner de précisions mais en lui révélant que son contenu peut permettre d'arrêter le tueur dans un avenir proche. Par téléphone, le chef du SRPJ de Lille ordonne à ses hommes d'identifier les numéros de téléphone et de se rendre aux adresses indiquées à Paris et en Picardie. Même consigne en ce qui concerne la PJ d'Amiens et de Rouen.

Quant à l'inspecteur Pelfort, il ne cache pas sa satisfaction : non seulement le deuxième « tueur » revendique indirectement les attentats commis au BHV, mais il apporte la preuve, grâce aux noms de villes et de gares cités dans l'agenda, qu'il habite bel et bien Paris et se déplace en train.

Neveu, pour sa part, voit dans le fatras de ces notes abracadabrantes un élément supplémentaire de la mise en scène habituelle du meurtrier. Seule le frappe cependant l'allusion faite par deux fois au tueur du BHV, mais pour de tout autres raisons que l'inspecteur Pelfort. Aucun organe de presse n'a jusque-là évoqué la troublante similitude entre les explosifs utilisés par l'homme du BHV et le deuxième tueur de l'Oise. Pelfort, chargé d'exploiter cette piste en liaison avec la PJ de Paris, parle beaucoup, certes, mais tout de même… En un mot, de l'avis de Neveu, seul un policier ou un gendarme a pu être informé du rapprochement qui a été fait entre ces deux affaires criminelles. Conclusion qui va une fois encore dans le sens des convictions de l'inspecteur.

Colombo, de son côté, apprend l'histoire de la sacoche « par hasard » grâce à l'un de ses anciens subordonnés, motard à Amiens qui, ayant repéré l'agitation autour du café de Longueau, a cru bon d'en informer le capitaine dans le début de la soirée du 6 avril. Pineau raccroche le téléphone, blême d'indignation, convoque un quart d'heure plus tard tous les gendarmes – une vingtaine d'hommes environ – dans la salle de la brigade, et les met au courant.

Brandissant la photocopie du troisième portrait-robot, il explique :

— Voilà quatre jours que cette photo est partout reproduite dans la presse. Et c'est seulement ce matin que nous l'avons reçue. Messieurs, écoutez-moi bien : c'est notre dernière chance de coincer cet homme. Si le meurtrier est un gendarme et j'en suis de plus en plus persuadé, c'est à *nous* de l'arrêter et pas à ceux d'en face. Alors vous allez vous remuer les méninges : ce visage doit vous dire quelque chose. Essayez de vous souvenir, de découvrir une ressemblance avec l'un de vos collègues. Celui d'entre vous qui a une idée peut venir me déranger aujourd'hui, demain, à n'importe quelle heure du jour ou de la nuit.

Colombo a joué sa dernière carte. Il ne se fait guère d'illusions quant au résultat qu'il peut en attendre.

Dans la matinée du *samedi 7 avril*, il est prouvé que la totalité des numéros notés sur des bouts de papier a été relevée au hasard dans des annuaires, sauf celui d'une hôtesse de l'air qui figure sur la liste rouge. Quant au contenu de l'agenda, c'est un véritable casse-tête chinois pour les policiers de Lille, au point que le chef du SRPJ ordonnera à la fin de cette journée l'arrêt de toutes les investigations liées à la découverte de cette encombrante sacoche.

Ce matin-là, le capitaine Pineau a tenté d'obtenir quelque information sur les recherches entreprises. Des nouvelles, il n'y en a pas, comme d'habitude. Au moment où Colombo, excédé, raccroche le téléphone, entre le chef Morel. Il est 11 h 50.

— Mon capitaine, annonce celui-ci le plus tranquillement du monde, j'ai bien réfléchi depuis la réunion d'hier. J'en ai parlé à ma femme. Elle a été frappée comme moi par la ressemblance de ce portrait avec un jeune gendarme qui habitait ici avant d'être affecté au PSIG de Chantilly.

— Et c'est seulement maintenant que vous m'en parlez ! hurle Colombo. Nom de Dieu ! comment s'appelle-t-il votre lascar ?

— Lamare, Alain Lamare, répond Morel, assis, mal à l'aise sur le bord de sa chaise. Mais vous savez, mon capitaine, c'est juste une impression.

— Je m'en fous ! Parlez-moi de ce Lamare, commande l'officier. Comment était-il avec les filles ?

— Oh ! vous savez, il ne sortait jamais. Il était toujours seul, passait sa vie à lire…

— Mais enfin, ce n'était tout de même pas un moine ! l'interrompt Pineau. En dehors des livres, il s'intéressait bien à quelque chose ?

— Il aimait beaucoup les armes à feu, répond Morel, après un temps d'hésitation. Nous en avons souvent parlé ensemble. Je sais qu'il possède plusieurs carabines, des pistolets, des revolvers. Et puis c'était un passionné de voitures. Je me souviens qu'avec Jean-Claude, mon fils, ils faisaient des courses.

— Nom de Dieu ! Ça colle ! Mais parlez-moi encore de son comportement avec les filles.

— C'est difficile à dire… Encore une fois, il ne sortait presque jamais. Je l'ai vu boire une ou deux fois. Avec les filles il était d'une timidité maladive. Il rougissait dès qu'elles lui adressaient la parole. Il répondait par oui ou par non. Il fallait vraiment lui arracher les mots.

— Et dans le travail ?

— Alors là, c'était un autre homme. En uniforme il perdait toute sa timidité, même avec les filles. Il était passionné par son métier. On avait l'impression qu'il ne vivait que pour cela.

— Maintenant, écoutez-moi bien, Morel, insiste le capitaine en se penchant en avant vers son interlocuteur. Comment écrivait-il ? Essayez de vous souvenir. C'est capital.

— Je crois que de ma vie je n'ai vu un gendarme écrire comme lui. Il ne faisait pas une faute d'orthographe. Et puis, il avait, comment dire, un certain style. Je n'exagère pas, je vous assure, mon capitaine.

— Ça va, Morel, pour l'instant. Surtout pas un mot de cette discussion. On va déjeuner et ensuite nous ferons les vérifications. Mais j'ai bien peur que ce soit lui notre lascar.

Vers 13 h 30, ayant mis la main discrètement dans les archives de la compagnie sur les sept carnets de déclarations du nommé Alain Lamare,

Colombo compare l'écriture de chacun d'entre eux avec celle des deux lettres du tueur. *A priori*, les écritures ne semblent pas correspondre. Mais après examen plus attentif à la loupe, le jambage des lettres majuscules ainsi que l'utilisation excessive du point-virgule révèlent de troublantes similitudes. Six gradés sont alors successivement convoqués par Colombo, qui leur soumet une lettre en même temps qu'une page de l'un des carnets de déclarations, sans leur révéler, bien sûr, le nom du propriétaire. Tous aboutissent aux mêmes constatations que le capitaine Pineau.

Suit immédiatement une réunion dans le bureau du capitaine, qui confie à ses hommes qu'il s'agit du carnet du gendarme Lamare, muté à sa propre demande au PSIG de Chantilly le jour de l'arrivée du capitaine Pineau à la tête de la compagnie de Clermont. Celui-ci pose les mêmes questions qu'au chef Morel, obtient les mêmes réponses. Mais surtout il apprend par eux le lieu d'habitation des gendarmes du PSIG : l'immeuble situé sur la route de Creil, à côté de la résidence du Coq-Chantant, juste avant le carrefour des Ripailles. Ce dernier élément achève de convaincre Pineau. Voilà qui explique pourquoi l'assassin pouvait aller et venir impunément, échapper à la surveillance classique que chaque gendarme est supposé exercer sur ses collègues au sein de la vie de caserne.

Plus de doute possible : Colombo a identifié l'assassin en la personne d'Alain Lamare. Belle victoire dont le capitaine devrait se féliciter. Pourtant, il ressent une peine amère. Le tueur porte le même uniforme que lui. Aussi est-il déterminé à l'arrêter, coûte que coûte, avant les policiers de la PJ de Lille. C'est désormais une question d'honneur.

Il est environ 14 h 15 lorsque le téléphone sonne dans le bureau de l'adjudant Cavalier à Chantilly. C'est Colombo à l'appareil. Il attend l'adjudant dans les plus brefs délais. Pour une affaire grave, précise-t-il.

— Bien, mon capitaine. Je suis là dans une demi-heure, répond Cavalier avant de raccrocher.

En face de lui attendant les ordres du chef pour la patrouille, quatre gendarmes, parmi lesquels Alain Lamare.

— Écoutez-moi, les enfants. Je m'en vais. Le capitaine Pineau veut me voir, confie le commandant du PSIG à ses hommes. Alors, Alain et Yves, vous faites l'itinéraire du parking d'Orry-la-Ville et vous me vérifiez encore l'identité de tous les « pédés » qui traînent à la Vieille Route.

Quelques minutes plus tard, il quitte Chantilly au volant d'une des 504 break de l'unité.

— Cavalier, tu te doutes bien que je ne t'ai pas fait venir pour rien, lance Colombo à l'adjudant lorsque celui-ci se présente vers 15 heures dans son bureau. Je ne vais pas tourner autour du pot. Si je te dis que ton gendarme Alain Lamare est le deuxième tueur de l'Oise, qu'est-ce que tu me réponds ?

Le visage de son ancien collègue d'un seul coup est devenu livide. Le capitaine lit dans ses yeux une terrible détresse.

— Je ne peux pas y croire, murmure l'adjudant d'une voix blanche. Je ne peux pas. C'est mon meilleur...

— Écoute, Henry, je ne te dis pas que c'est lui à coup sûr, fait observer Colombo pour tenter d'adoucir le choc. C'est Morel qui a été frappé par sa ressemblance avec le troisième portrait-robot. Et puis regarde cette écriture et compare avec les lettres, ajoute Colombo en tendant à Cavalier les carnets de déclarations de Lamare.

L'adjudant prend à son tour la loupe, reconnaît, accablé, au bout d'une dizaine de minutes, d'évidentes similitudes. Enfin, la personnalité d'Alain, lui explique l'officier, telle qu'elle a été décrite par ses anciens collègues - garçon renfermé sur lui-même, solitaire, fuyant les femmes -, offre d'étranges correspondances avec celle du tueur.

— Qu'est-ce que je dois faire ? demande alors le chef du PSIG, presque suppliant, au capitaine Pineau.

— Tu dois faire ton devoir, mon vieux, lui répond Colombo. Cela n'a rien de réjouissant, mais je ne peux rien pour toi. *Primo* : il faut que tu ailles discrètement à la compagnie de Senlis et que tu vérifies l'emploi du temps de Lamare en fonction de cette dizaine de dates que j'ai notées pour toi sur ce papier. Si tes recherches se révèlent positives, comme je le crains, tu vas voir immédiatement Colson et tu lui racontes tout, y compris ta visite ici. Enfin, tu me téléphones pour me transmettre le résultat de tes investigations et les décisions prises par ton supérieur.

Vers 18 heures, Cavalier transmet à Pineau le résultat de ses démarches : toutes les vérifications concernant l'emploi du temps du suspect se sont révélées positives. Quant à Colson, il a refusé de s'occuper de l'affaire, prétextant qu'il était attendu à un concert, mais il a promis de considérer le problème à son retour vers 20 heures.

— Et notre lascar, où est-il en ce moment ? interroge Pineau anxieux.

— De patrouille jusqu'à 2 heures du matin. Je vous signale qu'il était dans mon bureau lorsque vous avez téléphoné ce matin.

— Bon Dieu ! Il doit se douter de quelque chose ! Il faut faire vite. Henry, tiens-moi au courant. Rappelle-moi dès que tu as un élément nouveau.

C'est seulement aux environs de minuit que Pineau pourra entrer en contact à Beauvais avec le colonel Soulé, commandant du groupement de gendarmerie de l'Oise, absent pour la journée en raison d'une cérémonie familiale. Colombo fait à son colonel le récit des circonstances de l'identification d'Alain Lamare. Il faut agir vite, avec le maximum de discrétion, conclut Colombo, d'autant qu'un élément capital vient de lui être rapporté : Lamare, ayant entendu son supérieur réclamer d'urgence à la radio le capitaine Pineau, a aussitôt appelé un ex-collègue de Clermont pour tenter d'obtenir quelque information supplémentaire.

À 1 heure du matin, le colonel Soulé en civil gare sa voiture personnelle, par mesure de précaution, dans une rue éloignée de la compagnie de Senlis. Il est reçu par Colson qui le fait passer par son entrée privée, comme prévu, pour éviter d'attirer l'attention du planton de garde. Au terme d'un quart d'heure d'entretien avec le commandant, l'officier supérieur de gendarmerie a perdu toute illusion sur les capacités professionnelles de

Colson. Ce dernier n'a qu'une seule idée : offrir un verre le lendemain matin à tout le personnel du PSIG de Chantilly de manière à obtenir discrètement les empreintes d'Alain Lamare. Soulé donne alors l'ordre d'interpeller le gendarme Alain Lamare ainsi que le gendarme Locray d'ici une demi-heure environ, c'est-à-dire à 1 h 45, soit juste à la fin de la patrouille, et de laisser repartir à leur domicile les gendarmes auxiliaires Carpentier et Barant.

À 1 h 30, le colonel Soulé quitte la compagnie de Senlis aussi discrètement qu'il y était entré et prend la route de Beauvais.

Un quart d'heure plus tard, le commandant Colson, en présence de cinq gendarmes, prend le micro de la radio :

— Ici 339/01 Autorité. J'appelle tous les véhicules en patrouille de nuit, articule lentement l'officier. Il faut monter d'urgence une opération anti-manouches, plusieurs cambriolages nous ayant été signalés. Rendez-vous dans les plus brefs délais à la compagnie pour le *briefing*. Terminé.

L'officier a coupé le micro, l'air sombre. Dans la grande salle de la brigade de Senlis un silence de plomb. Pas un de ces six militaires ne peut ni ne veut y croire. Bien sûr, ils redoutent le déshonneur qui va rejaillir sur l'arme à laquelle ils appartiennent. Mais surtout ils ont peur, peur que le tueur ne mette ses menaces à exécution et tue des « flics », en cas de tentative d'arrestation, comme il l'a promis.

5

Samedi 7 avril, à 14 h 15, lorsque Cavalier, plantant là ses hommes, quitte à la hâte Chantilly pour Clermont, Alain a brusquement la sensation d'être pris comme dans un étau entre les quatre murs de ce bureau. Cette rencontre avec le capitaine Pineau, c'est lui qui l'a voulue, il l'a attendue, il en connaît la portée.

Comment quitter la scène avec panache ? Dès le début de la patrouille, cette question tenaille Alain, tandis que la 504 break roule lentement dans les avenues rectilignes de Chantilly. Première solution : livrer un dernier combat dans la région de Clermont, parce que c'est le fief de Pineau, le seul véritable ennemi digne de lui, sous les ordres de qui il aurait voulu servir. Et puis, c'est à Clermont que Lamare a pour la première fois revêtu l'uniforme. Cette fin serait un retour aux sources. Le meurtre de Colombo, un coup de chapeau à un ennemi estimé.

Son plan ? Escalader, à l'issue de sa patrouille vers 3 heures du matin, la grille d'accès haute de deux mètres de la compagnie de Clermont. Une fois dans la cour, fracturer la porte d'entrée de la brigade. Ce sera un jeu d'enfant que de mettre ensuite la main sur la clé de la soute à munitions dont la cachette ne devrait pas avoir changé, rangée dans un tiroir non cadenassé, connu de tous, au mépris du règlement. Clé en main, il lui suffira ensuite d'ouvrir la réserve et de se servir en munitions. Puis il fera sauter la soute située à proximité de la réserve d'essence et les bâtiments de la gendarmerie s'embraseront les uns après les autres, déclenchant un formidable feu d'artifice.

Profitant de la confusion générale, il abattra le capitaine qui se sera, bien entendu, précipité dans la cour, et s'enfuira pour livrer un ultime baroud d'honneur dans la forêt de Hez-Froidmont. Il tuera le plus grand nombre possible de ses poursuivants avant de mourir, écartant d'emblée la possibilité de se laisser prendre vivant ou simplement blessé. Le scénario est à première vue séduisant.

Deuxième solution : tuer, au cas où ceux-ci tenteraient de l'arrêter, l'adjudant Cavalier et le commandant Colson, deux ennemis peu dangereux qu'il a réussi à berner pendant plus de onze mois. Mourir là encore sur un coup d'éclat après avoir abattu un maximum de ses collègues. Mais dans la 504 break qui patrouille maintenant sur la Vieille Route où se déroule comme à l'accoutumée le ballet des homosexuels, un doute assaille Alain. S'il meurt les armes à la main, sera-t-il présenté à ses collègues ainsi qu'à l'opinion publique comme le deuxième tueur de l'Oise ? On peut parfaitement le faire passer pour fou, avec l'accord ou non des magistrats : il suffit pour cela de rafler toutes les pièces à conviction de l'appartement 176, cité Lefébure. Si le commandant Colson a si bien réussi à cacher la vérité à ses supérieurs dans la rocambolesque affaire du parking de Chantilly, pourquoi ne réitérerait-il pas sa performance en faisant passer le gendarme Lamare pour fou, un fou dangereux qui se serait mis à tirer sur ses collègues et qui n'aurait rien à voir avec le deuxième tueur de l'Oise ?

Généreux cadeau que celui de sa mort, tant pour la gendarmerie que pour la police et la magistrature, s'il optait pour l'une ou l'autre de ces solutions. L'enquête sur l'affaire du deuxième tueur de l'Oise serait, pour le plus grand soulagement de tous, close avant même d'être ouverte et du même coup, la signification de chacun des actes accomplis par le gendarme Lamare depuis onze mois enterrée avec lui. Reste une troisième solution qui consiste à choisir d'être jusqu'au bout le témoin de son aventure, le spectateur du traumatisme que ne manqueront pas de provoquer son arrestation et les révélations qui en résulteront parmi ses collègues et auprès de l'opinion publique. Pourquoi se priver de l'ultime jouissance d'assister à la déroute de ceux qu'il aura ainsi réussi à berner jusqu'au dénouement ?

Sans compter que le choix de cette fin présente un autre avantage, et non le moindre : celui de vivre une existence monacale, vouée à la solitude d'une cellule, réglée par des horaires stricts. Et avec elle, la possibilité d'échapper à toutes les contraintes de la vie sociale et d'être pris en charge, le privilège de se consacrer à une vie de méditation et d'entreprendre – pourquoi pas ? – des études, d'apprendre par exemple le russe ou le polonais, ce dont il rêve depuis si longtemps. Sans écarter, cela va de soi, le projet et la mise au point d'une évasion. Si Mesrine l'a fait, pourquoi pas lui ?

Le break tourne maintenant sur le parking d'Orry-la-Ville lorsque la réflexion d'Alain est interrompue par la voix reconnaissable entre toutes de Dauchy, le radio de Clermont qui crache un message à l'intention du chef du PSIG : Pineau appellera Cavalier à Senlis dans un quart d'heure comme convenu. Pourquoi cette présence de Cavalier à Senlis ? s'inquiète Alain qui appelle sur-le-champ, de la cabine téléphonique en face du parking, la brigade de Clermont, sans obtenir le moindre renseignement. Son ex-collègue est-il sincère ou bien est-ce qu'il ment lorsqu'il affirme n'être au courant de rien ?

En réalité, Alain n'a besoin de personne pour expliquer la présence de son chef à Senlis. C'est à la compagnie et nulle part ailleurs que Cavalier peut comparer l'emploi du temps du gendarme Lamare avec celui du deuxième tueur, selon la règle qui veut que soient conservés à la brigade uniquement les emplois du temps du mois en cours. Ceux des mois précédents ne sont visibles qu'au siège de la Compagnie.

Aussi, lorsque la 504 break stoppe, vers 19 heures, pour le temps de pause au bas de l'immeuble de la cité Lefébure, Alain s'étonne-t-il de pouvoir regagner son domicile comme si de rien n'était. Pourtant, à part le malaise physique croissant que provoque en lui ce simulacre d'une patrouille, Alain, curieusement, éprouve un sentiment de soulagement à l'idée que dans quelques heures aura cessé l'effroyable solitude dans laquelle il vit depuis onze mois. Bientôt, il va pouvoir parler, tout dire, être entendu, dresser la liste de ses performances, jeter à la tête de ses collègues le catalogue de leurs bévues. Car sa décision est prise : seule la troisième solution est digne de son parcours.

Pas question ce soir pour Lamare de prendre son repos. Le temps lui est compté s'il veut accomplir sa dernière tâche. Après s'être changé à toute vitesse, il bourre d'objets hétéroclites son sac de sport, jette un regard, avant de claquer la porte, sur le désordre indescriptible qu'il laisse derrière lui. Et tandis qu'il roule vers Compiègne, le jeune homme a la sensation que le dédoublement de sa personnalité s'est accompli au-delà de ses espérances. Qui est-il au juste et qui veut quoi ?

20 heures, carrière Guinaut. Agissant comme un automate, Alain sort de son sac une grenade d'exercice trafiquée par lui, la dégoupille puis la lance vers l'entrée de sa cache où sont enterrés tous les trophées de ses batailles. La poussière de l'explosion une fois dissipée, Alain quitte les lieux, satisfait : toute cette partie de la carrière s'est légèrement affaissée, bouchant complètement le boyau d'accès de sa cache et le rendant inaccessible à quiconque tenterait de s'y introduire.

Quelques kilomètres plus loin, en forêt de Compiègne, à un carrefour matérialisé par un poteau de bois blanc, Alain, armé de sa lampe torche, creuse le sol à la pelle, à une dizaine de pas de la route, à un mètre environ d'un arbre sur lequel, pénétrant l'écorce avec la lame de son couteau, il vient de tracer des signes cabalistiques. Dans ce trou profond de trois mètres, il enterre une cantine militaire dans laquelle il a transvasé le contenu de son sac de sport et qui contient toute une série d'objets soigneusement enveloppés de plastique : ustensiles de cuisine, vaisselle, pistolets avec leurs munitions, faux papiers d'identité et argent, vêtements, cartes et livres de Lobsang Rampa. Puis, le fossoyeur comble de terre le trou, nivelle le sol avant d'y replanter quelques fougères. Dr. Jekyll ou Mr. Hyde peuvent désormais se laisser arrêter. À supposer que l'un ou l'autre ou encore les deux tentent de s'évader, chacun sera en mesure de soutenir un siège de quelques jours et de subvenir à ses besoins.

Sur la route du retour vers Chantilly, Alain concentre toute sa volonté sur la nécessité de garder la tête froide malgré les images qui défilent dans sa tête. Car, si tout compte fait, il a opté pour la solution de l'arrestation, prêt à en assumer les conséquences, il en est une qu'il ne peut prévoir. Comment être sûr que les services de police ne le feront pas supprimer de sang-froid, enterrant du même coup, avec le témoin de leurs bavures, le risque que celles-ci soient révélées au grand jour ? Quoi de plus facile que de justifier un coup de feu en prétendant que le gendarme Lamare a tenté de s'évader, et qui osera prétendre le contraire ? Envisagée sous cet angle, cette troisième solution ne vaut guère mieux que les deux premières.

S'il tombe entre les mains de la police, c'est immanquablement le sort qu'elle lui réserve. Pas les gendarmes. Bien sûr, le jeune homme se méfie comme de la peste de certains hurluberlus tout aussi capables, comme « ceux d'en face » et pour les mêmes raisons, de lui mettre une balle dans la tête. Pourtant Alain a davantage confiance dans le gendarme, qui reste avant tout un soldat de la loi, chargé à ce titre de la faire respecter. Le risque est minime, il est à prendre, décide Alain en garant sa R 4 au bas de l'immeuble de la cité Lefébure.

Samedi 7 avril, 22 heures. Alain Lamare a revêtu l'uniforme. Il a pris le temps de se laver le visage, s'est coiffé avec soin, a avalé un tube entier de lait concentré Nestlé en prévision des heures à venir. Il a retrouvé au bas de l'immeuble son chef de patrouille et avec la 504 break ils sont passés prendre dans les locaux de la brigade les gendarmes auxiliaires Carpentier et Barant. Là encore, Alain se tenait prêt à se faire ceinturer mais décidément, c'est un soir comme les autres, une atmosphère ordinaire.

La patrouille se déroule comme prévu. Première direction : Senlis. Beaucoup de piétons et de voitures dans les différents quartiers de la ville en ce samedi soir d'avril. Locray et Lamare, depuis l'affaire de Chantilly, ne s'adressent plus la parole et dans la 504 break qui roule au ralenti pèse un silence tendu que rompent parfois quelques paroles échangées entre les deux GA. C'est seulement vers 23 heures, passant devant la compagnie de Senlis, qu'Alain sort de son mutisme :

— Vous avez vu au premier étage ? C'est bien la première fois qu'il y a de la lumière à cette heure-ci ! lance-t-il à ses collègues qui se bornent à marmonner un « Ah ! oui » sans conviction.

Mais tandis que le break redémarre en direction cette fois de Pont-Sainte-Maxence pour y effectuer sa visite quotidienne rue Cavillé, Alain serre la crosse de son revolver Astra 22 LR, glissé avec le chargeur rempli de ses huit balles dans la poche gauche de sa veste trois-quarts. Il semble qu'on lui prépare là-haut un petit comité d'accueil qui ne lui dit rien qui vaille.

Minuit environ. La voiture parvenue au mont Pagnotte stoppe une heure, tous feux éteints, en pleine forêt d'Halatte pour surveiller le relais de télévision. Pas âme qui vive en pareil endroit en ce milieu de la nuit et, malgré la radio qui reste obstinément muette et le silence insolite des premières minutes de ce *dimanche 8 avril*, la tension du jeune homme, curieusement, se relâche : la nature, c'est son milieu naturel, ce monde nocturne le seul qui lui convienne. Il veut cette nuit s'en imprégner, conscient qu'il ne retrouvera plus de sitôt cette odeur de liberté. De ce manque-là, il va souffrir. De celui-là seul.

1 heure du matin : la 504 se dirige – lentement – à travers les rues des petits villages bordant la ville de Creil, vers Chantilly. Lorsqu'elle y entre à 1 h 45, c'est-à-dire très exactement un quart d'heure avant la fin de la patrouille, la radio de bord fait entendre le bip-bip caractéristique signalant un appel général adressé à toutes les voitures et brigades. Tandis que Locray range le break sur le bas-côté de la route afin de capter dans les meilleures conditions le message, Alain pressent d'instinct que celui-ci lui est destiné, il en a la certitude dès qu'il entend les premiers mots prononcés par la voix nasillarde de Colson. Jamais, depuis son

affectation au PSIG en 1977, il n'a entendu de nuit la voix du commandant à la radio.

Ordre est donné à toutes les patrouilles de la compagnie de Senlis de se rendre immédiatement au siège où doit avoir lieu un « briefing ». Le motif « officiel », l'opération anti-manouches, est si peu subtil que Lamare se tourne vers l'arrière et demande à Carpentier de lui passer le pistolet-mitrailleur avec ses quatre chargeurs et, l'ayant armé, il le pose sur ses genoux qui tremblent légèrement. D'ici quelques minutes M. Hyde sera mort ou, au mieux, il aura les menottes.

Tandis que la 504 prend la direction de Senlis, Alain porte malgré lui les mains à son cou avec la sensation soudaine d'un étranglement. C'est la première fois qu'il perd son sang-froid en cours de service et l'ironie du sort veut que ce soit Carpentier, blessé par lui le 18 novembre, qui s'inquiète de son état :

— Qu'est-ce que tu as, Alain ? Ça ne va pas ? Tu es tout pâle.

Paralysé par la peur, le jeune homme, au bout d'un instant qui lui paraît interminable, réussit à articuler :

— Il y a un gros morceau…

Incapable de poursuivre, Alain serre plus fort son cou entre ses deux mains, rejette la tête en arrière comme s'il cherchait sa respiration. Il sait les trois hommes suspendus à ses lèvres, laisse enfin tomber quelques secondes plus tard d'une voix à peine audible :

— … qui ne veut pas passer.

2 heures du matin : le break s'immobilise au milieu de la cour de la gendarmerie de Senlis. Pas

un seul véhicule de patrouille, pas le moindre gendarme, note Alain. Lorsque se referme la lourde grille d'entrée, manœuvrée par le militaire de garde, Alain se sait pris au piège, la caserne étant bâtie comme un château fort complètement isolé de l'extérieur par ses hauts murs médiévaux.

À l'instant où il va ouvrir la portière, Alain aperçoit à quelques mètres l'adjudant Cavalier qui s'avance vers eux, sans la moindre arme à la main. Alain sort alors de la voiture. Il a dans une poche le pistolet Mac 50 de dotation avec une balle dans le canon, le revolver Astra chargé est glissé dans l'autre poche et il tient de ses deux mains le pistolet-mitrailleur.

— Carpentier et Barant, vous allez vous coucher, on n'a plus besoin de vous, ordonne le commandant du PSIG. Quant à vous, Lamare et Locray, grouillez-vous, on n'attend plus que vous.

Alain laisse passer Locray devant lui. Pendant une fraction de seconde, Lamare et Cavalier se jaugent du regard. La main sur la détente du pistolet-mitrailleur, le canon dirigé vers l'adjudant, Alain est comme magnétisé par le regard bleu de son chef.

— Mais enfin, Alain, qu'est-ce que tu as ? Tu rêves ! l'apostrophe l'adjudant d'un ton bourru. Dépose ton artillerie dans la voiture et magne-toi.

Alain recule de quelques pas, range le pistolet-mitrailleur à l'arrière de la 504, emboîte le pas à Locray, l'adjudant Cavalier dans son dos. Cinq marches de pierre mènent au couloir d'entrée de la brigade. Alain qui a recouvré son sang-froid a pourtant l'impression de gravir les marches d'un échafaud. À l'intérieur du poste de garde, dans l'entrée, le gendarme de planton est apparemment plongé dans la lecture d'un livre passionnant.

— On va dans la grande salle de la brigade territoriale, annonce alors Cavalier.

C'est toujours Locray qui mène la marche, l'adjudant qui la ferme. Encore cinq mètres à parcourir et toujours pas le moindre signe précurseur d'une opération de grande envergure, mais un silence morne, une pénombre lugubre.

C'est à l'entrée de la salle qu'il se fait ceinturer par son chef qui lui immobilise les bras tandis qu'un gendarme lui passe les menottes. Lorsque Locray, également ceinturé, hurle son indignation, Alain fait chorus avec lui :

— Mais ça ne va pas ! Vous êtes fous !

Assis de force sur une chaise, pressé de questions par Colson qui se tient devant lui, Alain refuse de répondre.

La gorge de Mr. Hyde est sèche, sa langue de bois, son corps tout entier tendu aux aguets dans l'attente du sort qu'on lui réserve, tandis que son œil enregistre mécaniquement le décor singulier de cette fin de partie qui se joue derrière les volets hermétiquement clos de la salle de brigade d'une austérité glacée. Sur le mur, juste en face du gendarme Lamare, dans un cadre monumental, le général de Gaulle sanglé dans son uniforme semble observer la scène en juge suprême. Au-dessous, affiché bien en évidence, un diplôme délivré par la Société protectrice des animaux à la compagnie de Senlis. Enfin, fixés par liasses sur un panneau, des papiers dactylographiés – avis de recherches, portraits-robots, etc. – témoignent de l'existence d'un présumé deuxième tueur de l'Oise.

Six gendarmes se trouvent dans la salle, dont certains encore en pyjama, et Mr. Hyde note, incrédule, l'expression d'une peur panique sur le visage de ces militaires, la peur qu'il leur inspire, lui, leur collègue Lamare, assis sur sa chaise, menottes aux poignets, tandis qu'à l'extrémité de la salle, le chef du PSIG pleure sans retenue.

Alors lentement, comme au ralenti, la scène semble s'animer et les hommes émerger de leur pétrification. L'adjudant Citerne s'avance pour prendre ses empreintes, les compare sur-le-champ à celles de son dossier posé sur la grande table au centre de la salle. Au même instant, ses collègues ensemble s'affaissent, le dos voûté comme des vieillards, le regard ahuri, incapables de croire à cette mauvaise farce.

— C'est toi ?... murmure simplement dans un souffle l'adjudant Cavalier qui s'est approché d'Alain, les yeux rouges.

— C'est fondamentalement ridicule, profère le jeune homme les yeux baissés, décidé à éluder la question en présence de ces « immondes crétins ».

— C'est fondamentalement ridicule, répète-t-il une seconde fois, lorsqu'à leur tour Colson et Citerne tentent de le faire passer aux aveux.

Immobile sur sa chaise, enchaîné à un radiateur, Alain entrevoit comme à travers un voile des uniformes bleus et des silhouettes en civil qui vont et viennent. Il s'efforce de faire le vide dans son esprit, conscient que c'est cette nuit ou jamais qu'il doit être capable d'appliquer les leçons du Maître. Mais que sa mission soit bel et bien terminée, cela il ne peut pas encore le réaliser, et son esprit flotte loin, ailleurs, des images défilent dans sa tête : le pavillon de Senlecques et le visage de ceux qu'il y a laissés, celui de sa mère en particulier, et puis les autres aussi, bien sûr, et ces jours gais, en marge de la vie, partagés avec son frère Bertrand dans sa « propriété » du mont Sinaï.

Tout semble, encore une fois, se figer. La sonnerie du téléphone s'est enfin tue, la radio est devenue muette, ainsi que les machines à écrire, lorsque monte soudain vers Alain comme une rumeur venue de très loin, quelque chose qui ressemblerait à des sanglots. Ce sont les gendarmes qui pleurent. Alain est bien obligé de l'admettre. Ils sont là, une dizaine en tout maintenant qui pleurent sans retenue et certains même hoquettent, secoués par les sanglots. Une sorte de brouillard l'empêche de distinguer les traits de ces étranges « pleureuses ». Seul tressaute devant ses yeux le ballet blanc des mouchoirs.

La scène, complètement irréelle, est brusquement interrompue :

— Lamare, vous me signez ce papier. C'est votre lettre de démission, implore Colson d'une voix faible.

— C'est fondamentalement ridicule, réplique une nouvelle fois Lamare à l'officier qui s'éloigne, l'air d'un chien battu, son imprimé à la main.

À deux de ses collègues qui lui tendent un sandwich et un café, Alain oppose un refus soupçonneux : et s'ils avaient simplement comploté de l'empoisonner ? C'est, après tout, un moyen pas plus invraisemblable qu'un autre d'éliminer un gêneur de son acabit. Et lorsque quelques minutes plus tard, on le détache pour le conduire sous escorte vers la 504 break restée dans la cour de la brigade, la méfiance à nouveau le reprend. Où l'emmènent-ils et pourquoi ? Un faux mouvement, un coup de feu qui part... Voyons ! Comment n'y auraient-ils pas pensé ? Un accident est si vite arrivé, une tentative d'évasion si facile à inventer après sa mort... Mais lorsque le cortège de voitures tourne à gauche au carrefour des Ripailles, Alain soulagé sourit. Bien loin de vouloir le faire passer discrètement de vie à trépas, ses collègues s'apprêtent banalement à effectuer une perquisition en sa présence.

Étrange impression que celle de pénétrer ainsi chez soi, en si nombreuse compagnie. Plus étrange encore de se retrouver assis de force sur un siège de son salon, au beau milieu d'un capharnaüm plus parlant à lui seul que toutes les pièces à conviction.

Sidéré, il voit Citerne s'installer avec sa machine à écrire et sa cire à cacheter et entreprendre d'autorité de mettre sous scellés tout ce qui lui tombe sous la main. C'est aux policiers de Lille qu'incombe cette tâche, certainement pas au petit adjudant. Sont ainsi saisis et identifiés plusieurs clés et porte-clés de voitures volées ainsi que les cartes grises, la machine à calculer Sanyo dérobée à Paul Huon ainsi que son blouson bleu, cinq bons d'essence Shell portant le numéro de la R 30 TX de M. Georges Gorse, la tente, la machine à laver Calor et l'Encyclopédie Larousse achetées avec les chèques Doucet, du chatterton, des mégots de cigarettes, des coupures de journaux relatives à « l'affaire », des munitions de cinq calibres différents, des étuis de cartouches, du fil électrique, les photos de l'autopsie de Yolande Raszewski, des photocopies de procès-verbaux liés à l'agression contre Karyne Grospiron et une kyrielle d'objets de toutes sortes, notamment une dizaine d'armes à feu et des grenades.

À plusieurs reprises, lorsque Citerne lui présente l'un ou l'autre de ces objets et lui demande de les reconnaître comme les siens, Alain brûle d'envie de répondre « Niet », mot favori de l'adjudant.

— C'est fondamentalement ridicule, se contente-t-il pourtant de répéter inlassablement.

Il est, en effet, hors de question pour le jeune homme d'aider de quelque manière que ce soit l'adjudant Citerne ou le commandant Colson : ils ne l'ont arrêté que contraints et forcés. Le vrai responsable, en revanche, celui qui a été capable de leur mettre sous les yeux les preuves irréfutables de sa culpabilité, c'est le capitaine Pineau. C'est à lui qu'Alain voudrait passer des aveux complets mais Colombo n'est pas là. Il n'a dans cette affaire, sur le plan juridique, aucune responsabilité.

Alain en est à ce point de ses réflexions lorsque, sur le coup de 9 heures, arrivent les policiers de la PJ de Creil qui, aussitôt, s'affrontent âprement avec les gendarmes, chaque service se prétendant saisi de l'affaire. Puis, comme si les pièces à conviction entassées dans le couloir ne leur suffisaient pas, ces messieurs de la PJ entreprennent d'arracher papiers peints et posters, dans l'espoir de retrouver de nouvelles preuves de la culpabilité de Lamare, achevant ainsi de transformer l'appartement d'Alain en une sinistre caverne.

Vers 10 heures, c'est l'alerte générale. Le premier journaliste est au pied des escaliers.

— Caron ! Interdisez-lui de monter ! ordonne Colson.

Ce dimanche des Rameaux s'annonce particulièrement ensoleillé.

6

Dimanche 8 avril. Appartement 176, cité Lefébure. 11 heures du matin.

Cavalier, blême, les traits tirés par la fatigue, les yeux bouffis, à genoux au pied du lit où Lamare est assis, se relève lentement, fait quelques pas comme un somnambule en direction de la fenêtre. En tête à tête avec Alain, il vient enfin d'obtenir les aveux que tout le monde attendait.

Marie Brossy-Patin a été informée de l'arrestation du deuxième tueur de l'Oise par Colson, aux environs de 3 heures du matin. Écrasée par le sentiment de sa culpabilité, effrayée à l'idée de la confrontation à venir, elle s'est recouchée. Pourtant c'est à elle de prendre immédiatement l'affaire en mains, d'ordonner la perquisition. Elle n'en fait rien, ébranlée au point de faillir à sa tâche.

Colombo, appelé au téléphone à l'aube par Cavalier, a écouté le récit des événements. Puis il a raccroché sans broncher, a enfilé son treillis et il est sorti, sa canne à pêche sous le bras, sa chienne

Tania sur les talons. Voilà ce matin quatre mois qu'il a pris cette affaire à cœur, sans en être saisi, par passion du métier. Celui qui cette nuit a été arrêté fait partie de sa famille. Quel gâchis ! Jusqu'à 10 heures, Colombo parcourt plusieurs kilomètres à pied, en longeant la Brèche, son lancer à la main. Concentré sur sa pêche, il réussira à prendre quatre truites.

Depuis 7 heures du matin une agitation très inhabituelle pour un dimanche règne dans les locaux du 10, rue Marcel-Philippe à Creil où, sur ordre de Gréco, le commissaire Jacob expédie une kyrielle de télex annonçant sans vergogne l'arrestation par la PJ du deuxième tueur de l'Oise. Toute l'administration préfectorale est informée. Chaque membre de sa hiérarchie, et ce jusqu'à la Place Beauvau. Des bribes de conversation parviennent aux oreilles de l'inspecteur Neveu désabusé. « Bien entendu, vous ne parlez pas aux journalistes de votre rapport », lui recommande à plusieurs reprises Jacob. Comme depuis le début de cette affaire, l'inspecteur va devoir mentir : jusque-là pour rassurer ceux qui ont choisi de se boucher les oreilles, aujourd'hui par esprit de corps. Le mépris que Maigret nourrit à l'égard des auteurs de ce sabotage exemplaire l'emporte ce matin sur le sentiment de triomphe qu'il serait en droit d'éprouver.

Tandis que l'adjudant Citerne continue imperturbable d'apposer des scellés sur tous les objets et documents qui lui tombent sous la main, le commissaire Gréco, arrivé sur les lieux à 10 heures, exige de Lamare qu'il réitère ses aveux sur procès-verbal, lequel accepte sans se faire prier à la condition expresse qu'aucun gendarme, à l'exception de Cavalier, ne soit présent dans la pièce. Commence l'audition : Lamare dresse un véritable catalogue de ses activités durant les onze derniers mois. Il ne se perd pas dans les détails inutiles, indique très précisément les lieux, dates et heures de chacun de ses forfaits, avoue d'une voix neutre une tentative de meurtre, un meurtre, trois agressions de jeunes femmes, le piégeage de deux voitures, quatre hold-up, l'envoi de deux lettres de menace à la police. À peine a-t-il signé d'une main ferme la feuille de procès-verbal que le commissaire attrape le téléphone, appelle Marie Brossy-Patin, puis la direction centrale de la PJ. Il est midi. Toujours aucune manifestation du parquet de Senlis ni de Marie Brossy-Patin.

Tandis qu'Alain, juste après ses aveux, s'est retranché dans le mutisme le plus absolu, refusant toujours de s'alimenter, le chef du SRPJ de Lille quitte la cité Lefébure pour rejoindre la brigade de Chantilly, où il ordonne à Pelfort de se rendre immédiatement à Senlecques, au domicile des Lamare, afin d'y récupérer le Beretta. Le commissaire laisse aux gendarmes le « crâne[1] » de Lamare, mais il se pavane dans les locaux fier de sa victoire, claironnant partout que c'est à lui que le tueur a avoué ses crimes. Il a oublié que l'article 105 du code de procédure pénale lui interdit de recueillir ces aveux. C'est au juge d'instruction qu'incombe cette tâche. Mais on attend toujours ses ordres.

---

1. « Crâne » signifie en argot policier : arrestation.

13 heures. Tandis que Gréco arrose généreusement un déjeuner bien mérité en compagnie de plusieurs de ses subordonnés, au troisième étage de la cité Lefébure, les gendarmes abasourdis, pétrifiés par le choc, ont perdu pied. Pas un d'entre eux n'a pensé un seul instant à emmener discrètement Lamare dans une quelconque brigade – pas la sienne cela s'entend – pour le soustraire à la curiosité des journalistes, photographes et reporters qui maintenant, au nombre d'une centaine, sont massés au pied de l'immeuble, bloquant les deux accès. Et c'est ainsi que le commandant Colson attendra sagement, de 13 heures à 17 heures, que les curieux s'en aillent pour transférer le gendarme dans le bureau de la juge. Comme il avait attendu 6 heures du matin, l'heure légale, pour perquisitionner, alors que l'appartement de Lamare est situé dans une enceinte militaire !

Entre-temps, un invité de marque a réussi à s'introduire dans l'appartement : il s'agit du général Jean Chuard, commandant de la gendarmerie pour toute la région militaire qui couvre le Nord-Pas-de-Calais-Picardie-Haute-Normandie. Arrivé en civil, au volant de sa voiture personnelle, cet officier supérieur juge l'affaire assez importante pour lui sacrifier un dimanche de permission. Il n'a qu'une idée en tête : faire signer au gendarme Lamare sa lettre de démission, puisque le règlement interne de la gendarmerie ne prévoit aucune possibilité de révocation pour l'un de ses membres, même s'il s'agit en l'occurrence d'un tueur. Alain Lamare refuse de lui adresser la parole, et plus encore de signer quelque papier que ce soit.

L'anarchie et l'improvisation la plus complète continuent de régner dans l'appartement 176 ; les enquêteurs, privés de toute directive, accumulent les bévues. C'est ainsi que vers 16 heures, ils embarquent une centaine de scellés dans une estafette, au mépris le plus absolu de la loi, convaincus qu'ils seront une fois encore couverts par la juge. Enfin, vers 17 heures, une sortie en force de l'immeuble avec Alain Lamare est décidée, ainsi que son transfert à la compagnie de Senlis où le réclame enfin Marie Brossy-Patin.

Pas le moindre cordon de gendarmes mobiles au pied de l'immeuble : ni le commandant Colson, ni l'adjudant Citerne, ni le général Chuard n'ont un instant pensé que cette mesure de précaution pouvait être d'une quelconque utilité. Encadré par une vingtaine de gendarmes de Chantilly au coude à coude, Alain, la tête dissimulée sous un imperméable pour échapper aux objectifs qui le cernent de tous les côtés, se jette à l'intérieur de la 504 du PSIG, poussé par Cavalier qui n'en finit pas d'essuyer ses larmes. Gyrophare allumé, le véhicule démarre en trombe, poursuivi par le cortège des voitures de presse. Aucun motard, aucune autre voiture de police ne lui ouvrent la route.

Passé les Ripailles, la 504 break prend la direction de Creil. Au carrefour de la Folie, elle tourne brusquement à droite pour rejoindre Senlis par de petites routes secondaires, espérant ainsi semer ses poursuivants. Dans le bois des Moines, les automobilistes du dimanche ont abandonné leurs véhicules sur les bas-côtés pour partir à la recherche des jonquilles. Autrement dit, il n'y a plus, à cet endroit, qu'une seule voie de circulation et l'inévitable se produit. Arrivant en sens inverse, un minibus freine brutalement et monte sur le bas-côté pour laisser le passage à la voiture de police. Celle-ci passe effectivement, mais derrière le minibus un jeune cyclomotoriste, surpris par ce gymkhana automobile, a dérapé en freinant et, projeté en l'air, retombe sur le capot de la CX d'un journaliste. Celui-ci s'arrête aussitôt pour porter secours au blessé qui semble grièvement atteint tandis que les gendarmes, qui se sont parfaitement rendu compte de la situation, demandent par radio l'intervention d'une ambulance des sapeurs-pompiers.

Mais la 504 break ne s'arrête pas pour autant. Bien au contraire, elle accélère pour tenter de distancer les journalistes. Et lorsque vers 17 h 30, la voiture bleue pénètre dans la cour de la compagnie de Senlis, le jeune Gérard Bastien succombe à ses blessures sur le bord de la route. Dernière victime du gendarme Lamare, par personne interposée il est vrai : celle du commandant Colson, responsable des conditions ahurissantes dans lesquelles s'est déroulé le transfert de Lamare.

À la même heure environ, à l'autre extrémité de la ville, Éric Degrémont rentre chez lui lorsqu'il est interpellé par le patron du bistrot de la place de la sous-préfecture : « Alors, ça y est ! Vous l'avez, votre deuxième tueur de l'Oise ! » C'est de cette manière pour le moins insolite que le sous-préfet de Senlis apprend l'arrestation d'Alain Lamare.

À peine sept minutes plus tard, dans le bureau du commandant de la compagnie de Senlis, Colson a droit, en présence du général Chuard, à la plus violente admonestation qu'il ait jamais reçue de toute sa carrière de la part d'un sous-préfet.

Un peu plus tard dans la soirée, Marie Brossy-Patin, qui s'est retirée dans une petite pièce en attendant l'arrivée de sa greffière, est surprise dans sa lecture du dossier par de bruyantes exclamations : « Ça y est ! Ça y est ! Je l'ai ! » Il s'agit de la lettre de démission d'Alain Lamare. La voix est celle du général Chuard qui manifeste ainsi sa joie d'avoir obtenu la signature du tueur.

En cette fin de dimanche des Rameaux, le long de la muraille moyenâgeuse qui enserre le siège de la compagnie, un millier de badauds déambulent, parents flanqués de leur progéniture, des brassées de jonquilles dans les bras, et le carrefour dit de la porte de Compiègne est maintenant complètement embouteillé par les automobilistes qui s'arrêtent en passant, dans l'espoir d'apercevoir le meurtrier, dont tous les bulletins d'informations annoncent l'arrestation. Pas le moindre képi visible pour régler la circulation. Tous les gendarmes se sont terrés, refusant d'affronter les sarcasmes de leurs concitoyens. Les conversations vont bon train dans les deux bistrots de la place, assiégés par la meute des curieux. Au Chalet de Sylvie, parmi les clients, un petit groupe formé par l'inspecteur Neveu, Muriel et Karyne Grospiron ainsi que bon nombre de journalistes. Sont également présentes deux autres victimes : Brigitte Corette et Patricia Cieslak. Personne ici ne les connaît encore. Chacune dans son coin, trop timides pour prendre la parole, elles savourent la fin d'un long cauchemar.

À 19 heures enfin commence, dans la grande salle de la brigade des recherches de la gendarmerie de Senlis, l'interrogatoire de première comparution d'Alain Lamare. Y assistent les inspecteurs Pelfort et Dewailly, les commissaires Jacob, Gréco et Bosselet, ainsi que l'adjudant Cavalier. Sinistre, écrasante, l'atmosphère qui pèse sur chacun contraste violemment avec la liesse qui s'exprime au-dehors. Quelques minutes plus tôt l'inspecteur Pelfort a cru bon de mettre la juge d'instruction en garde : « Vous savez, ce lascar n'a pas l'air d'aimer particulièrement les femmes. Il ne vous parlera pas ! » Et la jeune femme, mal à l'aise par la suite de cette remarque jetée sur le ton de la provocation, a tenu à mettre les choses au point dès le début de la séance avec son prévenu :

— Il semble, monsieur Lamare, que vous n'aimiez pas les femmes. Or vous avez fait preuve, lors de vos crimes et délits, d'un rare sens de l'organisation, si je puis dire. Il ne tenait donc qu'à vous de choisir, pour commettre vos méfaits, le ressort d'un tribunal où il n'y ait pas de juge d'instruction du sexe féminin.

Assis, le dos droit, Lamare, menottes aux poignets, les mains posées tranquillement sur la table comme un écolier très sage, n'a pas répondu. Pourtant, sur ce visage fatigué, impassible, dont les yeux fuient son regard, le magistrat a cru déceler comme l'ombre d'un sourire fugitif.

— Je vous écoute, dit la juge après avoir rappelé l'article 114 du code de procédure pénale autorisant l'inculpé à ne faire aucune déclaration avant d'avoir choisi un avocat.

Alors le meurtrier, devant un auditoire abasourdi, dresse cinq heures durant un véritable rapport de gendarmerie de ses crimes et délits, dans un ordre chronologique infaillible, à l'exception de quelques erreurs minimes de dates et d'heures, qu'il reconnaît volontiers lorsque la juge les lui fait remarquer. Consciente des risques d'annulation de la procédure, à la suite des erreurs commises lors de la perquisition, le magistrat a une seule obsession : éviter toute nouvelle erreur. Précise et méthodique jusqu'à la maniaquerie, comme si elle cherchait désespérément à racheter onze mois de maladresses involontaires dont les véritables responsables sont ceux, gendarmes et policiers, qui n'ont eu de cesse de saboter son enquête, Marie Brossy-Patin note chaque parole de son client sur un carnet personnel. Puis, toutes les dix minutes environ, elle marque une pause et dicte alors à la greffière le texte du rapport.

La déposition se poursuit, interminable, lorsque brusquement la voix glacée s'interrompt, le regard du récitant se fixe. Sur le seuil de la porte restée ouverte, un vieux gendarme se tient, presque au garde-à-vous. Immobile, il pleure, le regard fixé sur son ancien collègue qui a baissé la tête. L'auditoire tout entier d'un seul mouvement s'est retourné vers l'intrus. Personne n'ose parler, lui dire de partir. Chacun peut lire sur le visage de cet homme la détresse de celui qui ne comprend pas la trahison de l'un des siens et quête en vain une explication que nul ici n'est en mesure de lui donner. Alors au bout de quelques interminables minutes, le vieil homme s'en va. La justice reprend ses droits. La voix monocorde reprend aussitôt sa litanie en même temps que la pointe Bic court sur le papier et que crépite le bruit de la machine à écrire. L'adjudant Cavalier quitte la salle. Il en a assez vu et entendu pour aujourd'hui.

À minuit, Marie Brossy-Patin a dicté les derniers mots du rapport d'Alain Lamare. Que le récit de l'inculpé coïncide aussi parfaitement avec chacun des faits qui lui sont reprochés, c'est la première fois que cela se produit depuis le début de sa carrière. Non seulement Lamare n'a pas oublié un seul crime ou délit, mais il s'est permis d'en rajouter, complétant de son plein gré les lacunes du dossier, et le magistrat a le sentiment que le tueur, soulagé d'être arrêté, est redevenu le parfait gendarme. C'est ainsi qu'elle a appris, entre autres, que le commandant Colson n'avait pas hésité à adresser au procureur de la République de Senlis un rapport, faux de A jusqu'à Z, à propos de l'affaire du parking de Chantilly.

Seule l'origine du Beretta 9 mm court retrouvé au domicile des parents d'Alain Lamare demeure cette nuit un mystère. À aucun moment, le jeune homme n'a éprouvé le besoin d'en préciser la provenance, pas plus que celle de la dizaine d'armes récupérées dans son appartement. Marie Brossy-Patin voudrait bien résoudre cette énigme, mais elle n'a pas le droit, pour l'heure, de lui poser la moindre question. Elle devra attendre le deuxième interrogatoire qui aura lieu le 24 avril, soit quinze jours après l'arrestation de l'inculpé, comme l'exige le code de procédure pénale.

La machine à écrire s'est arrêtée de crépiter. Un silence de mort s'est abattu sur les policiers et magistrats, soûls de fatigue. Alors Marie Brossy-Patin se jette à l'eau et pose la question qui lui brûle les lèvres, sachant pertinemment que si elle a une chance d'obtenir une réponse, c'est ce soir ou jamais :

— Monsieur Alain Lamare, énonce-t-elle d'une voix qui se veut ferme, vous pouvez maintenant, si vous le souhaitez, bien sûr, me faire part des mobiles qui vous ont conduit à commettre ces actes...

L'ancien gendarme réfléchit pendant quelques instants avant de laisser tomber d'un ton laconique :

— Non. Je préfère m'arrêter là.

Lamare ne parlera plus.

Les événements maintenant se précipitent. Marie Brossy-Patin fait signer les procès-verbaux à Alain Lamare avant de lui signifier ses inculpations pour assassinat, tentatives de meurtre, vols à main armée, vols, tentatives de vol avec armes, escroqueries, coups et blessures volontaires. Puis la jeune femme lui indique qu'elle le fait placer sous mandat de dépôt et au secret, dans une cellule du quartier de haute sécurité de la maison d'arrêt d'Amiens. C'est fini.

Marie Brossy-Patin, accompagnée de sa greffière, quitte alors la gendarmerie par l'entrée principale, avenue du Général-Leclerc, tandis que les inspecteurs Pelfort et Dewailly font sortir Alain Lamare par une porte dérobée donnant sur le cours Thoré-Montmorency. Passant entre une double haie de gendarmes mobiles, Lamare monte dans un car de l'escadron de gendarmerie mobile de Noyon, que protège un autre car de cette même unité. Une centaine de ses collègues assureront ainsi jusqu'à Amiens la protection d'Alain. Cette fois, les militaires ont pris leurs précautions.

L'ESSOR

DE LA GENDARMERIE NATIONALE

ORGANE OFFICIEL DE L'U.N.P.R.G. – PRESIDENT FONDATEUR † JEAN COUSTEIX

L'ESSOR

DE LA GENDARMERIE NATIONALE

[illegible]

SOMMAIRE

[illegible]

ÇA FAIT MAL...

Nous venons de perdre, dans l'espace de quelques jours, deux de nos camarades victimes de leur devoir. Ils s'ajoutent à la longue liste de ceux qui tombent en service commandé. Et nous en avons souffert intensément. Nos voix se sont élevées contre les tueurs, contre ceux qui, spontanément, sans scrupule et sans hésitation les ont abattus.

Aujourd'hui, c'est l'un des nôtres qui est passé dans l'autre camp avec un cynisme incroyable. Il a commis ses exactions et ses crimes avec sang froid et préméditation. Il a bravé et bafoué la Gendarmerie, ses camarades, fort de ce qu'il croyait à l'immunité donnée par la fonction. Son abjection dépasse, et de loin, celle de ceux qui ont pris nos camarades pour cible. Délinquants certes, ces derniers ont eu un réflexe de défense constituant une sorte de motivation, à laquelle nous nous garderons de donner une valeur d'excuse, mais qui est tout de même une explication.

***LAMARE** a dépassé les limites de l'odieux et nous le condamnons pour ses vols et ses crimes. Nous le condamnons sans recours, mais nous souffrons de l'opprobre, de la tache indélébile qu'il jette sur l'Arme et sur ceux qui la servent dignement, loyalement, honnêtement.*

Certes, unanimement, spontanément, nous rejetons le criminel machiavélique qui a servi quelques années dans nos rangs. Mais, pendant combien de temps durera la suspicion, le doute, même chez ceux qui raisonnent et jugent gardant la tête froide ? Et chez les autres ?

Alors, envers et contre tout, serrons nous les coudes et démontrons que la Gendarmerie demeure malgré l'écueil, la Gendarmerie intègre et digne qu'elle a toujours été ! Elle est notre raison d'être. Défendons-la. C'est notre devoir à tous.

Les membres de la Commission de la Presse.

Épilogue

Quatre longues années d'instruction n'ont pas permis de combler les silences, d'effacer les ombres de ce dossier qui repose uniquement sur les déclarations faites par Alain Lamare lors de son arrestation. Celui-ci a continué de reconnaître tous les délits et crimes pour lesquels il était inculpé, à l'exception d'un seul d'entre eux : l'agression de Laurence Paillart, découverte par l'auteur de ce livre.

Attaquée la veille du meurtre de Yolande Raszewski et avec la même voiture, Laurence n'avait pas été prise au sérieux par les policiers du commissariat de Compiègne. Pourtant, elle avait correctement relevé le numéro de la GS bleue 3415 QR 80, qui s'étalait quelques jours plus tard à la une de tous les quotidiens locaux.

Parallèlement, au cours de ces quatre années, gendarmerie et police judiciaire se sont bien gardées d'apporter le moindre élément nouveau à cette instruction dans le souci bien évident de protéger leurs enquêtes respectives, qui s'étaient soldées par un nombre impressionnant de bavures. L'inculpé l'a très bien compris et s'est obstiné avec élégance à rester muet en face de Marie Brossy-Patin.

La voie était ainsi libre pour les experts psychiatres qui ont pu régner en maîtres, face aux avocats, aux magistrats et aux services de police. L'enjeu : Alain Lamare allait-il être jugé ou bien serait-il considéré comme fou au moment de ses crimes, échappant ainsi à la comparution en cour d'assises ? Selon le premier rapport psychiatrique, Alain est un être normal à caractère plutôt paranoïaque. Le second rapport diagnostique chez lui une schizophrénie qui l'a plongé dans la folie la plus complète. Un but partout donc. Le troisième, enfin, estime que l'individu n'est ni fou ni normal, mais à la frontière de ces deux états et par conséquent, passible de la cour d'assises aux yeux de la loi. Deux buts à un en faveur d'un jugement.

Perspective qui, au printemps 1981, en effraye plus d'un, tant chez les policiers que chez les gendarmes et les magistrats. Or, à la suite d'une curieuse négligence, le troisième rapport est annulé, ses deux auteurs ayant eu connaissance d'une pièce du dossier qu'ils n'auraient jamais dû avoir entre les mains. Qui la leur a remise ? Au tribunal de Senlis, personne ne s'en souvient. On en revient donc à un but partout. En avril 1982, la quatrième et dernière expertise conclut que le tueur Lamare est atteint d'une folie à caractère schizophrénique. Fin de partie avec un score de deux buts à un en faveur, cette fois, de la folie.

Presque un an plus tard, le 14 janvier 1983, un magistrat instructeur du tribunal de Senlis officialise ce constat psychiatrique en rendant une ordonnance de non-lieu pour « état de démence ». Alain Lamare quitte le même jour le quartier de haute sécurité de la prison d'Amiens pour être interné au centre de détention psychiatrique de Sarreguemines, en Moselle. L'une des trois parties civiles fait aussitôt appel de cette ordonnance, sans grande illusion, devant la chambre d'accusation d'Amiens, qui entérine le 5 juillet 1983 le non-lieu pour état de démence au moment des faits.

Déclaré à dater de ce 5 juillet 1983 inapte au service dans la gendarmerie, ce qui lui donne le droit de toucher une pension militaire pendant toute sa vie, le deuxième tueur de l'Oise conserve néanmoins son titre de gendarme et reste interné à Sarreguemines. La gendarmerie est tenue de lui verser tous les arriérés de solde en souffrance depuis le jour de son arrestation. Cette procédure inattendue a été automatiquement provoquée par le non-lieu définitif qui entache de nullité la démission d'Alain signée le 8 avril 1979, puisqu'il était également fou à ce moment-là. En outre, l'armée se trouve dans l'obligation de payer des dommages et intérêts à ses victimes, soit une somme comprise entre 2,5 et 3 millions de francs. Pourquoi l'armée ? Parce que, selon les textes de jurisprudence administrative, c'est la personne qui a la garde de l'aliéné au moment de ses crimes qui en supporte les conséquences civiles. En l'occurrence, cette personne civile, c'est l'armée, qui aurait dû s'apercevoir de la « folie » du gendarme Lamare et exiger qu'il soit interné.

Une question subsidiaire : que sont devenus en 1984 les principaux protagonistes de l'affaire ? Certains d'entre eux ont purement et simplement conservé les fonctions qu'ils occupaient à l'époque : ainsi, Léon Gourraud, procureur de la République, entre dans sa onzième année à la tête du parquet de Senlis. Et l'inspecteur Neveu de la PJ de Creil est toujours adjoint au chef de l'antenne.

D'autres, plus malchanceux, ont été mutés : le colonel Soulé, commandant de gendarmerie de l'Oise, a été muté en 1981 à Maisons-Alfort à titre de directeur de l'enseignement supérieur des futurs candidats à l'École de guerre.

Colson, commandant de la compagnie de gendarmerie de Senlis, au terme de soixante jours d'arrêt, a été ensuite muté à l'école de gendarmerie de Melun. Aujourd'hui à la retraite, il occupe les fonctions de chef de la sécurité dans un grand musée parisien.

Pour l'adjudant Cavalier, nommé deuxième adjoint au commandant de brigade d'Abbeville, c'est un enterrement de première classe. Pourtant, en 1982, il a réussi brillamment son concours d'officier, sa bonne foi ayant été reconnue.

Depuis le 8 avril 1979, l'effectif de la brigade de Chantilly a été entièrement renouvelé, une dizaine de gendarmes s'étant vu de plus infliger des punitions sévères assorties de mutations aux quatre coins de l'hexagone.

Quant à l'adjudant Citerne, après avoir échappé à toute sanction, il a été, en 1983, définitivement recalé à l'examen d'officier.

Enfin, quelques-uns, loin d'être sanctionnés, sont montés en grade :

Le commissaire Gréco, chef du SRPJ de Lille, est devenu au lendemain de mai 1981 l'un des principaux directeurs à la direction centrale de la PJ à Paris. Cependant que le commissaire Jacob, chef de l'antenne de Creil, est aujourd'hui sous-chef de la PJ de Nancy, et que l'inspecteur Pelfort dirige l'antenne de Creil des Renseignements généraux.

Marie Brossy-Patin a été, à sa demande, nommée vice-présidente du tribunal de Senlis et préside ainsi, trois fois par semaine, des audiences correctionnelles.

Le capitaine Pineau, enfin, commandant de la gendarmerie de Clermont, critiqué par sa hiérarchie juste après l'arrestation, a été muté en 1980 à la tête de la compagnie de

de Vincennes, dans le Val-de-Marne. À nouveau sur la sellette à la suite de l'affaire des Irlandais de Vincennes, il se retrouve en 1984 gratte-papier dans une obscure gendarmerie de Bergerac pour avoir refusé de mentir sur ordre.

S'il avait servi sous les ordres de Colombo, jamais Alain ne se serait retrouvé derrière les murs épais, les sauts-de-loup et les portes blindées d'un château fort, à quelques centaines de mètres de la frontière allemande. Malgré la surveillance des blouses blanches et l'administration de neuroleptiques, Alain Lamare s'accroche à une certitude : celle de refaire sa vie, un jour, à l'étranger. Et, dans sa chambre de l'hôpital psychiatrique de Sarreguemines, où s'entassent comme dans sa tanière livres, revues militaires et cassettes, Alain met à profit cette solitude monastique pour améliorer ses connaissances dans divers domaines, en particulier celui des langues étrangères, consacrant ainsi la plupart de son temps aux études, en attendant « le grand départ ». Un « grand départ » que les médecins de Sarreguemines peuvent décider du jour au lendemain sans en référer à qui que ce soit. Ce jour-là, le gendarme Lamare ne sera plus fou. A-t-il jamais été fou ?

Chantilly, Villers-Saint-Frambourg
décembre 1978-mars 1984

11006

Composition
FACOMPO

Achevé d'imprimer en Slovaquie
par NOVOPRINT SLK
le 6 octobre 2014

Dépôt légal octobre 2014
EAN 9782290105092
L21EPNN000271N001

ÉDITIONS J'AI LU
87, quai Panhard-et-Levassor, 75013 Paris

Diffusion France et étranger : Flammarion